CHILDREN
OF THE
RUNE
DEMONIC

1

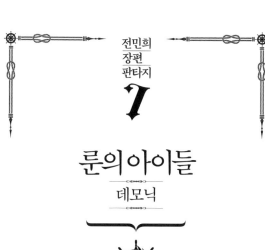

전민희 장편 판타지

1

룬의 아이들

데모닉

CHILDREN
OF THE
RUNE
DEMONIC

엘릭시르

13

막

SUNBURN

14
—
막

OUTGROW

……마치 프레스코 벽화처럼 파괴할 수는 있어도
빼앗을 수는 없기 때문이다.

— 라이프니츠

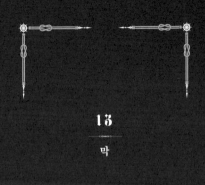

13

막

SUNBURN

잠자는 보석

옛날, 약속을 믿었던 소녀가 있었다. 열여덟 살이 되던 해에 사람들의 믿음을 저버리고 소녀는 바다를 건넜다. 어려서 지워졌던 의무를 버렸고, 고향을 잊었고, 부름에 귀를 막으며 보낸 세월이었다. 어느 날 아침, 소녀는 아침마다 들국화차와 함께 먹는 딱딱하고 둥근 빵처럼 평범한 이야기를 들었다. 다른 사람에게만 일어난다고 생각했던 일이었다. 그 아침 이후로 모든 것이 끝났다.

✧

조슈아의 입술에서 이름이 떨어지는 순간, 붉은 머리카락이 흡사 살아 있는 것처럼 몸을 일으켰다. 빨리 자라는 덩굴처럼 팔을 뻗었다. 부채처럼 펼쳐졌다. 끝은 수많은 잔가지였다. 적금색 잎이 불을 머금었다. 단풍이 붉다 못해 스스로 불탔다.

그러나 잠깐이었다. 불길처럼 떠올랐던 머리채는 어느새 재가 되어 부스러지며 날았다. 죽은 나뭇가지처럼 말라붙고, 불씨가 꺼지듯 사그라졌다. 잎은 검게 비틀리며 떨어졌다. 이제 불을 잃은 머리는 허리 언저리에서 타다 남은 커튼처럼 흉하게 늘어졌다.

아나로즈는 눈을 크게 뜨고 있었다. 이 변화의 의미를 알아내려는 것처럼. 눈이 마주쳤을 때, 조슈아의 입술이 미세하게 떨리며 열렸다가 닫혔다. 소리는 나지 않았지만 아나로즈는 알아들었다.

"맞았어. 네가 한 일이야."

조슈아는 고개를 저었다. 오히려 물으려 했다. 묻기 전에 아나로즈가 말했다.

"왜냐고? 나도 알지 못해."

"내게는 그런 힘이 없어요."

"그건 대답이 될 수 없어. 이루어졌으니까."

"어째서 나 때문이라고 확신하죠?"

"여기는 변화가 일어나지 않는 곳이니까."

그 말은 일견 평이하게 들려서 속뜻을 이해하기까지 조금 시간이 걸렸다. 먼저 되물은 사람은 막시민이었다.

"변화가 일어나지 않는다고? 어떤 변화도? 세월이 흘러도?"

"내 얼굴을 봐."

누구와 눈이 마주쳤는지 몰랐다. 둘 모두 아나로즈가 자신을 본다고 생각했다. 눈동자 속에 숲이 비쳤다. 숲은 멈춰 있었다.

"수백 년 동안 그대로, 늙지도 죽지도 않는 마녀의 얼굴을."

그 말을 되새기는 사이 주위의 모든 것이 멈춘 듯했다. 눈동자 속에서 모두가 멈췄다. 아나로즈의 눈은 녹색 화석이었다. 숲과 오솔길은 화석 속의 무늬였다.

"당신은 정말로……."

막시민은 말을 이으려다 그쳤다. 그때 가슴을 옥죄던 덩굴 같은 것이 부스럭 소리를 냈다. 퍼뜩 놀라는 사이 덩굴은 두 사람을 천천히 바닥에 내려놓고 숲속으로 돌아갔다.

막시민은 뒤를 돌아보았다. 그림 같은 숲뿐이었다. 덩굴은 수풀로 들어간 뱀처럼 자취를 감췄다. 그는 미간에 힘을 주며 몇 번 호흡을 하더니 조슈아를 보았다.

"넌 짐작했던 거냐? 이곳에서 누구를 만나게 될지?"

"아니."

조슈아는 고개를 흔들었다. 머릿속을 일깨우려는 것처럼

오랫동안 그러고 있었다.

"너처럼 나도 몰랐어. 알았을 리가 없지. 이 자리에 오기까지는……. 하지만 마주보는 순간 알았어. 불가능한 일인데, 왜 확신했는지는 나도 몰라."

막시민은 눈을 꾹 감았다가 고개를 젖혀 흔들어대고는 말했다.

"난 정말이지, 너하고 저 사람한테 증명해보라고 하고 싶다. 나도 좀 같이 믿게."

조슈아는 대답하지 못하고 아나로즈를 보았다. 맞닿은 시선 사이로 꽃을 태운 듯 고운 재가 내려앉았다. 아주 고요해졌다.

"네가 누구인지 기억나지 않아."

당연한 일이었다. 그들은 만난 일이 없었다.

"그러나 나는 알고 있어. 기억 밖에서. 기억 밖의 나는 너를 내 이마에 새긴 글자처럼 알고 있어. 너는 누구일까."

조슈아는 대답을 삼키며 고개를 숙였다. 아나로즈와 자신을 연결 짓는 사람의 이름을 감히 입 밖에 낼 수가 없었다. 수백 년이 흘렀지만 아나로즈의 감정이 어떠할지는 짐작하기 어려웠다. 만일 그녀의 증오심이 죽음을 목전에 둔 이카본에게 끝내 얼굴을 보여주지 않던 때와 같다면?

"너는 내 이름을 불렀어."

분명한 사실이었다. 난처해진 조슈아는 눈을 꼭 감았다가 떴지만 무미건조한 눈빛은 여전히 그를 주시하고 있었다.

"네게 힘이 없다는 것은 알아. 대신 네 존재가 나와 연결되어 있겠지. 하지만 너와 나는 서로를 알지 못하지. 그렇다면 너와 나 사이에 누군가 있을 테지. 그게 누구인지 너는 알겠지."

이 이야기가 어떻게 풀려갈지 불안해진 것은 막시민도 마찬가지였다. 그는 어떻게든 상황을 무마해보려 했다.

"아니 잠깐, 이해가 안 가서 그러는데, 그러니까 지금 상황은 당신이 진짜로 긴 머리의…… 아니, 이젠 긴 머리가 아닌가? 하여간……."

"그래."

아나로즈는 손으로 자신의 머리끝을 잡았다. 남은 재가 한 줌 부서져 내렸다.

"이제는 긴 머리가 아니구나. 아나로즈일 뿐. 오직 그 이름뿐. 너희가 왔기 때문에. 변화 없는 이곳에 들어오는 것만으로, 나와 마주치는 것만으로, 그리고 내 이름을 말하는 것만으로 나를 바꾸고 무덤 속 내 이름을 지우는구나. 세월이 만든 머리를 불에 넣었으니 남은 자 나뿐이구나. 나뿐이로구나. 기억은 타버리고 남은 자는 나뿐이로구나."

멀리서 책장이 넘어가는 소리가 들렸다. 바람은 아직 이곳에 닿지 않았다. 아홉, 열…….

아나로즈의 머리카락이 한 번 더 날아올랐다. 그러나 조금 전 마법에 걸린 듯 타오르던 불과는 달랐다. 어깨를 조금 넘는 머리가 맥없이 밀려가며 끄트머리에 맺혔던 재를 마저 뿌렸다. 잠깐 날았을 뿐이었다. 이윽고 죽은 벌레들처럼, 떨어졌다.

조슈아가 말했다.

"내가 애도했어야 하는 사람은 당신이었군요."

아우렐리에가 했던 말이었다. 바람 소리에 섞여 흐르듯, 새듯, 그렇게 속삭였다. 무대 위였다면 매혹이었겠지만 지금은 달랐다. 관객이 아닌 스스로의 이성이 한 겹 접히며 엷어진 듯했다.

"죽었지만 죽지 않은 당신."

아나로즈는 맥없이 턱을 올렸다. 죽은 사람의 목이 넘어가듯. 천천히 올려 뜬 눈이 하늘을 더듬었다. 별이 천구의 굽이를 오르다 오르다 마침내 떨어지고 떨어지고…….

"나는 조슈아 폰 아르님입니다."

말하는 입술이 제 것이 아닌 듯했다. 죽을 때까지 이곳에 다다르지 못했던 한 사람의 혼이, 유령이 없는 이곳에서 자신에게 씌워진 듯했다. 아나로즈와 다시 눈을 마주치기까지는 시간이 걸렸다. 그동안 막시민은 조슈아를 돌아보며 눈짓을 보내려 했으나 닿지 않았다. 할 수만 있다면 입을 막고 싶었지만 그럴 수가 없었다.

"사람들이 첫 조상과 같은 별명으로 나를 부르죠."

아나로즈는 턱을 약간 떨어뜨린 채 조슈아를 물끄러미 보았다. 막시민은 눈에 핏발이 설 정도로 아나로즈를 주시했다. 어떤 기색이라도 읽으려 했지만, 표정에서는 아무것도 느껴지지 않았다. 너무 오래 살아온 그녀는 감정을 얼굴에 드러내는 방법을 잊은 것 같았다.

그러나 다음 순간 그녀의 손이 가슴께로 움직였고, 막시민은 반사적으로 조슈아를 옆으로 밀쳐냈다. 아나로즈와 막시민의 눈이 마주쳤다.

"⋯⋯."

아나로즈의 손은 자신의 목을 감싸쥐었을 뿐이었다. 혈관조차 알아보기 힘든 파리한 목이었다.

"괜찮아."

비척이다가 자세를 추스른 조슈아가 막시민의 팔을 잡았다가 놓았다. 막시민이 입속으로 중얼거렸다.

"괜찮고 안 괜찮고는 너한테 달려 있지 않다는 걸 모르겠냐."

"내가 괜찮다는 건, 어떤 일이 일어나도 괜찮다는 거야."

"너랑 날 끼닛거리로도 못 쓸 탄 콩 두 알로 만들어주셔도 말이냐?"

조슈아는 고개를 젓는 대신 아나로즈를 향해 걸어갔다. 공기에 기대어 선 것처럼 비스듬하고 위태로운 그녀를 향해 손을 내밀었다. 두 팔을 잡았다. 이어 한 팔을 등뒤로 두르며 부드럽게 끌어당겼다. 너무나 쉽게 그의 팔에 몸이 실렸다.

아아, 그 옛날 그들에게 일어났어야 했을 일일까.

아나로즈는 아무 말도 없었다. 자신을 부축해 풀밭에 앉힌 조슈아의 손이 떨어질 때까지도. 조슈아는 자신도 흙 위에 앉았다. 무릎이 닿도록 가까웠다. 조슈아가 말했다.

"당신은 아주 오래 살아오며 무엇을 생각했나요?"

"잠을 잤어."

꿈속에서만 시간이 흐르고, 라고 이어 말하는 목소리는 감싸쥔 목에서 나오기를 힘겨워하는 듯했다.

"지난 시간을 느끼지 못했나요?"

"하룻밤 꿈에도 수십 년이 흐르지."

"깨어 있던 때는 없었고요?"

그러고 싶지 않았지만, 이라고 말한 아나로즈가 느리게 손을 목에서 뗐다. 조르기라도 한 듯 붉은 흔적이 찍혀 있었다.

"그 힘이 나를 깨우니 어쩔 수가 없어."

"힘이라고요?"

"내가 봉인한 존재가 벗어나려고 요동치는 힘. 그 힘이 나를 깨어나게 해. 나는 그와 싸우고 그를 땅속에 파묻지. 그러고 나면 너무 힘겨워 잠이 들고, 또다시 수백 년이 흐르는 꿈을 꾸는 거야. 하지만 꿈속에서조차 눈을 뜨고 이 감옥을 지켜야 해. 내겐 휴식이 없어. 한순간도. 내 몸과 마음은 그와 싸우기 위해 바쳐졌으니."

조슈아는 아나로즈의 수수께끼 같은 말이 무슨 의미인지 묻지 않았다. 단지 그 상황을 느껴보려는 듯 눈을 크게 떴을 뿐이다. 이어 턱을 바로 세운 아나로즈는 조슈아도, 막시민도 아닌 숲속 어딘가를 보고 있었다.

"내게 남은 것은 그것뿐이지. 아무것도 안 남았지. 내 긴 머리가 기억이었다면 오늘과 함께 그것조차도. 이곳은 무덤이고 난 여기 묻혔어. 누구도 파헤칠 순 없어. 너희도. 너희가 누구라 해도."

뒤늦게 온 그들은 아나로즈의 아주 긴 잠을, 긴 싸움을 방해할 권리가 없었다. 다른 누구에게도 없었다. 그녀가 직접 택한 굴레였다. 그 굴레에 매여 수많은 사람들의 세월을 대신했다. 웨더렌 할머니가 말했듯 마녀가 지켰기에 노을섬에는 마지막 기회가 주어졌다. 마법을 잃고, 새로이 시작할 기회가.

수백 년이 흐르고 나서야 온 그들이었다. 불공평함을 논할 권리도, 그만두라고 할 권리도, 방해할 권리도 있을 리 없었다. 어쩌면 물어볼 권리조차도. 느리게 지워지는 목의 손자국만큼이나 지워지지 않았을지도 모를 기억을, 들춰낼 권리가 어디 있을까.

아나로즈의 수백 년은 다른 사람들과 다른 방식으로 흘러갔다. 그녀에게 이카본과의 기억은 고작 몇 년 전 일로 느껴질지도 모른다. 그렇다면 그녀가 이카본의 후손과 그 이야기를 하고 싶어 하지 않는다는 것은 오히려 행운일지 몰랐다. 그들이 찾고 있는 것에 대해 한마디도 물어보지 못한다 해도.

그러나 두 사람이 똑같이 납득한 건 아니었다.

"물론 우리한테 그럴 권리는 없지."

불쑥 끼어든 막시민은 두 사람 쪽으로 다가오는 대신 팔짱을 낀 채 제자리에 털썩 앉았다.

"하지만 그렇다 치면 말이야, 묘한 점이 있는데."

아나로즈는 방금 막시민을 발견하기라도 한 것처럼 한참 정원을 헤매던 시선을 주었다.

"당신은 깨어 있었단 말이지."

조슈아가 흠칫 고개를 드는데 아나로즈의 대답이 들렸다.

"그래. 난 깨어났지. 내가 무덤에 들어오고서 지금처럼 오래 깨어 있던 때는 없었어."

그 말의 의미를 조슈아는 즉시 알아들었다. 노을섬에 옛 폭풍이 돌아왔다. 마법 폭풍은 마력의 증거였다. 노을섬의 마력은 다름 아닌 봉인된 자, 즉 '악의 무구'에 기대고 있지 않던가. 그 힘을 봉인하는 것이 아나로즈의 역할이 아닌가. 그렇다면 그녀가 깨어난 것은 왜인가?

"봉인은?"

아나로즈는 비웃음조차 없이 말했다.

"너희가 그걸 해결할 수 있을 것 같은가?"

물론 그럴 리 없었다. 막시민은 오히려 피식 웃었다.

"방법이 뭔지도 모르지만, 우린 겉으로 보이는 것과 똑같은 놈들일 뿐이라고. 특별한 힘이라고는 없어."

아나로즈는 실망한 기색도 보이지 않았다.

"그렇다면 알 필요도 없겠지."

"아아, 그래? 도와달라고 하지 않는 걸 보니 그다지 위험하지 않은 모양이네? 우리 섬이 둘로 쪼개져 가라앉는 일 따윈 물론 없는 거고 말이야. 어때?"

막시민이 일부러 언급한 '우리 섬'은 페리윙클섬이 아니라 노을섬이었다. 아나로즈에게 의미가 있을 섬은 노을섬일 테고, 또한 노을섬이 무인도가 됐다는 것도 모르리라 짐작하며 한 말이었다.

아나로즈는 대답하지 않았다.

"당신하고 상관없는 일이라 이건가? 섬이 가라앉더라도 당신만은 여기처럼 그럴듯한 은신처가 있으니 안전하다 그건가? 아니, 그렇게 생각하리라고는 믿지 않아. 당신은 자진해서 이곳에 들어왔다고 들었거든. 그리고 밖에서 아무것도 모르고 무례하게 살아가고 있는 사람들도 말이야, 자기들한테 닥쳐올 나쁜 일이 뭔지 정도는 알 권리가 있거든. 못 막는다고 해도, 뭐 별다르게 훌륭한 일을 해서가 아니라, 그냥 살아 있기 때문에 왜 죽는지 알 권리쯤은 있다는 거야."

막시민은 자신이 노을섬 출신이라도 되는 것처럼 그럴듯하게 연설을 마치더니 버릇대로 양손을 펴 들어 보이며 말을 맺었다.

"백번 양보해서 밖에 사는 놈들쯤은 다 알 거 없다손 치더라도 말이야, 당신도 수백 년 동안 애써온 일이 수포로 돌아가길 바라지는 않을 거라고 보는데."

아나로즈는 반응 없이 막시민을 바라볼 뿐 그의 말에 마음이 움직이는 기색이 없었다. 혹 있었더라도 조슈아는 자신들이 느끼지 못했을지도 모른다고 생각했다. 그러나 대답이 나오자 예상은 빗나갔다.

"네 말은 의미가 없어."

아나로즈는 단지 막시민의 말을 이해하기 위해 신중하게 듣고 있었을 뿐이었다. 상황을 눈치챈 막시민은 강적을 만났다고 입속으로 중얼거리며 어깨를 움츠렸다.

조슈아가 말했다.

"당신과 의견이 다를지도 모르지만, 의미 없는 말은 아니었어요. 적어도 대답이 필요한 이야기죠. 당신이 이토록 긴 세월을 쏟은 일을 어느 누구를 위한 것도 아닌, 아무 의미 없는 감금으로 여기지 않는 한."

"나는 어머니의 일을 하고 있어."

의미로는 충분한 대답이었다. 그러나 이어진 말은 놀라웠다.

"하지만 이미 실패했어."

"……."

조슈아와 막시민이 당황해서, 그 말을 어떻게 받아들여야 할지 몰라 말문이 막혀 있는 동안 같은 어조로 말이 이어졌다.

"그래서 의미가 없어."

굳이 따지자면 아나로즈의 말은 옳았다. 막시민이 노을섬 사람들이 살아갈 권리를 운운했지만, 그건 이미 끝난 일이라고 말한 셈이니까. 사실일지도 모른다. 끝이 났다. 노을섬에는 아무도 없다.

아나로즈가 그 사실을 알아서 한 말이었을까?

"그렇다면…… 당신은 여기서 뭘 하고 있는 거지? 저기, 정말로 그렇게 됐다면, 이제 그만 밖으로 나가면 되는 거 아니야?"

아나로즈는 시선을 허공에 둔 채 한 손을 올렸다. 새로운 마법 대신 그녀 뒤에 솟은 기둥을 쓰다듬어 내렸다. 새의 느린 날갯짓 같았다.

"지키고 있어."

조슈아의 시선이 기둥을 향했다. 걸터앉을 만큼 낮은 것, 좀더 높은 것, 쉽게 오르지 못할 것, 그리고 조각. 조각품은 다른 기둥들의 높이를 생각할 때 지나치게 낮은 곳에 있었다. 언뜻 보면 풀밭 속에 나뒹구는 것처럼 보였다.

좀더 자세히 보았다. 닻이었다.

돌로 된 닻이었다. 실제로 범선에 달 수도 있을 터였다. 조슈아는 홀린 듯 자리에서 일어났다. 아나로즈를 지나쳐 닻 앞으로 갔다. 손을 내밀어 표면을 만져보았다. 언뜻 돌기처럼 보였던 것은 문양이었다. 그 아래 세 가지 언어로 새겨진 글귀가 있었다. 조슈아가 알아본 것은 세 번째뿐이었다.

남쪽 바다를 지배하는 위대한 섬 페리윙클을 구하고
스스로를 왕으로 삼은 이
아노마라드 국왕의 왼쪽 심장
비취반지 장원의 공작
이카본 폰 아르님.
뱃사람들을 수호하는 혼이여, 우리 폐하를 바다 밑 산호 궁전에 모시어
남쪽 바다가 하얀 소금 들이 되는 날까지 지키소서.

문양은 아르님의 문장인 키였다.

"아……."

조슈아는 닻을 두 손으로 움켜쥔 채 멍해져 있다가 잠시 후, 닻이 꽂힌 흙바닥을 맨손으로 정신없이 헤치기 시작했다. 오래 그럴 필요도 없었다. 곧 흙 밑에서 석판이 드러나고 커다랗게 음각된 잎사귀 무늬들이 뚜렷해졌다. 닻은 석판에 붙은 거대한 장식 돌이었다.

바닥 곳곳을 더듬어 귀퉁이를 찾아내고 보니 석판은 머리 쪽 변이 두 걸음에 이를 정도로 컸다. 땅속에 들어간 부분은 얼마나 클지 가늠도 되지 않았다. 조슈아도, 아나로즈도 모두 그 석판 위에 앉아 있는 셈이었다. 그러나 다음 순간, 조슈아는 벌떡 일어나 몇 걸음 물러섰다.

다가온 막시민이 조슈아가 읽은 글귀를 그대로 읽었다. 그리고 표정이 변했다.

"이 돌덩어리 속에 설마……."

막시민이 이렇듯 새삼스러운 질문을 하는 것은 흔치 않은 일이었다. 돌아보니 조슈아는 마음을 가다듬으려 억지로 숨을 삼키는 중이었다. 아나로즈와 눈이 마주친 채였다.

"이것이 초대 아르님 공작의 관인가요?"

"그래."

"당신이 지키고 있다고 말했나요?"

"그래."

"그는 옛날에 죽었고, 관 속에는 시체조차 없겠죠. 누군가가 지킬 필요는 전혀 없겠죠. 내버려둔다면 그냥 바위일 뿐이에요. 당신은 무엇을 지키는 건가요?"

"나는 내 기억을 지켜."

조슈아조차 바로 이해하지 못했다. 아나로즈의 말이 이어졌다.

"내가 나를 잃기 전에. 잠에서 깨어나 돌아올 때마다 나는 그의 관을 보고 내가 누구인지를 떠올려. 내가 꾸는 꿈은 다른 사람들이 누리는 휴식이 아니지. 지금껏 세상에 존재한 일이 없는 최악의 광란이자 고문일 뿐이지. 그런 꿈에서 수십 년에 한 번씩 깨어나 자신이 누구인지 기억할 수 있을 것 같아? 만일 기억하지 못하면 어떤 일이 벌어질까?"

상상하기 힘들었다. 겪어보지 않은 한 아나로즈가 말하는 고통을 알기란 불가능했다.

"그때 내가 아닌 나는, 다시는 이곳에서 잠들려 하지 않겠지."

아나로즈는 스스로에게 당부하듯 한마디씩 천천히 이어갔다.

"내가 아닌 나는 그 광란과 고문을 한순간도 참지 못하고 이곳에서 뛰쳐나가고 말 테니까."

긴 침묵이 흘렀다. 이윽고 조슈아가 말했다.

"머릿속의 광기라는 것을 나도 한 뼘쯤은 알고 있어요. 자칫 정신을 놓치는 순간, 내가 나로 돌아올 수 없을 것 같은 검은 우물이 있죠. 오래전에 그 우물을 발견하고 들여다본 일이 있어요. 그런 다음에 차라리 몰랐으면 좋았을 거라고 생각했죠. 늘 발을 헛디뎌 거기에 빠질까 두려워하며 살게 됐으니까요."

아나로즈가 조슈아를 빤히 보다가 말했다.

"그 말은 어디선가 들어본 일이 있어."

"이카본이었겠죠. 그렇지 않은가요?"

"……"

무미건조한 눈길은 여전히 조슈아를 향했다. 일부러 훑어보는 것도 아니고 그냥 바라볼 뿐이었다.

"너는 이카본과 같을 수 없어."

"네. 하지만 데모닉이라는 이름만은 그후로 몇백 년에 걸쳐 열세 명이 이어받았죠."

아나로즈는 이카본 외에 데모닉을 한 명도 보지 못했을 것이다. 조슈아도 이 말을 하면서 그 점을 깨달았다. 그녀가 데모닉이 유전된다는 사실을 모르는 것은 당연했다.

"데모닉…… 너를 데모닉이라고 부르는 자들이, 이카본이 가졌던 것과 같은 특별함을 네게서 본단 말인가?"

조슈아는 고개를 끄덕이며 시선을 피하지 않고 아나로즈를 보았다. 아나로즈는 오래 침묵했다. 또다시 얼굴만으로는 무슨 생각을 하는지 알아볼 길이 없었다. 어떤 일이 일어날지 짐작할 길이 없으니 마음의 준비도 할 수가 없는 상대였다. 아나로즈가 또 다른 데모닉의 존재를 반가워할 것인가, 증오할 것인가.

조슈아의 입술이 다시 열렸다.

"아까 들은 말 때문에 한 가지만 묻고 싶네요. 당신의 말은 이카본이 여기서 당신의 자아를 위한 도구로 쓰이고 있다는 뜻인가요?"

아나로즈의 시선이 조슈아가 파헤친 석관에 머물렀다. 대답 대신 들려온 말은 이러했다.

"넌 나를 이해하지 못해."

이해한다고 하면 허세일 것이다. 고작 십 몇 년을 살아온 그들에게 아나로즈의 긴 세월을 실감할 방법은 없었다.

"그의 기억은 내게 마지막으로 남은 인간적인 부분이야. 그동안 내 정신은 황폐해져서 부드러운 것은 대부분 기억 못 해. 그런 내게 남은 것은 단 하나, 그 사람뿐이야. 난 줄곧 그의 관 위에서 잠들었어. 이제 이 관 속에 그가 없다는 걸 알아. 대신 죽은 내가 누워 있겠지. 난 필사적으로 그를 기억해. 그래서 그 속에서 나를 찾아내지. 그는 내 기억 자체야."

아나로즈는 일부러 감정을 숨기며 말하고 있는 것이 아니었다. 그녀의 감정은 거의 다 삭아버렸다.

"그런 나는 너의 존재를 받아들일 수가 없어."

친절하지도 차갑지도 않은 말이 들려왔을 때 조슈아는 예상한 대로 됐다고 생각했다. 결과는 무엇일까, 이즈음에 이르러 오히려 궁금해졌다. 조슈아는 아나로즈의 얼굴을 똑바로 보았다. 이어진 말은 뜻밖이었다.

"그러나 섬과 바다와 세상을 위해 네 존재는 다행스러운 것이겠지. 너는 내 이야기를 듣고, 이해해. 이카본은 사라지지 않았어. 세상은 다시 그를 누릴 수 있어."

조슈아는 그 말에서 묘하게 불편함을 느꼈다. 비록 같은 데모닉이지만 모든 데모닉들의 능력과 관심사는 달랐다. 성격도 마찬가지였다. 능력이 비슷할지언정 그들은 각각 다른 사람이었다. 조슈아는 이카본의 현신이 아니었다.

물론 아나로즈의 세계에는 오직 한 명의 데모닉, 이카본만이 존재하리라. 그런 생각을 납득하려 노력할 수도 있었다. 아나로즈의 세계는 오랫동안 닫혀 있었으니까. 조슈아는 문득 비취반지 성에 있을 또 하나의 자신을 생각했다. 그 '자신'은 자신이 복제되었음을 모를 것이다. 만일 사실을 알려준다면 그의 기분은 어떨까?

이제 조슈아도 알게 되었다. 이 순간 조슈아는 이카본의 '인형'으로 취급당했던 것이다.

조슈아가 그런 생각을 입 밖에 낼 기회는 주어지지 않았다.

아나로즈는 다시금 조슈아를 바라보았는데 이제까지와는 눈빛이 사뭇 달랐다.

"그동안 나는 봉인을 뚫고 벗어나려는 괴물을 내 꿈속으로 끌어들여서 싸웠어. 최소한의 힘만 소모하며 오래 버티기 위해서였지. 내 힘이 바닥나면 더이상 봉인을 유지하지 못하니까. 그러나 이제는 그럴 필요가 없어졌어."

"당신은 실패했다고 말했어요. 그 말은⋯⋯."

"봉인이 깨졌어."

조슈아는 아연해졌다.

"깨졌다면? 가나폴리를 멸망시켰던 악의 무구의 힘이 다시 자유로워졌다는 뜻인가요?"

아나로즈의 눈에 의혹이 일었다.

"넌 어째서 그것을 알고 있지?"

막시민이 재빨리 말했다.

"세월이 많이 흘렀잖아. 묵은 비밀이란 게 세월이 더해지다 보면 종종 상식으로 변하곤 하는 거 아냐."

아나로즈는 잠시 가만히 있다가 말했다.

"그럴 수도 있겠지. 그렇다면 남쪽 바다에 닥쳤을 재앙도 왜 일어났는지 알고 있겠지. 어떻게 되었지?"

"어떻게 되다니?"

막시민이 되물었다.

"어떻게 되었어야만 한다는 건가? 봉인이 깨어진 것 때문에?"

조슈아가 말했다.

"노을섬에는 마법 폭풍이 돌아왔을 뿐이에요. 페리윙클에도 아무 일이 없는데……."

그렇게 대답하던 조슈아의 머릿속에 문득 정체불명의 해일이 휩쓸고 갔던 섬의 모습이 떠올랐다. 파괴된 섬의 풍경을 되새기자 눈앞이 아득해지며 전율이 일었다.

"혹시 폭풍이나…… 해일 같은 것도?"

아나로즈가 고개를 끄덕였다.

"그런 일이 일어났는가?"

"그런 섬을 보기는 했지만……."

조슈아는 페리윙클섬을 떠올렸다. 그를 소공작 전하라고 부르며 환영하던 사람들, 산호냐 진주냐를 두고 다투기도 하고, 노을섬에 간다는 배에 앞다투어 타려 하기도 하고……. 아몬드나무가 자란 정원과 오래된 납골당을 지키고 있기도 한 아름다운 산호섬, 카드릴섬에 닥쳤을 파괴가 그 땅을 덮치는 광경을 그려보았다.

아나로즈의 목소리가 들렸다.

"무구는 거대한 마력의 근원이지. 수백 년간 노을섬 사람들 모두를 마법사로 만들어주었을 정도로. 그런 것이 억눌려 봉인되었다가 풀렸어. 엄청난 마력이 폭발해 퍼져나갔겠지. 바다와 대지를 뒤흔들면서."

조슈아의 얼굴은 창백했다.

"그런 피해가 계속될 거란 말인가요?"

"다시 봉인을 맺기까지는. 그사이 무슨 일이 더 일어날지는 짐작 못 해. 얼마나 걸릴지도 알지 못해. 수십 년일지, 아니면 단 몇 달일지."

막시민이 한숨을 쉬려다가 삼켜버리고 소리를 질렀다.

"아니, 대체 왜 봉인이 풀린 건데? 뭐가 잘못된 거냐고!"

아나로즈의 시선이 막시민을 향했다.

"너희가 나보다 먼저 알았더라면 좋았을 것을."

"그건 또 무슨 소리야?"

아나로즈는 한 걸음 다가와 허공으로 손을 뻗었다. 허공일 뿐이었던 자리가 움푹 패더니 이윽고 깊은 웅덩이 모양이 되었다. 그 속에서 물인지 유리인지 모를 막이 솟아났다. 그것이 물이라면, 세상의 모든 물과는 달리 벽면에 고일 수 있는 물이었다. 어느새 모양은 거울에 가까워졌다. 표면에 빛이 너울거렸다.

조슈아와 막시민은 거울 속을 들여다보았다. 처음에는 반사광 때문에 잘 보이지 않았으나 곧 뚜렷해졌다. 둥근 방이었다. 방 가운데 작고 둥치가 굵은 나무가 있었다. 가뭄 든 땅처럼 갈라진 껍질로 뒤덮였고, 굵고 가는 온갖 가지가 무성했다. 그런데 자세히 보니 나뭇가지들이 밖으로 뻗어나가는 대신 스스로를 향해, 둥치 쪽으로 휘어져 무언가를 휘감고 있었다.

"저게 뭐지?"

빼곡한 잔가지에 가려진 형체를 온전히 알아보기는 어려웠다. 팔뚝보다 조금 긴 검은 자루와, 비슷한 길이의 날이 붙은 무기를 간신히 알아보았다. 날과 자루의 이음매에 핏빛 술이 달렸고, 나뭇가지로 휘감긴 금빛 날에는 왕관과 네 자루의 검이 교차된 문양이 세필로 그린 것처럼 엷게 새겨져 있었다. 자루 끝은 부러져 있었다.

창이었다.

부러진 손

너를 사랑하지 않았던 피는
이미 내 몸에 돌지 않는다.
내 머리털 하나도
너의 기억과 함께 자라나
저리 긴 타래가 되어
나는 오늘 그것을 잘랐다.

마음을 자르지 못해
추억을 자르지 못해
머리를 가위질해 시렁에 얹고
신과 저고리를 꿰어 집을 나선다.

네가 나를 거절하려느냐.

그럴 테지, 마음 고운 너는

매정히 쫓고 혼자 가잘 테지.

그러나 오늘 난 새 피가 내 몸을 돌지 않느냐.

네 이름을 부르려 난 피가

엎어지며 구르며 네게 가라고

떠밀며 이끌며 외치지 않느냐.

내가 자른 것은 내 남은 삶이거니

이제 네 신이 남긴 자욱 따라갈 일뿐이거니.

～

　"마법사의 부러진 손……."

　조슈아의 입에서 웨더렌 할머니가 말했던 이름이 흘러나왔다. 부러진 창이었다. 그 아래로 아마 긴 자루가 있었을 것이다.

　아나로즈가 말했다.

　"부러지기 전에는 피 흘리는 창이라고 불렸어. 붉은 술을 흐르는 피로 보았던 자들이 붙인 이름이지."

　막시민이 물었다.

　"그런데 왜 마법사의 손이지?"

　"창 자루를 자신의 팔에 박아 넣었던 마법사가 있었어. 그의 팔에서 부러져 나와 남은 것이지."

조슈아가 말했다.

"악의 무구에 지배당했다, 그 말이 그런 뜻이었군요."

"두 가지 의미에서지. 무구와 자신을 한몸으로, 또는 무구를 영원히 없이한다."

얼른 이해가 가지 않았다.

"어째서 그런 뜻이 되죠?"

"무구는, 몸에 박아 넣으면 그자의 신체를 파괴하는 것이 아니라 오히려 강하게 만들어주지. 인간의 몸이 노력으로는 영원히 갖지 못할 거대한 힘과 마력조차도 주지. 그러나 그렇게 강화된 몸은 자신의 것이 아니라 이미 무구의 것. 자아를 빼앗긴 그는 사람이 아니라 괴물일 뿐."

"그렇다면, 영원히 없이한다는 말은?"

"무구는 본래 파괴되지 않아. 어떤 힘으로도."

마법 왕국이었던 가나폴리 사람들조차 무구를 파괴하지 못하고 왕국을 떠나야 했다. 이주자가 가져온 무구의 한 조각 또한 소멸시킬 수 없어 봉인한 채 지금껏 이어왔다. 그것은 파괴되지 않는 무구였다.

"그러나 사람의 몸에 들어갔을 때 무구는 그자의 몸의 일부, 또는 그 사람 자체가 되지. 무구는 생명이 없으나 사람에게는 있지. 무구와 한몸이 된 자를 죽이면 무구도 숨이 끊어져. 그것이 무구를 파괴하는 유일한 방법이지."

막시민이 중얼거렸다.

"사람이 죽어야 한다니 난감하긴 하지만, 세상에는 별의별 사람이 다 있던데 말이야. 지금껏 그 방법을 쓰려고 한 사람이 아무도 없었다니 조금 믿어지지 않는데."

아나로즈는 미소 없이 막시민을 바라보았다.

"나라도, 수백 년 동안 이렇듯 갇혀 고통받느니 차라리 무구와 함께 죽기를 바랐겠지. 그러나 간과하지 마. 무구와 한몸이 된 자가 얻는 힘을. 가나폴리의 왕이었던 마법사가 무구와 한몸이 되었을 때 벌어진 재앙을. 나 또한 그렇게 했다면 그 마법사와 똑같은 괴물이 되어 손닿는 모든 것을 망각의 고장으로 보내어버렸겠지. 무구로 강화된 자를 죽이기 위해 치를 희생은 나 하나가 봉인을 지키며 받는 고통에 비할 바가 아니야."

그 말이 맞았다. 두 사람은 새삼 두려움을 느끼며 부러진 창을 들여다보았다. 그렇게 보아서인지 금빛 그림이 새겨진 창날에 붉은 기운이 일렁이는 듯했다.

"아시겠지만, 내겐 페리윙클을 지킬 의무가 있어요."

조슈아가 겨우 창에서 눈을 떼며 입을 열었다.

"수많은 사람이 살아가는 섬이죠. 나 하나가 어찌한다 해서 지켜질 섬이 아닐지도 모르지만, 그렇더라도 결코 외면 못

할 의무 또한 있는 거죠. 아르님이라는 이름 속에, 내가 물려받은 피에. 당신이 안다면 가르쳐주세요. 어떻게 해야 섬을 지킬 수가 있죠?"

조슈아는 본래 자신에게 닥친 위기를 막기 위해 이곳에 왔다. 그러나 이 순간 처음의 문제는 이상할 정도로 희미하게 느껴졌다. 페리윙클을 자신의 것이라고, 오만하게 생각한 일은 없었다. 그가 섬을 위해 한 일은 아직 아무것도 없다. 그러나 그 사람들은 조슈아에게 신뢰와 지지를 보여줬다. 그것은 무거웠다.

그러나 아나로즈의 대답은 짧았다.

"못 해."

"불가능하다고요?"

입술이 말랐다. 이대로 '그렇다면 할 수 없지' 하며 돌아서도 될까? 아직은 괜찮으니 앞으로도 그럴 거라고 속 편하게 믿어버려도 될까?

아나로즈는 대답이 없었다. 막시민이 둘을 번갈아 보다가 뒷머리를 긁었다.

"거참 간단하게도 말하는데. 페리윙클은 그렇다 치더라도 노을섬에 대한 걱정도 없나? 페리윙클이 가라앉을 마당이라면 노을섬이라고 무사할 리 없잖아? 안 그래?"

여전히 대답은 없었다. 생각에 잠긴 것 같지도 않았다. 무표정하게, 둘을 관찰하는 눈길을 보낼 뿐이었다. 막시민은 작게 한숨을 내쉬더니 말투를 바꾸었다.

"그래, 없을 수도 있지. 한데, 딴 데야 어찌됐든 노을섬만 안전하게 할 방법도 없어? 작게 시작해보자고. 차근차근 넓혀도 되잖아. 아니 그래, 애초에 왜 실패한 건지나 알자. 그렇게 수백 년이나 잘 지켜온 봉인이 왜 깨어진 건데? 당신의 임무가 실패한 까닭은 대체 뭐야?"

"너희 같은 자들 때문이지."

막시민은 뜨악한 표정이 되었다.

"아니 거기서 왜 또 우리한테 불똥이 튀는 거야?"

아나로즈는 처음부터 그랬지만 막시민이 뭐라 하든 별로 상관하지 않았다.

"이 섬에 누군가가 왔었어."

막시민은 퍼뜩 조수아를 돌아봤다. 이건 그들이 기다리던 이야기였다.

"무덤으로 들어오지 않았기에 모습은 보지 못했지. 그러나 그자가 섬에 발을 들이는 순간 나는 잠에서 깨어났어. 때가 아니었는데도 깰 수밖에 없었어. 그자가 이 섬에 들여놓은 또 하나의 조각 때문에."

"조각?"

"마법사의 팔에서 남은 창을 꺾어냈을 때 자루 일부가 쪼개어졌어. 작은 조각은 어디에선가 사라졌다고 믿어졌지. 그랬던 그것이 어째서 그자의 손에 들어갔을까. 페리윙클에 남아 있었던 것일까? 아니면 대륙 어딘가에? 거기까지는 나도 모르지. 그러나 그자가 그걸 노을섬으로 가져왔을 때 수백 년간의 내 노력은 무無가 되었지."

그 말을 하는 아나로즈의 목소리에서 고통을 느낄 수 없는 것이 오히려 이상했다.

"그자는 강한 마력이 필요한 주문을 완성하기 위해 마력의 증폭을 원했던 것이겠지. 이곳에 마력의 원천이 묻혀 있다는 사실을 아는 것을 보면 이 섬 출신일지도 모르지. 두 조각은 한때 마력을 공유했던 노을섬에서 만나며 감응을 일으켰고, 그자는 원하던 마력을 손에 넣었을 거야. 동시에 봉인은 깨어졌어. 그자는 자신이 저지른 일이 가져올 결과를 알았을까. 알 수 없는 일이지. 그자는 그 결과를 감수할 만큼 가치 있는 일을 했을까. 알 수 없는 일이지."

"그놈이 한 일이 무엇인지 알려드릴까?"

비꼬는 듯한 말투와 달리 막시민의 얼굴이 상기되어 있었다.

"그 빌어먹을 놈은 무한히 가치 있는 일을 했지. 가나폴리가 망한 후로는 세상 누구도 완성한 적이 없는 마법이라던데, 그만한 힘도 없는 주제에 이곳에서 비정상적인 마력을 얻어서 잘도 해냈던 거였군. 덕택에 지금 비취반지 성에는 데모닉 조슈아 폰 아르님이 한 명 더 앉아 있단 말씀이야. 모습은 물론이고 생각도, 기억도, 재능도 똑같은 자. 심지어 이 세상의 섭리조차 한 명으로 인식한다는 멋진 복제품!"

"인형."

질문이 아니었다. 아나로즈는 다시 한번 말했다.

"데모닉의 인형."

조슈아는 아나로즈의 무표정한 얼굴을 보았다. 그리고 처음으로 자신의 인형이 만들어졌다는 사실이 모욕으로 느껴질 수 있음을 알았다. 아나로즈의 짧은 말에서, 그녀가 무한히 사랑하는 데모닉 이카본의 존재조차 모욕당했다고 여기는 감정을 읽었다.

이제 물어야 할 때였다. 조슈아는 감정을 누르며 말했다.

"당신은…… 수백 년 동안 어느 누구도 이 관에 손을 대지 못했다고 확신하나요?"

그동안 막시민은 아나로즈가 묘하게도 잘 대답해준다고 생각하고 있었다. 그러면 이 상황이 조금 이상하다는 것을 눈치채었어야 했다. 조금 늦었지만, 그제야 막시민은 아나로즈의 변하지 않는 얼굴에도 무언가가 숨겨져 있을 수 있음을 알았다.

"네가 무엇을 찾는지 알아."

"아신다고요?"

조슈아는 조금 놀랐지만 아나로즈가 마법사인 이상 결코 짐작하지 못할 일도 아니고, 또 일부러 숨긴다고 숨겨질 일도 아니었기에 순순히 고개를 끄덕이며 말했다.

"그렇다면 도와주세요."

"대신 너는 내 부탁을 들어주어야 해."

어려운 부탁일 수도, 아닐 수도 있었다. 조금 신중했더라면 단서를 달았어야 했다. 그러나 조슈아는 아나로즈의 무감동한 태도에 어느새 익숙해져 있었다.

"내가 할 수 있는 거라면 들어드리겠어요."

막시민조차도 이어 아나로즈의 입에서 나온 요구를 상상하지 못했다.

"내 손에 죽어줘."

바람이 멎자 세 사람의 숨소리만 들렸다. 차마 대꾸가 떨어지지 않아 막시민은 입술을 악물었다. 조슈아는 시선을 떨어뜨렸다가 돌 닻을 보았고, 다시 아나로즈를 보았다.

"이해가 안 되네요."

다시 열린 아나로즈의 입술이 좀 전보다 메말라 있었다.

"이해할 수 없겠지."

조슈아는 고개를 저었다.

"누구라도 자기가 죽어야만 할 이유를 이해할 수 없겠지만, 내 말은 그런 뜻이 아니에요. 내가 이해가 안 되는 건."

조슈아는 눈을 빠르게 몇 번 깜빡였다.

"당신은 내게 부탁할 필요가 없다는 거죠. 당신은 내 협조가 없어도 아주 간단하게 그 일을 할 수가 있죠."

놀랍게도 아나로즈는 고개를 저었다.

"아니, 내 말도 그런 뜻이 아니야."

"아니라고요?"

"물론 내가 널 죽이기란 어렵지 않아. 비록 봉인을 유지하는 데 내 힘의 대부분을 쏟아넣어서, 쓸 수 있는 힘이 고작 한 줌뿐이더라도. 하지만 내가 원하는 건 네 죽음이 아니라, 너의 납득이야."

"……."

"네가 그 사실을 납득해줬으면 해."

막시민이 자리에서 벌떡 일어섰다.

"도저히 더 듣고 있을 수가 없는데 말이지. 당신이 누구고 어떤 일을 했든, 무슨 고생을 겪었든 수백 년 뒤에 태어난 우리한테는 아무 책임이 없다는 걸 첫째로 알아둬야겠어. 당신이 고생하다 못해 돌아버렸다 해도 그게 나나 저놈의 책임은 아니란 말이야. 그건 백 년 전에 뜬 해와 오늘 날씨만큼이나 관계가 없어! 혹시 그게 제정신으로 한 말이라고 한다면 나도 제정신으로 당신 말을 해석해볼까. 상대가 납득하면 죽여도 상관없나? 자살하려는 놈은 절벽에서 떠밀어도 되나? 죽이고 싶은데 상대가 납득하면 죄책감이 덜어지나? 그따위 생각을 해본 적 없는 나로서는 전혀 이해가 안 되지만, 설마 그런 걸 추구하는 거라면 딱 잘라 비열하다고밖에는 말 못 하겠는데. 안 그래? 그리고 무엇보다도, 그따위 납득이 가능한 놈이 세상에 한 명이라도 있을 거 같아? 만약 있다면 내 목도 당신 손에 붙여드리지. 별로 쓸데는 없겠지만. 어때?"

지금까지의 상황으로 볼 때 빠르게 쏟아져 나온 막시민의 말을 아나로즈가 이해했을지는 모를 일이었다. 그러나 막시민은 그러든 말든 신경쓰지 않았다.

"아, 게다가 저놈이 만에 하나 죽고 싶다 쳐도 그건 절대로 나한테 먼저 물어봐야 돼. 그럴 거였으면 일찌감치, 어디야, 저 불난 극장 속에 내버려뒀으면 만사 간단했단 말이야. 그런데 거기서 죽기 살기로 건져 와서, 쫓아오는 살인자를 피해 가며, 여태까지 저놈을 살리겠답시고 기를 쓰고 끌고 다닌 난 뭐가 되냔 말이야! 따라서 반드시 나한테 허락을 받아주셔야겠고, 그리고 대답이야 어차피 뻔하니까 미리 말해두자면 절대 반대야!"

막시민이 보기에는 살짝 돌아 있는 조슈아가 또 제멋대로 초월적인 자기만의 논리에 빠져서 '그래요, 죽어드리죠' 따위로 대답할 가능성을 전혀 배제할 수 없었기 때문에 나온 말이었다.

"막군, 난⋯⋯."

조슈아가 입을 열려 하자 막시민은 홱 돌아보며 눈을 부라렸다. 네놈이라면 또 내 논리를 궁색하게 할 돌아버린 논리를 잘도 끄집어낼지 모르니까 입 닫고 있어, 라는 의미로.

아나로즈는 막시민의 말을 끝까지 들었지만 이번에도 아무 반응을 보이지 않았다. 아무 말도 못 들은 것처럼 조슈아에게 대답을 재촉하는 눈길을 보냈을 뿐이다.

조슈아가 말했다.

"내 의견을 말하기 전에 왜 당신이 그걸 원하는지 알고 싶군요. 아니, 알아야 하겠죠."

"너는 내가 용서할 수 없는 그의 모습, 그 자체니까."

아나로즈를 보는 조슈아의 눈이 일순 흔들렸다.

"그 말은, 단지 내가 이카본과 다른 여자와의 사이에서 생겨난 핏줄의 후손이기 때문에?"

아나로즈가 바로 대답하지 않자 조슈아는 입술을 가늘게 다물었다가 고개를 저었다.

"그런 이유라면 납득할 일은 없을 겁니다."

"네 존재가 그와 무관하다고 말하고 싶은가?"

"그의 공이 내 공이 아니듯, 그의 과過도 내 과가 아닙니다."

"그렇다면 너는 왜 그의 이름을 지녔지? 왜 그의 힘을 이

어받았지? 넌 그가 이룬 것을 물려받고, 그가 한 계약의 이행자가 되려 하고 있지 않은가."

조슈아의 미간에 힘이 들어갔다.

"계약의 이행자……. 어떻게 당신이 그걸 알고 있죠?"

"만일 네가 계약의 이행자가 아니었다면……."

아나로즈가 몸을 세우는 듯하더니 이윽고 일어나 똑바로 섰다. 더이상 자세가 흔들리지도 않았다. 오른손을 들어 허공을 쓰다듬자 바닥의 풀들이 그녀의 손짓을 뒤따르며 몸을 눕혔다. 이어 손목을 돌리며 무언가를 가볍게 쥐듯 오므린 손가락이 허공에서 느리게 돌아갔다. 그와 동시에 조슈아는 심한 두통을 느꼈다. 그녀의 손가락이 머릿속으로 파고드는 것 같았다.

"난 너를 간단히 지배했을 것이다."

막시민은 조슈아가 얼굴이 하얘지며 눈을 감는 것을 보았다. 막시민은 그런 모습을 예전에 한 번 보았다. 쥬스피앙 마법사의 집 앞에서, 최초로 배를 날리려 했던 때. 그러나 그때와 같은 일은 일어나지 않았다. 조슈아는 애써 눈을 뜨더니 아나로즈를 노려보았다.

"내 능력을 끌어내려 하지 말아요."

아나로즈는 손을 멈췄다. 그와 동시에 두통의 근원도 사라졌다. 조슈아는 아직 남은 통증의 잔재를 추스르느라 휘청거리는 몸을 지탱하려 애쓰며 말했다.

"어차피 이곳은 유령이 들어올 수도 없는 곳이죠. 안 그런가요?"

"어떤 금지든 더 강한 힘 앞에 부서진다. 그렇지 않은가?"

조슈아의 눈에 힘이 들어갔다.

"그 말은, 유령을 불러내고자 하는 내 힘이 더 강하면 유령의 침입을 막는 이곳의 제약은 깨어진다, 그 말인가요?"

아나로즈의 입술이 조금 움직여 씁쓸한 미소가 되었다.

"네게 아직 그런 힘은 없어."

그즈음 조슈아의 얼굴에 핏기가 돌아왔다. 그걸 본 막시민이 말했다.

"하지만 당신에게 지배당하지도 않는군. 저 녀석은 제 머릿속으로 파고드는 남의 의식에 익숙하거든. 일흔 명쯤 들어와도 눌러버릴 수 있고, 아흔여덟쯤 들어와도 죽지 않는단 말씀이야."

아나로즈의 눈썹이 조금 움직이는 것이 보였다. 막시민이 말을 이었다.

"그런데 이것만은 물어야겠군. 조슈아가 영매라는 건 꿰뚫어 볼 수 있다 치더라도, 조슈아에게 계약의 이행을 원하는 놈들, 그러니까 '약속의 사람들'이 사라지지 않고 조슈아 주위를 떠돈다는 사실은 어떻게 안 거지? 당신은 약속의 사람들이 죽기도 전에 그들과 헤어졌을 거 아냐?"

"유령이 영매의 몸속에 들어왔다가 나갈 때 아무 흔적도 없이 깨끗이 분리될 것 같은가?"

한 번도 생각지 못했던 부분이었다. 막시민은 미간을 찡그리며 조슈아를 바라보았다.

잠시 후 조슈아가 대답했다.

"그렇지 않은 것 같아요."

"무슨 일이 일어나는데?"

막시민이 오히려 다그쳤다. 조슈아는 무언가를 떠올리려는 표정이었다. 이윽고 대답했다.

"세계가 변했어."

"그게 무슨 뜻이야?"

"내 세계. 나뿐 아니라 모든 사람의 의식 속에 있는 세계야. 사람에 따라 작은 방일 수도 있고, 까마득한 절벽과 하늘일 수도 있어. 보통은 직접 가보기 힘들지만, 네게도 있을 거야. 예전에 코르네드를 강령하면서 마법을 쓰도록 자리를 내줬을 때, 난 그곳에서 기다리고 있었지. 그때 이야기를 들었어. '흔적'에 대해서. 그땐 그게 무엇인지 정확히 몰랐는데 이제 조금 알 것 같아. 내가 다시 간다면 그 세계의 풍경은 변했을 거야. 많은 유령이 들어왔기 때문에."

"그 말은 너란 놈이 변한다는 거냐? 조금씩이라도?"

"몰라. 확실치 않아. 하지만 본질적으로…… 사실일 것만 같아."

"그럼 강령 따위 하면 안 되잖아!"

조슈아는 어색한 미소를 지었다.

"하고 싶어서 한 적은 없는데."

막시민은 더 말하고 싶은 듯했지만 일단 나중으로 미루고 아나로즈에게 고개를 돌렸다.

"그럼 당신은 조슈아에게 남은 유령의 흔적을 발견해서, 그게 누구인지 알았단 말인가?"

아나로즈의 입술이 희미하게 비틀렸다.

"누구인지 알 필요는 없어. 유령은 '뜻'을 남기고 가니까. 들어왔던 유령들이 열망한 것이 무엇인지 알아볼 수 있어. 그리고 '그 소원'의 주인들을 나보다 잘 알 사람은 없겠지."

그걸 알아본 순간이 언제였을까. 조슈아는 돌이켜보며 생각했다. 아나로즈가 자신을 꿰뚫어 보고 그 안에서 '약속'의 흔적을 발견한 순간을. 수백 년 전의 분노가 되돌아온 순간을. 마침내 "내 손에 죽어줘"라고 말하게 한 마음을.

막시민이 말했다.

"그래…… 좋아. 좋다 이거야. 당신은 조슈아의 머릿속에 드나든 약속 뭐라는 놈들이 흔적인지 뜻인지 하는 걸 남겼으니까 저 녀석한테 이거저거 뜯어내려고 덤볐을 거라고 짐작한 거 같은데, 내가 딱 잘라 말하자면 지나치게 제멋대로 결론까지 내버리는 거 아냐? 약속 어쩌고 놈들한테 당연히 휘둘릴 거라고 단정짓는 거 말이야. 계약의 이행인지 뭔지, 이쪽에서 거절했을 가능성은 생각하지 않는 거냐고."

그렇게 말하자마자 막시민은 조슈아를 돌아봤다. 그 말만은 하지 말라는 눈짓을 보내기도 전에 조슈아가 이미 말하고 있었다.

"거절하진 않았어요."

막시민은 이곳에서 안전하게 나갈 수만 있다면 친구 놈의 뒤통수를 한 대 갈겨주리라고 다짐했다.

"하지만 응낙하지도 않았죠. 하지만 그 까닭은 그들의 요구를 무시해서가 아니에요."

조슈아의 입가에 자조적인 미소가 어렸다.

"그럴 능력이 없어서죠."

줄곧 시선이 닿아 있었지만 아나로즈의 눈은 조슈아를 보는 것 같기도 했고, 아닌 것 같기도 했다. 하지만 방금 조슈아의 말이 맺어진 순간만은 그를 보고 있었다. 짧은 순간, 눈 속에 녹색 불길이 이는 듯했다.

"바로 그래서야."

잠시 다물어진 입술조차 가늘게 떨렸다.

"이카본은 한 번에 아주 많은 걸 생각할 수 있는 사람이지.

한 개의 마음속에 수백 개의 마음이 들어 있지. 한 명에게 온 마음을 주고도 다시 수백 명의 마음을 받아들일 수가 있지. 이윽고 선택의 때가 왔을 때 그는 어느 것도 버리지 않으려 했어. 제 손으로 어느 쪽도 택하지 않으려 했어. 그 결과 내가 남겨진 거지. 나는 홀로일 수가 있지만, 끊임없이 요구하는 그들은 결코 홀로일 수가 없으니까!"

분노한 아나로즈의 목소리가 울리자 보이지 않는 천장, 또는 허공 자체가 진동했다. 그들의 옷자락까지 흔들렸다.

"계약의 이행자가 어떤 것인지 알아? 약속의 사람들, 그들은 내 것을 모조리 가져가고도 모자라 내가 그들의 종이 되길 원했지. 백번 양보해 그곳에 내 몫이 없다 해도, 내 명예는 어디에 있지? 내 명예를 지켜주어야 할 그는 무엇을 했지? 난 내게 치욕을 주는 방식으로 남을 사랑하지 않아. 계약의 이행자란, 내게 명예를 버린 채 자신 곁에 남아달라고 한 그 사람의 모습이지. 내가 받아들일 수 없는 그의 모습, 그의 비겁함. 그 모습만은 내 혼이 먼지가 될 때까지도 용서할 수 없어. 다시 천 년 동안 그를 사랑하더라도."

아나로즈는 손을 들어 조슈아를 가리켰다.

"그래서야. 그래서 너를 용서 못 해. 끝내 계약의 이행자가 되려 하는 너. 방금 네가 한 말은 이 자리에 이카본이 있었다면 했을 말 그대로니까!"

조슈아는 대답하지 않았다. 메아리처럼 남은 목소리의 잔상만이 공기를 흔들었다. 마법사이기 때문에 목소리에조차 마력이 깃든 것일까. 아니면 이 울림은 한 사람이 수백 년간 간직해온 분노가, 고통이, 처음으로 마음 밖으로 쏟아졌기 때문일까.

울림이 가까스로 가라앉을 무렵 막시민이 입을 열었다.

"좋아. 그건 다시 말해 조슈아가 계약의 이행자가 되지 않는다면 당신 손에 죽을 필요도 없다는 뜻인가?"

조슈아가 대신 말했다.

"막군, 그 대답은 필요가 없어. 저분은 능력이 없어 계약을 이행할 수 없다는 나조차도 받아들이지 못하겠다고 하니까."

그러나 막시민은 한 가닥뿐인 희망을 끈질기게 물고 늘어졌다.

"진심으로 말이다. 진심으로 계약을 받아들일 마음이 없다고 한다면?"

조슈아는 대답하는 대신 아나로즈에게 막시민을 가리켜 보였다.

"그는 내 친구죠."

막시민도 조슈아가 무슨 말을 하려는 것인지 몰랐다. 조슈아의 말이 이어졌다.

"당신이 본 대로 어쩌면 내가 이카본을 닮아서인지, 나도 내 마음속에 든 것들을 어느 쪽이든 쉽게 포기 못 합니다. 보다시피 내 친구는 나를 살리겠다고 멀리서부터 찾아와 고생을 나누고, 여기처럼 위험한 곳까지도 함께 왔습니다. 그런 그를 위해 내가 한마디, 계약의 이행자 따위 되고 싶지 않다고 말하기만 하면, 혹시 당신은 우릴 보내줄지도 모르는데, 그런데도 난 그 말을 못 하죠. 당신이 미워하는 이카본의 모습 그대로."

막시민은 정말로 조슈아의 말을 멈추게 하고 싶었지만 방법이 없었다. 그때 반전이 찾아왔다.

"이런 우리의 모습이 당신에게 또 다른 이카본의 모습을 떠올리게 하지 않나요? 그렇게 어려움을 자초하는 친구인데도 끝내 곁을 떠나지 않았던, 한 사람과 함께였던 모습을?"

세 사람의 눈이 마주쳤다고 할 만한 순간이었다. 조슈아가 입술만 움직여 말했다.

"켈스니티."

아나로즈가 시선을 내리깔았다가 말했다.

"수백 년 전에 죽었겠지."

"맞아요. 하지만 계약의 이행자가 무엇이던가요? 약속의 사람들이 왜 지금껏 남아 있던가요?"

그 말이 떨어지는 것과 함께 공기가 다시 울리기 시작했다. 윙윙대는 소리가 귓가에 들릴 지경이었다.

"나는 영매죠."

파삭, 하고 무언가가 부서졌다. 막시민의 시선이 향한 곳에 이상한 균열이 보였다. 아무것도 없는 허공의 일부가 유리인 양 부서져 있었다. 틈새에서 파란빛이 새어 나왔다.

"너는…… 네 말을 증명해야 할 거야."

"누가 날 이곳으로 데려왔을까요? 그 옛날 이카본만이 뚫고 들어왔던 마법 폭풍의 섬으로, 동굴 속의 숨겨진 봉인처까지, 누가 인도할 수 있다고 생각하죠?"

그 순간 뜻밖의 일이 벌어졌다. 아나로즈가 두 손으로 얼굴을 가리며 그 자리에 주저앉았다. 감정 따위 다 삭아버렸다고 말하던 그녀의 손 틈으로 산 사람만이 흘리는 투명한 물이 흘렀다.

"왜…… 그의 혼이…… 아직까지 남아 있지? 몇백 년 동안…… 왜 쉬지 못하고 떠돌았던 거지? 쉬지 못하는 것은 나 하나로 족한데……."

조슈아도 막시민도 망연해져서 어쩔 줄 몰랐다. 선뜻 입이 떨어지지 않았다. 섣불리 위로할 수도 없었다. 아나로즈 같은 사람이 무너지는 모습은 보는 사람의 마음조차 고통스럽게 찢어놓았다.

이윽고 아나로즈가 붉어진 눈을 들어 조슈아를 보았다.

"말해. 켈스에게 무슨 일이 있었지?"

아나로즈에게도 그는 '켈스'였다. 조슈아가 늘 그렇게 불렀듯.

"켈스는 비취반지 성이 습격을 받았을 때…… 이카본은 그곳에 없었고……."

조슈아가 말을 잇지 않아도 아나로즈는 알아들었다. 왜 이카본이 켈스니티를 두고 성을 비워야 했을지. 한참 동안 침묵이 흘렀다. 그동안 바람이 없는데도 주위의 풀들이 이리저리 쏠렸다. 잔디 위에 비틀린 고랑이 새겨지고 지워졌다.

"그래서 이카본이 더이상 오지 않았구나."

아나로즈는 몸을 일으켰지만 어깨가 미세하게 떨렸다.

"켈스는 어떻게 지내지? 그와 너는 어떤 관계지?"

"켈스는 죽은 후로 오랫동안 비취반지 성에 지박되어 있다가 나를 만나면서 풀려났습니다. 그후로 내 곁에서 지낸 지 벌써 몇 년째죠. 이카본의 이야기를 수없이 들려준 것도 그였어요. 하지만 켈스의 존재가 너무 익숙해서였을까, 난 조금 전 당신이 그토록 슬퍼하는 사실을 한 번도 심각하게 생각하지 못했어요. 켈스가 쉬지 못하고 이 세상에 남아 있다는 것이 어떤 비극인지를……. 어쩌면 당신처럼 수백 년을 살아온 사람만이 알겠지요. 그동안 켈스는 내게 친구 같기도 했고 삼촌 같기도 했죠. 한 가지 분명한 건 그는 날 아꼈어요."

아나로즈가 묘하게 침착해진 목소리로 물었다.

"켈스가 너를 아꼈으니 내게도 그래달라는 건가?"

부러진 손

"아뇨."

조슈아는 상대의 고통에 동화되어 얼굴을 찡그리면서 말을 이었다.

"그런 것은 기대하지 않아요. 켈스의 이야기를 꺼내면서 내가 하고 싶었던 말은, 과거 이카본과 당신 사이에 존재했던 그의 의미예요. 켈스는 두 사람의 친구였죠. 두 사람을 축복하고자 했고요. 당신도 그를 미워하지는 않았을 거예요."

아나로즈가 속삭였다.

"그는 내 친구였어."

"그래요. 하지만 그는 약속의 사람이었어요."

생각지 못했던 지적에 아나로즈의 얼굴이 굳어졌다.

"켈스는 그들과 달라."

"당신에 대한 태도는 달랐지만 근본적으로 켈스 또한 이카본의 약속을 믿었던 사람이었죠. 그리고 그 약속의 실현을 열망했고요. 그 두 가지야말로 '약속의 사람들'을 정의하는 가장 뚜렷한 준거가 아닌가요."

"……."

"무엇보다도 켈스는 지금도 이카본의 약속을 이루기 위해 쉬지 않고 노력하고 있어요. 죽은 자들도 다가가기를 겁낸다는 필멸의 땅에 드나들면서까지. 그렇게 보면 켈스는 약속의 사람들 중에서도 가장 열망이 강했던 사람일지도 모르죠. 이카본이 이뤄주지 못한 약속을 대신 지키려는 마음까지 더해서. 후손인 내가 그 약속에 말려드는 것만은 반대해왔지만.”

아나로즈는 숨을 고르고 있었다. 그녀는 이카본이 약속을 지키려 했던 사람들을 모두 미워한다고 했다. 계약의 이행자가 되려 한 이카본 본인의 모습조차도. 그러나 켈스니티만은 아니었다. 그만은 약속의 사람들이자 아나로즈의 친구였다. 또한 이카본은 제 몸의 일부처럼 아끼던 친구를 위해 약속을 지키려 한 셈도 되는 것이다.

“조금 전, 켈스가 너를 아끼니 내게도 너를 해치지 말아달라고 했더라면 나는 그대로 했을 거야.”

아나로즈의 숨이 평온해졌다.

“그만큼 나는 켈스를 존중해. 우린 맹약자였지. 사람들은 우리가 목표를 위해 맹약을 했다고 생각했지만, 우린 서로의 존재에 맹약을 했어. 적어도 난 그랬어. 그래서 마음 맺음이 깨어졌을 때 나는 맹약을 깨고 떠났어. 그래. 나는 그 정도로 켈스를 소중하게 생각해. 하지만 너는 내게 그걸 요구하지 않았어.”

조슈아는 고개를 끄덕였다.

“그리고 네가 진정으로 이카본을 닮았다면, 그리 요구할 리가 없다는 것을 알아.”

“네, 맞습니다.”

결코 대적할 수 없는 상대 앞이었지만 조슈아는 단호히 그렇게 말했다. 어떤 여지도 남기지 않고서.

"그렇다면 너와 나의 계약은 여전히 존재해."

조슈아는 용서를 구걸하려 하지 않고 고개를 끄덕였다. 아나로즈의 말이 이어졌다.

"먼저 말해두겠어. 너희가 찾고 있을 인형의 본체는 이곳에 없어."

돌에서 꽃이 자라다

돌이 이슬을 품어 이끼꽃 나고

땅이 강을 머금어 버들꽃 피고

별이 비를 뿌리니 천지사방에 별꽃

사람이 뛰놀아 살아난 돌

바람이 휘돌아 일어난 땅

돌투성이 거친 땅에 별이 비를 뿌리니

흐르는 빗물 따라 천지사방에 별꽃

"없다고?"

막시민은 그렇게 되물으며 저도 모르게 돌로 된 닻을 돌아보았다. 그리고 그럴 수밖에 없음을 알았다. 아나로즈가 잠들고 깨어날 때마다 그 속에서 자아를 되찾아온 저 관에, 그녀 말고 누가 손을 댄단 말인가?

맨 처음 찾아온 감정은 허탈함이었다.

"여기가 아니라면 도대체……. 최초의 가정부터 모조리 틀렸다는 거냐? 젠장맞을 돌팔이 마법사가 해준 말은 죄다 헛소리였나?"

대답해줄 사람은 없었다. 쥬스피앙을 이 자리로 불러올 수 없는 것이 유감이라고 생각하며 막시민은 땅바닥을 걷어찼다. 어디부터 다시 생각해야 하지? 혼란에 빠진 막시민의 귀에 아나로즈의 목소리가 들렸다.

"데모닉의 인형을 만들려면 데모닉의 시체가 필요했겠지. 그래서 너희는 이곳에 묻혔을 그의 관을 찾아왔겠지."

"거기까진 맞다 이건가?"

맞는다 쳐도 언뜻 이해가 가지 않는 말이었다. 그자가 노을 섬에 찾아와 마법 증폭을 통해 만들어낸 것이 정말로 인형이라면, 노을섬에 이카본 외에 다른 데모닉의 시체라도 있단 말인가? 그게 아니라면, 여기에 찾아온 자는 인형을 만든 게 아니라 다른 일을 했고, 데모닉의 시체도 다른 곳에 숨겨져 있단 말인가?

그때 아나로즈가 막시민의 생각을 읽기라도 한 것처럼 말했다.

"너희가 찾는 것을 내가 어째서 알고 있을 것 같은가?"

조슈아가 대신 답했다.

"이곳에서 그자가 무슨 일을 했는지 알기 때문에."

막시민이 반론했다.

"아까 그놈의 모습을 보지 못했다고 했잖아?"

"보지 못했더라도 무슨 일이 일어났는지 느낄 순 있었을 거야. 그건 마법의 문제니까."

막시민의 시선이 다시 아나로즈를 향하자 그녀가 고개를 끄덕이는 것이 보였다.

"그들이 인형을 만들었음을 알고 있었어. 그게 누구의 시체인지, 누구의 인형일지는 몰랐지만."

"처음부터 그렇다고 할 것이지 말장난이나 하고……."

불만스레 중얼대던 막시민은 문득 중대한 사실을 깨달았다.

"누구의 시체인지 몰랐다는 말은, 그들이 처음부터 본체가될 시체를 갖고 있었다는 뜻인가?"

조슈아가 아나로즈를 돌아보았다.

"그게 정말인가요? 그들이 관을 갖고 있었다고요?"

아나로즈의 고개가 끄덕여지자 조슈아의 표정이 미묘하게 변했다.

돌에서 꽃이 자라다

"……누구의?"

비취반지 성의 납골당에는 데모닉의 시체가 없었다. 페리윙클의 납골당은 부순 흔적이 없었으며, 모든 관에서 시체가 사라진 흔적 또한 없었다. 그리고 노을섬에 묻힌 이카본의 관에는 세상 그 누구도 손댈 수 없었다.

도대체 누구란 말인가?

"히스파니에 노인네라면, 내가 네 인형을 처음 봤던 날까지도 멀쩡했다."

막시민이 첫 번째 가능성을 소거했다. 그런 다음 심각하게 미간을 찌푸리고 있더니 물었다.

"그 노인네한테 자식이 없다는 거, 진짜로 확실하냐?"

"나도 없는 걸로 알고 있어."

조슈아 또한 미간을 찌푸리고 있었다. 막시민이 다시 물었다.

"같은 시대에 두 데모닉이 존재한 것은 너하고, 지나치게 오래 살아버린 노인네가 유일하다고 그랬지?"

새삼 고개를 끄덕일 필요도 없는 말이었다. 그런데 막시민이 입술을 한쪽으로 비틀며 말을 이었다.

"그런데 그렇게 따지자면…… 실은 네가 순서를 틀린 거 아니냐?"

"내가?"

"넌 삼 대째잖아. 순서를 틀린 건 너고, 실은 전과 마찬가지로 사 대째에 태어날 참이었던 거 아니겠냐고."

잠시 후 조슈아가 참지 못하고 소리쳤다.

"그런 규칙성 자체가 착각이라고 생각하지만, 어차피 진짜로 할아버지의 자식이 있다 쳐도 이 대째에 불과하잖아! 할아버지 본인이 데모닉이라고!"

"그 노인네가 일찌감치 사고 쳐서 이미 아들에 손자에 증손녀가 세 명쯤 있을지 알게 뭐냐?"

"그럴 리가 없어!"

"그건 네 생각이지!"

"너도 할아버지를 오랫동안 봐왔잖아! 그래놓고도 할아버지가 거짓말을 했다고 생각하는 거야?"

"또 순진한 도련님 노릇이냐? 데모닉 주제에 머리를 좀 써봐! 할아버지가 자기한테 자식이 있는지 몰랐을 가능성도 얼마든지 많다는 걸 모르겠냐?"

"그런 무책임한 얘긴 듣고 싶지 않아!"

"그럼 다른 답이라도 있냐? 어쨌든 너한테는 아들이나 딸이 없는 게 틀림없잖아! 혹시 진짜로 있다거나 한 거면 빨리 솔직히 불어! 지금 불면 용서해줄지도 모르니까!"

얼굴이 새빨개진 조슈아가 막시민의 무릎을 걷어차려 했으나 막시민이 피하는 바람에 발끝이 스치는 데 그쳤다. 막시민은 웃고 있지 않았지만 조슈아의 얼굴을 보더니 기침을 한두 번 했다.

조슈아가 말했다.

"한 가지 분명히 해두겠는데, 우린 지금 이미 죽었을 사람을 찾고 있는 거야. 아무나 마구잡이로 짚은 다음에 그 사람이 죽었을 거라고 가정하는 건 마음에 안 들어. 그리고 내가 지금껏 존재를 몰랐을 친척이 있다 해도, 그 사람이 죽었다면 내 귀에 소식이 들려왔을 거야. 네 말대로 만에 하나 할아버지조차 모르는 자손이 있었다 해도 마찬가지야. 적어도 자식 쪽에서는 아버지가 누군지 알고 있었을 테니까. 평소엔 아니었을지라도, 죽었다면 틀림없이 소식을 전하려 했겠지. 너라면 그러지 않겠어?"

"글쎄, 나라면 우리집에 누가 죽었다 해도 그 소식 알리려고 어느 구석에 박혀 있는지도 모르는 아버지란 인간을 수소문한답시고 시간 낭비하지는 않을 것 같은데."

그렇게 말은 했지만 막시민도 어느 정도 조슈아의 논리를 이해했다. 조슈아와는 다른 방식으로. 막시민과 달리 조슈아의 집안은 공작 가문인 것이다. 그런 피를 이은 사람이라면 집안에 미련이 있든 없든 자기 몫으로 떨어질 뭔가를 챙기러 나타나기 마련인 것이다. 숨어 있어서 이득 볼 게 뭐가 있겠는가?

"다시 말해 최근 몇 년 동안 우리 집안에 죽은 사람이라면 누나 한 사람뿐……."

그렇게 말을 잇던 조슈아가 멈칫했다.

등줄기에서부터 빠른 충격이 올라와 머리를 울렸다. 조슈아는 손끝도 까딱 못 하고 그 자리에 못박혔다.

막시민이 불렀다.

"왜 그래?"

조슈아는 대답하지 않았다. 몇 번 더 불렀지만 마찬가지였다. 갑작스럽게 자신 속 생각의 세계에 떨어져버렸다. 누구도 보고 있지 않았다. 눈동자 속에 나타난 혼란을 알아볼 수 있을 뿐이었다.

"아."

정신을 차리니 벌써 막시민이 어깨를 잡아채 한바탕 흔들고 놓아준 참이었다. 조슈아는 숨을 크게 들이쉬었다. 그렇게 하는데 어깨가 다 떨렸다.

"말해. 뭐냐."

"누나에 대해서…… 내가 한 말 기억해?"

막시민은 같이 심각한 얼굴을 했지만 대답은 단순했다.

"바보였다면서."

"물론 그랬지만 누나, 어떨 때는 나보다도 기억력이 좋았어."

막시민의 표정이 괴상해졌다.

"야, 데모닉. 그거 성립할 수 있는 말이냐?"

"물론 나보다 좋았다는 말은 어폐가 있을지도 모르지만……
그래도 보통 사람은 아니었어. 언젠가 누나는 아기 시절에 요
람에 누워서 보았다던 일을 술술 말해줬던 적이 있어. 그때
사람들이 나눈 이야기며 창밖의 풍경이나 유모가 입었던 옷
색깔까지도. 마침 그날은 어머니께서 몹시 편찮으셔서 다들
그날 밤을 못 넘기시는 것 아니냐고 걱정했던 날이어서, 그날
이야기를 기억하는 사람이 많았어. 그래서 맞추어볼 수가 있
었지."

막시민의 표정이 한층 괴상해지더니 말했다.

"너희 집안에서는 그런 사람을 바보라고 부르냐?"

조슈아가 고개를 몇 번 세차게 도리질 쳤다.

"하지만 누나는 자기 이름조차 한 번도 바르게 쓰지 못했
어. 스무 살이 되도록 다섯 살짜리의 행동 그대로였던 누나라
고. 그럴 리가 없어. 그럴 수 없어."

"뭐가 그럴 수 없어?"

조슈아가 힘주어 내뱉었다.

"누나가, 데모닉이었을 리 없다고."

막시민도 순간 아연해졌다. 조슈아의 표정은 결연했지만
눈빛은 불안했다. 막시민은 대꾸가 선뜻 떠오르지 않았다. 데
모닉 중에는 미친 사람이 많았다. 어려서 일찌감치 미친 사람
이 특히 많았다. 이브노아가 보였다는 기억력은 그녀가 데모

닉이 아닐지 몰라도 적어도 보통 사람은 아니라는 추론을 뒷받침했다.

잠시 후 막시민이 말했다.

"너, 지금까지 내가 무슨 말을 해도 억지로 네 매형을 감싸지 않았냐. 그건 그 사람이 네 누나만은 진심으로 아껴줬다고 생각해서가 아니었냐?"

조슈아가 그렇다고 뚜렷이 말한 일은 없었다. 그러나 막시민이 테오를 의심할 때마다 조슈아가 막무가내로 거부했던 것도 사실이었다. 데모닉의 판단력을 가졌으면서도 명백한 가능성을 줄곧 외면해왔다. 그건 초월적인 판단력을 갖고도 넘지 못한 마음의 벽이었다.

테오가 조슈아 자신을 미워할 수는 있다고 생각했지만, 그럼에도 불구하고 이브노아에게 쏟았던 사랑만은 잊을 수 없었다. 그 무한한 인내와 배려만은 친동생이라는 조슈아도, 부모조차도 하지 못한 진정한 헌신이었다. 그랬기에 테오가 만일 정말로 조슈아를 미워하여 인형을 만들었다 하더라도 이브노아를 보아 못 본 체할 수도 있다고, 그러므로 의심할 필요도 없다고, 인형은 없애더라도 누가 그랬는가는 알고 싶지 않다고, 그런 모순적인 생각에 사로잡혀 막시민이 지적할 때마다 고개를 저으며 귀를 막아왔다.

막시민이 조슈아의 그런 기분을 눈치채지 못했을 리 없었다. 하지만 어차피 진실과 마주하게 될 테고 그때는 받아들일 수밖에 없을 거라 여겨 내버려두었을 뿐이다.

그런데 테오가 이브노아를 죽였다면?

죽이지 않았더라도, 그 시체를 이용해 인형을 만들었다면?

"난 모르겠다. 너희 누나를 만나본 적조차도 없잖아. 결론은 네가 내려."

조슈아는 고개를 숙였다가 이윽고 저었다.

"아니, 아닐 거야. 아니라고 생각해."

조슈아는 끝내 이브노아가 데모닉일 수도 있다는, 다시 말해 어려서 손상되어버린 데모닉일 수도 있다는 생각을 거부했다. 진실을 받아들일 담력이 없어서가 아니었다. 만일 그게 사실이라면 이브노아의 스무 해 짧은 생애가 빛을 잃기에. 그런 사람을 믿고 사랑한 이브노아의 생애가 너무도 어리석고, 가련하고, 초라해져버리기에.

진실이 아니어야만 했다.

"증거도 없이 내릴 결론은 아닐지도 모르지. 이걸 피한다면 결론조차 없어져버리지만 지금 안다 해서 뭘 어쩔 수 있는 것도 아니지."

막시민은 조슈아의 속이 편해질 법한 얘기를 덧붙이고는 문득 아나로즈를 돌아봤다. 앞에 아무도 없는 것처럼 떠들어댔다는 데 생각이 미친 까닭이었다.

아나로즈는 둘을 보고 있었다. 줄곧 그랬듯 무표정하게…… 아니다. 표정이 있었다. 비록 어떻다고 딱히 말하기 어려운 것일지라도. 언제부터였을까. 켈스니티의 이야기가 나온 후부터일까? 한마디 끼어들지도 않고, 자기 생각에 잠기지도 않고, 시선만이 떨어질 줄 몰랐다. 막시민이 돌아보는데도 오히려 느끼지 못했다. 실은 그들의 이야기를 듣고 있지 않은 듯도 했다. 그건 뭐랄까…….

하염없이 보고 있었다.

그들을 보면서 그들 너머의 무언가를 보았다. 그림이 되어버린 꽃과 사슴처럼, 볼 수 있되 영원히 손닿지 않는 무언가를 더듬고 있었다. 떠나버린, 한때는 저런 모습이었을, 열여덟 살에 만났던 두 사람을.

삶은 계속된다. 되풀이된다. 멸망하지 않은 세상은 계절이 돌아올 때마다 비슷하지만 다른 꽃을 피운다. 수백 년 전과 똑같이 빛나고 가치 있는 꽃을.

"너희는 밖에서 왔어."

아나로즈의 입술이 열렸다.

"이곳은 나의 무덤, 침실, 피투성이 심장 속. 너희는 밖으로 나가야 할 운명이고, 세상이 너희가 묻힐 무덤. 내가 이곳을 지키듯이 너희는 너희의 무덤을 지켜야 해."

막시민이 어깨를 으쓱하며 말했다.

"조금 전까진 지킬 방법이 없다고 하더니 생각이 바뀐 건가?"

"피 흘리는 창 조각을 가진 자. 그자가 누구인지 너희가 알고 있다면 이야기가 다르지."

아나로즈의 얼굴에 냉정한 미소가 어렸다.

"조각을 가진 자가 다시는 이 섬에 들어오지 못하도록 만들어. 그러면 재앙은 언젠가 멈출 거야. 완전한 파멸은 피하게 될 거야. 섬을 지키는 폭풍이 돌아왔으니 누구든 쉽게 들어올 수는 없겠지만, 인간의 일은 알 수 없으니 후환을 없이 해야만 하지."

막시민은 상대를 시험하기라도 하는 것처럼 두 팔을 벌렸다.

"무슨 수로?"

"죽이고, 빼앗아."

둘의 몸이 약간 굳어졌다. 한 번도 예상 못 한 방법인가? 어쩌면 아닐 것이다. 인형을 만든 자를 만난다면 어찌할 작정이었나?

"거참 간단하게도 말하네."

그렇게 말하며 막시민은 웃고 있지 않았다. 오히려 눈이 가늘어졌다.

아나로즈가 고개를 한쪽으로 기울이더니 말했다.

"조각의 문제를 몰랐다 해도 너희가 인형사를 용서할 작정은 아니었을 테지."

조수아는 대답하지 않았다. 아나로즈의 말이 이어졌다.

"너희가 찾는 본체에 대해 내 의견을 말해주지. 인형사의 힘이 강대할 때 본체와 인형은 아주 멀리 떨어져도 되지. 비취반지 성에서 이곳 노을섬까지도. 그러나 그런 힘이 없다면, 인형사의 힘이 약하면 약할수록 본체와 인형의 거리는 가까울 수밖에 없어."

"그 말은……."

인형사가 누구인지도 모르니 얼마나 강한 자인지 알 방법은 없었다. 쥬스피앙은 본체가 어디에든 존재할 수 있다고 가정했다. 물론 그는 자신도 못 한 일을 해낸 인형사이니만큼 매우 강한 힘을 가졌으리라고 추측했을 것이다. 그러나 그자는 부족한 힘을 메우기 위해 노을섬을 찾아와 위험한 마력의 원천을 건드리려 했던 자였다. 그렇다면 문제의 인형사의 힘은 생각보다 약할 수도 있지 않을까?

"본체와 인형이 가까이 있으면 또 하나의 장점이 있지. 한정된 힘을 인형과 본체의 연결에 쓸 필요 없이 인형을 장악하고 부리는 데 집중시킬 수 있어. 마력이 적은 인형사라면 분명히 이쪽을 택했겠지."

그런 관점에서 인형사는 과연 본체를 어디에 두었을까? 막시민과 조수아의 머릿속에서 동시에 답이 떠올랐다. 인형이 있는 장소.

비취반지 성.

"지금 그런 정보를 주는 건 계약의 유효함을 말하는 건가?"

막시민이 불쑥 묻자 아나로즈는 한결 차분해진 눈으로 둘을 바라보았다.

"내 손에 죽는 것을 원치 않는다 해도, 너희가 이 일을 해내지 못한다면 이 해역에는 곧 아무것도 남지 않겠지. 거기서 그칠지도 장담하지는 못해. 악의 무구에 든 힘은 누구도 가늠치 못하니. 그 옛날 마법사들의 왕국을 통째로 멸망시켰던 힘을."

그 순간 얼굴에 드리워진 절반의 그늘 때문이었을까, 말을 맺는 아나로즈의 얼굴이 엄숙해 보였다.

"우리 세상엔 왕녀 에브제니스가 없으니."

이 세계에도 아침이 왔다.

밤새 총총하던 별이 희뿌연 안개에 한 자락씩 덮여갔다. 밤뿐인 줄 알았던 숲은 주홍빛도, 금빛도, 바닷빛도 품고 있었다. 검은 길목은 숲속으로 꼬리를 감추고 바람이 뒤를 쫓았다. 해가 나뭇가지를 딛고 오르자 황금 잎이 한 움큼씩 떨어지며 날았다. 명아주와 쇠비름꽃 사이로 들어간 잎은 곧 녹색을 빨아들였다.

어디선가 보이지 않는 새들이 속살거렸다. 새들은 정말로 있는 것일까. 나무는 살아 있을까. 이곳은 무덤이었다. 오직 한 사람이 묻혀 있으며 또 한 사람도 산 채로 묻혔다. 무덤 주위에 자란 꽃은 아무리 아름답더라도 축제의 화관을 위해 뽑지 않는다.

연인의 관 곁에서 잠을 자고 또 자는 동안 숲이 자라났다. 마법은 모두 봉인에 바쳐지고 남은 것은 한줌뿐인데 어디에서 그런 힘이 왔는지 몰랐다. 바다를 떠나 흙에 박힌 돌 닻은 이곳에 있어야만 하는 것들이 흘러가지 않도록 지켜왔다. 봉인, 마음, 기억, 약속.

조슈아와 막시민은 아나로즈가 땅바닥에 그어놓은 선들을 내려다보았다. 지금 보기에는 흙에 그린 그림에 불과했지만 그것이 그들을 처음 왔던 해변으로 데려다줄 것이라 했다. 조슈아가 고개를 들며 물었다.

"혹시 켈스에게 전하고 싶은 말이 있나요?"

아나로즈는 잠시 생각하다가 대답했다.

"이곳에서 나를 만났다는 말을 하지 않았으면 해."

조슈아는 당황했다.

"하지만 켈스가 당신 소식을 들으면 분명히……."

"슬퍼하겠지."

맞는 말이라 대꾸할 말이 없었다. 그러나 조슈아는 곧 고개를 흔들었다.

"그런 어려운 것을 내게 시키지 말아요."

더 어려운 조건, 조각을 가진 자를 없애고 나서 돌아와 아나로즈의 손에 죽어달라는 조건조차 받아들인 주제에 그렇게 말했다. 그리고 막시민을 돌아보았다.

"난 막시민에게 어떤 일이 생기더라도 반드시 알고 싶을 텐데요."

아나로즈의 시선이 막시민에게 옮겨갔다.

"네 친구라 했지. 그는 이카본에게 켈스가 그랬던 것 같은 친구인가?"

"아뇨. 내가 자기 마음에 맞지 않는 일을 하려 하면 뒤통수를 때려서 기절시키는 사람이죠."

조슈아는 웃지도 않고 말을 이었다.

"그래도 난 충분히 만족하고 있어요."

막시민이 말했다.

"난 만족 못 하겠는데."

"그 정도는 나도 알거든."

조슈아는 다시 아나로즈에게 고개를 돌렸다.

"그렇긴 하지만 막시민은 결국 이곳까지 왔어요. 나 때문에. 우린 어린시절에 만난 친구였죠. 이카본과 켈스처럼. 이카본이 뜻을 세웠을 때 그의 뜻에 최초로 동감해준 사람은 아마 켈스였겠지요. 그 약속에서 맹약이 생겨나고, 결국 약속의 사람들에게 이어졌겠지요. 약속의 사람들과 한 약속을 지키려 한 이카본은 어려서 켈스와 했던 최초의 약속을 지키고 싶었던 것은 아닐까 하는 생각이 들어요. 내가 내 친구, 막시민과 냇물에 조약돌을 던지며 했던 약속을 품고 이곳까지 온 것처럼."

아나로즈는 둘을 물끄러미 바라보다가 물었다.

"너희는 무슨 약속을 했지?"

조슈아가 약간 웃었다.

"함께 바다로 가자고 약속했죠."

곁에서 막시민이 중얼거렸다.

"난 동의한 적이 없거든."

조슈아가 미소를 거두며 말을 이었다.

"하지만, 켈스의 이야기를 꺼내서 당신에게 약속의 사람들을 용서하라고 말하는 건 아니에요. 당신의 명예는 당신만의 것이니 다른 누군가가 경중을 잴 수는 없습니다."

아나로즈는 담담히 조슈아를 볼 뿐이었다. 조슈아와 같은 생각이기 때문이겠지, 하고 생각하며 막시민은 한숨을 쉬었다. 이런 타고난 문제 인간들은 잔소리로도 교화가 안 된다고 생각하면서.

이제 떠날 시각이었다. 물론 계약이 남아 있는 한 영원한 헤어짐은 아니었다.

"저희가 가고 나서 다시 잠드실 건가요?"

"아니, 봉인이 완전해지기까지는. 그후에 잠들겠지."

"그건 언제죠?"

"너희가 조각을 지닌 자를 없애버리고, 그래서 조각이 돌아오지 못한 채로 수년이 흐른 뒤."

아나로즈도 언제가 될지 장담하지는 못하는 듯했다. 한번 깨어진 봉인을 바로잡는 것은 매우 어려운 일이고, 아마도 오래 걸릴 것이다. 조슈아는 고개를 끄덕이다가 문득 눈썹을 모으며 걱정스러운 얼굴이 되었다.

"그럼 혼자서 그동안 어떻게 지내시나요?"

아나로즈의 얼굴에 햇빛이 내렸다. 그와 함께 입가에 희미하게 떠오른 것도 비슷했다.

"지금껏 지내온 것처럼."

"잘 짐작할 수가 없어요."

"정오에 만나기로 한 사람이 오지 않아서 기다리는 것과 비슷해. 조바심을 내지 않으면 벤치 옆에 핀 꽃도 볼 수 있지."

사랑하는 사람을 말하며, 친구의 소식을 들으며, 가느다란 몸이 꺾어질 듯 격분하고 고통받던 그녀가 자신의 수백 년 수형囚刑은 꿈인 양 담담히 말했다. 조슈아는 더 묻지 못하고 머뭇거리다가 미소를 지었다.

"노을섬에는 이미 한 사람도 살지 않아요. 해일이나 마법 폭풍이 돌아오기 훨씬 전부터. 이유는 당신도 짐작하겠지만."

아나로즈는 담담히 말했다.

"마법 없이 살기엔 너무나 아무것도 없는 곳이지."

"안내해줄 사람 하나 없는 이곳에서 내가 어떻게 당신 앞까지 왔는지 궁금하지 않아요?"

막시민이 말했다.

"켈스하고 같이 왔다고 네가 아까 말했잖냐."

"입구까지는 켈스와 함께 왔지만, 알다시피 이 안은 유령이 들어올 수 없는 곳이잖아요."

아나로즈는 대답 없이 조슈아의 얼굴을 보았다. 조슈아도 그녀의 눈을 들여다보았다. 갸름한 눈꺼풀 너머로 녹색 무늬가 소용돌이치고 있었다. 섬의 아침 바다 같기도 했다. 화석에 깃든 푸른 이끼 같기도 했다. 움직이고 있었다. 깨어나 물결치고 피어오르는 녹색이었다.

스스로를 무덤에 묻어버리기 전의 눈동자가 돌아온 것일까.

"이카본은……."

조슈아의 입에서 그 이름이 나왔을 때 바람이 한번 번져갔다.

"녹색 술을 위한 시를 쓴 적이 있어요."

압생트빛

그보다 찰랑이는 녹색

심장 속에서

꼬리 한번 치고 달아나는

남쪽 물고기

순간적으로 가락이 생겨났다. 다시 돌아온 바람에 아나로즈의 불타버린 머리카락이 재를 뿌렸다. 마주선 두 사람 사이에는 한쪽을 곧 멀리로 데려갈 그림이 있었다. 한 발짝 내디디면 그렇게 될 것이다. 그때 조슈아가 한 손을 내밀었다.

"나를 이리로 인도한 사람은 당신이었어요."

아나로즈는 대답 대신 조슈아에게 생각을 실어 보냈다.

난 네가 누구인지 알지 못했어.

"네, 나도 몰랐어요. 여기 오기까지는 당신을 만나게 될 줄도, 당신이 살아 있을 줄도, 이곳이 당신의 무덤일 줄도 몰랐어요."

난 네가 어째서 문을 열 수 있었는지 몰라.

"하지만 당신이었어요. 내게 문을 열어준 것도, 미로를 빠져나오게 한 것도. 당신이 무덤이라고 부르는 집, 이곳이 나를 데려다줬으니까."

이 무덤은 차가운 돌일 뿐이지.

"그러나 당신의 마음으로 이루어졌죠. 돌로 된 마음, 그러나 그 안에서 꽃이 자라는 마음."

돌로 된 방은 꽃으로 밝혀졌었다……. 돌바닥과 물그릇을 뚫고 나무가 싹을 틔우고, 긴 세월 참아온 숨을 내뱉듯 단번에 자라 폭죽 같은 꽃을 터뜨렸다.

아나로즈는 조슈아가 봤던 풍경을 본 일이 있을까? 아마도 없을 것이다. 그러나 그 순간 그녀는 눈을 몇 번 깜빡거렸다. 조슈아의 머릿속에 든 흰 꽃 휘날리는 방을 본 것처럼.

조슈아가 내민 손에 아나로즈의 손이 올라갔다. 조슈아는 왼손을 마저 내밀어 그녀의 손을 감싸쥐었다. 가냘픈, 그러나 펜을 자주 잡는 사람이 그렇듯 중지 첫 마디가 도드라져 있는 손을. 그 순간 조슈아는 자신이 이카본이 된 듯한 착각을 느꼈다. 아나로즈의 눈 속에 세상 어디에서도 찾을 수 없는 녹색이 든 듯했다.

잠깐일 뿐이었다. 수백 년 전의 사랑은 이 자리에 무덤으로 변해 남아 있었다.

발을 내딛자, 흙에 그려졌던 무늬에서 갑작스레 빛이 쏟아져 시야를 지워버렸다.

바람개비꽃의 비밀

바람개비꽃을 주는 것은 청혼

그 꽃을 받는 것은 약혼

돌려주는 것은 파혼

바람개비꽃을 수놓아 간직하면 숨겨둔 마음

붓으로 그리면 알아주길 바라는 마음

말리면 잊으려는 마음

바람개비꽃을 발견하면 사랑을 배우고

그 꽃을 꺾으면 사랑에 빠지고

버리면 사랑이 끝나고…….

새 한 마리가 해변을 날고 있었다. 해안선을 따라 낮게 날다가 서쪽으로, 모래밭이 끝나는 곳에서 물목이 차츰 깎아내고 있는 작은 사구를 한 바퀴 돌고 돌아왔다. 이번에도 놀리는 것처럼 두 사람의 눈썹을 스칠 듯 낮게 나는 것을 잊지 않았다.

"저 빌어먹을 놈이 벌써 다섯 번째네."

투명한 물결이 돛배 밑창을 간질이며 하품을 했다. 거품 밑에는 부서진 조개껍질들이 자갯빛을 내며 자고 있었다.

"저런 놈 열 마리만 잡아서 배 좀 끌게 하면 안 되려나."

조슈아가 갑자기 어른스럽게 말했다.

"그동안 우리가 날아가는 데 너무 익숙해졌던 거야."

막시민은 눈동자만 움직여 옆에 앉은 조슈아를 보려 했지만 각도가 맞지 않아 실패했다.

"네가 그 점을 지적해줘서 무척 위로가 되는구나."

"진심 어린 대답 고마워."

둘은 마주보는 것을 포기하고 다시 하늘을 관찰했다. 하지만 여섯 번째로 해안을 왕복중인 새가 지나갈 뿐이었다.

"이러고 있어봤자 남는 것도 없고."

막시민이 앉아 있던 뱃고물에서 일어나 뛰어내렸다. 그제

바람개비꽃의 비밀

야 얼굴이 보이게 된 조슈아가 짓궂게 놀라는 시늉을 하며 물었다.

"오, 드디어 노 저을 각오가 된 거야?"

"넌 각오가 안 됐으니 나 혼자 저으라든가 그런 말을 할 거라면 일찌감치 관둬라. 그런 거 아니니까."

"그런 말을 할 생각은 없었는데…… 뭔가 좋은 생각이라도 났어?"

막시민은 한동안 짐 보퉁이를 뒤적대고 있었다. 이윽고 찾던 것이 손에 잡히자 조슈아의 코앞에 불쑥 들이밀었다. 누런 종이 한 뭉치였다.

"이걸 어쩌라고?"

본래도 낡아 있었는데 보퉁이 속에서 둘둘 말려 있다 보니 한층 쓰레기처럼 보이게 된 종이뭉치는, 고향의 별호에서 손에 넣었던 신성 찬트 악보였다. 막시민은 친절하게도 종이뭉치를 펴는 수고까지 대신해주었다. 물론 친절은 거기서 끝이었다.

"설마 지금 당장 이 악보를 고쳐서 배를 움직일 바람을 일으키겠다고?"

"물론 내가 그러겠다는 건 아니고."

"이런 건 나라 해도……."

"데모닉의 능력을 믿겠어. 우와 우와 믿는다, 믿어."

막시민은 돛배로 돌아가 벌렁 드러눕더니 자는 체하기 시작했다.

"……."

조슈아는 양 뺨에 볼우물을 만들고 있다가 결국 첫 페이지를 들여다봤다. 첫 소절을 잠시 보다가 머릿속으로 적당한 가락 두세 가지를 넣어보고, 괜찮다 싶으면 흥얼거려보았다. 마력을 지닌 노래라기에 제대로 된 멜로디를 만들면 바로 무슨 일이 벌어지는 게 아닐까 걱정했지만 불행인지 다행인지 그런 일은 없었다.

쓸 만한 가락이라면 순식간에 몇 가지라도 만들어낼 테지만 그 가운데 어느 것이 맞는다고 단정짓기는 힘들었다. 조슈아가 느끼기에 가장 좋다 해도 옛날 작곡가는 그렇게 생각하지 않았을 수도 있었다. 곡의 아름다움이 반드시 마력을 이끌어낸다는 보장도 없었다.

조슈아의 손에는 필기구가 없었다. 나중에 직접 말해주면 되려니 생각하며 그는 생각난 가락을 머릿속에 차곡차곡 넣어두었다.

해가 오르자 점차 더워졌다. 얕은 바다에 맨발을 넣긴 했지만, 몸을 담그지 못하다 보니 휴가 온 기분을 내긴 어려웠다. 슬슬 온몸에서 땀이 나기 시작했다. 남쪽 섬의 여름은 한동안 지냈던 하이아칸보다도 훨씬 뜨거웠다.

바닷물을 손가락으로 찍어 이마에 바르다가 문득 배를 돌아봤다. 그늘진 배에 한가롭게 누워 졸고 있는 막시민이 거슬렸다.

당장 뱃전을 기울여서 물에 빠뜨릴 수도 있겠지만 아직 깊이 잠든 것 같지 않아 데모닉답게 완전한 계획을 세우기로 했다. 조슈아는 일부러 배에서 멀어졌다. 종일 같은 길만 왔다갔다하는 것 같은 새를 따라 끄트머리 사구 근처까지 가보았다. 종아리까지 차는 물목을 건너 사방 두 걸음밖에 안 되는 동그란 사구에 이르렀다. 배에서 집어 온 빈 상자를 놓고 바다 방향을 향해 걸터앉았다.

바다와 하늘이 맞닿은 곳에서 자줏빛 구름이 피어났다. 구름 외에는 파랑뿐이었다. 발 디딘 모래도, 등뒤에 있을 섬도 사라지고 너른 바다 위에 홀로 떠 있는 기분이었다. 맨발을 쓰다듬는 잘디잔 물결을 느끼며 조슈아는 다시 악보를 보기 시작했다.

적당한 시각이 됐을 때 조슈아는 사구를 떠나 배로 돌아갔다. 한번 잠든 막시민은 웬만한 충격에도 깨지 않는다는 것을 알고 있었으므로 별로 조심할 필요도 없었다. 물결에 떠내려가지 않도록 괴었던 돌을 빼낸 다음 뱃전을 잡고 바다로 밀어냈다. 그러는 동안 옛날에 그물 침대에 누워 자던 막시민을 빙빙 돌려 감아버렸던 일을 생각하며 속으로 웃었다.

막시민이 깬 것은 해변의 조슈아가 손가락만 하게 보이게 됐을 즈음이었다. 아무리 태평한 녀석이었지만 자다가 깨고 보니 바다 한가운데라니 이만저만 놀랄 일이 아니었다. 실제로 막시민은 벌떡 일어나다가 배를 뒤집을 뻔했다.

"야, 이…… 씹다 뱉은 계피작대기 같은 자식아!"

전날 올 때 겪었다시피 지나칠 정도로 잔잔한 바다였기에 돌아오지 못하고 떠내려갈 일은 없었다. 조슈아도 그쯤은 생각하고 한 장난이었다. 다만 돌아오는 방법은 하나밖에 없었다.

해변을 향해 죽어라 노를 저으며 막시민은 생각나는 욕이란 욕은 모조리 퍼부어댔다. 물론 조슈아에게는 들리지 않았다. 그러고 있을 것쯤이야 짐작했지만 어차피 안 들리는데 무슨 상관이겠는가? 세 번째 페이지를 넘겼을 때쯤에는 친절하게 손도 흔들어주었다.

"어이, 막군! 여기야! 조금밖에 안 남았으니 힘내!"

페리윙클섬에서 통칭 '마일스톤'이라고 불리고 있는 남자는 산책을 좋아하는 것 같았다.

아침 일찍 일어나면 우선 항구로 나갔다. 부둣가의 배들을 한가롭게 살펴보고 나서 사람들과 시답잖은 잡담을 나누고 나서 해안을 따라 걷기 시작했다. 해가 머리꼭지를 따갑게 데울 즈음이면 진주 양식장에 이르렀다. 감찰관이라도 되는 것처럼 어슬렁대며 진주 양식장을 관찰하고, 양식업자들의 불만거리나 어제 내린 소나기 얘기 같은 것을 듣고 나면 점심 먹을 시각이 되었다.

유일하게 섬에 남은 소공작 전하의 일행이니 당연히 점심 대접쯤은 해야 한다고 생각하는 양식업자 누군가의 집에서 점심을 먹고, 다시 길을 떠났다. 산호 채취업자도 만나고, 청금석 광산도 들르고, 그러다가 오후에 차와 간식 빵을 먹을 즈음에는 시장에 나타났다. 기름 냄새 진동하는 수레 옆에 서서 지짐이 빵 장수와 몇 마디 나누고서 빵 한 조각 얻어먹고, 그 옆에 밀가루 부대를 쌓아놓은 농부가 뒷주머니에 차고 있던 미지근한 브랜디를 한 모금 얻어먹었다. 그러면서도 이것저것 물어보는 것을 빠뜨리지 않았다.

"그러면 이 시장에서 오가는 모든 물건에 다 세금이 붙어 있다 그거군요?"

"아따, 지짐이 빵 한 쪼가리 팔라 캐도 다 우리 공작 폐하 이름으루다가 나오는 허가찡이 읍스면 못 한다니께."

"그거 어렵네요."

"머시가 어렵구로? 폐하께서 고로코롬 걷은 세금 가주고 다 우덜 집 지야주고 밀가리 꽁으로 빻아주고 아그덜 아픔서 의사 데불어주고 그라는 거 아니겄드라고. 다 대륙 살믄서는 상상도 못 헐 일이제."

마일스톤은 말없이 고개를 끄덕거렸다. 이윽고 그곳을 떠나 저녁 해가 뉘엿뉘엿 떨어질 무렵에는 마을에 모습을 드러냈다. 어귀에서 그는 해양 조합에 다녀오는 펠 집정관과 마주쳤다.

"오늘도 한 바퀴 돌고 오는 모양이군."

"아, 예."

"매일같이 그렇게 돌자면 힘들기도 할 텐데."

"아, 예. 그렇죠."

"소공작께서 오시면 보고라도 해야 될 게 있나 보군."

"아, 예."

두 사람은 헤어졌다. 펠 집정관은 마일스톤의 뒷모습이 사라져가는 것을 보고 있다가 관저로 걸음을 옮겼다. 그즈음 사위도 어두워졌다. 현관을 지나 하인에게 모자를 맡기고 막 응접실에 들어설 무렵 누군가가 문을 쿵쿵 두드려댔다.

"이 밤에……."

입술 끝에 불평을 달고 현관으로 나가려는데, 하인이 이미 문을 열어주어 들어온 둘시아 부인이 숨이 턱에 닿은 채로 응접실에 들이닥쳤다.

펠 집정관은 이런 사람을 보면 괜스레 침착해지는 버릇이 있었다.

"이 밤에 무슨 일이라도 있습니까?"

"전하의 배가 부두에 들어왔답니다!"

소공작은 어차피 오늘이나 내일, 그도 아니면 모레쯤에는 온다고 했는데 안 오면 그게 이상한 일이지, 오는 게 뭘…… 이라고 말하려다가 그냥 삼키고 말았다. 둘시아 부인을 비롯한 누군가들은 소공작의 이야기를 하는 것만으로 하루해가 다 가도 좋은 사람들이니 소공작의 배가 돌아왔다는 것에 감격할 수도 있지, 하고 너그럽게 생각하려던 참이었다.

"잔치 준비를 해야 해요!"

"이 밤에?"

똑같은 말을 세 번째 입에 담으면서, 소공작이 나타난 뒤로 건전한 시민의 상식이란 다들 침실 벽장에 넣어두고 나오는 모양이라고 들리지 않게 중얼거렸다. 하긴, 그 배가 날아서 올 때부터 예상을 했어야 하는데.

"오늘은 날도 저물었고 하니 환영 연회라면 내일 해도 무방하지 않겠습니까?"

"전하께서 내일 급하게 대륙으로 떠날 거라고 하신답니다. 우리가 예비해놓지 못했으니 내일은 긴 항해 준비로 부산할 터이고, 따라서 잔치를 하려면 오늘뿐이랍니다."

집정관은 참지 못하고 결국 미간에 주름을 잡았다.

"소공작께서 오시고 가시는 것은 스스로 정하실 바이니 우리가 왈가왈부할 일은 아닐 겁니다. 하지만 지난번 노을섬으로 출항하시기 전에 돌아오는 즉시 떠나신다고 언질조차 주시지 아니했는데 미리 준비를 할 수 없었던 것은 당연한 일이죠. 물론 우린 최선을 다해야 하지만, 결국 모든 일을 할 수는 없는 겁니다. 긴 항해를 준비해드리는 것에 비하면 연회는 부차적인 문젭니다. 무엇보다 내일 떠나신다는 분을 굳이 피곤하게 해드려도 괜찮은 겁니까?"

집정관이 오랜만에 긴 연설을 했지만 둘시아 부인은 당황하지도 움츠러들지도 않고 오히려 밝게 웃어 보였다.

"말씀대로 여상스러운 환영 파티라면 집정관님의 말씀이 맞겠지요. 하지만 중대한 발표가 있으리라는 소식이 파다한데 우리가 어찌 가만히 듣고만 있겠나요?"

"중대 발표라고요? 이 밤에?"

"물론 정식 발표는 내일 하실 수도 있겠지만 우리가 단서를 안 이상 가만히 앉아서 들을 얘기는 아니지 않겠나요!"

"그 발표란 게 대체 뭡니까?"

둘시아 부인은 만면에 함박웃음을 지었다.

"글쎄, 소공작 전하께서 약혼을 하셨다지 뭐예요!"

같은 시각, 알테나호에서 내린 세 사람은 갑자기 자기들을 둘러싸고 박수를 보내는 사람들 때문에 어안이 벙벙했다.

"워낙 바다에 나갔다가 제대로 돌아올 것 같지 않은 사람들이 왔다고 저러는 거 아닐까?"

리체가 코를 긁으며 중얼거리자 조슈아가 고개를 저었다.

"그게 아니라면 자기네들의 아르님이 무엇을 하든 다 박수가 나오는 건가 봐. 소공작께서 숟가락으로 완두콩 수프를 떠서 드셨다. 와 박수! 뭐 이런 거?"

이번엔 막시민이 고개를 저었다. 그러자 리체가 한숨을 내쉬며 동시에 턱을 문지르다가 어깨를 움츠리고 한쪽 발로 바닥을 톡톡 치면서 조그맣게 말했다.

"그렇다면 남은 건 하나뿐이네."

박수 치는 사람들을 붙들고 무슨 일이 있느냐고 물으려 하는 조슈아와 달리 막시민은 리체를 돌아봤다.

"그게 뭔데?"

"넌 역시 답을 어디서 찾아야 하는지 잘 아는구나."

리체는 막시민의 귓가에 입을 대려고 발돋움을 했다. 고개를 숙여주는 수고를 무릅써가며 몇 마디를 듣고 난 막시민은 별다른 표정 변화 없이 말했다.

"난 그냥 조수한테 묻는 게 빠르다고 생각한 것뿐인데."

"왜 내가 아직도 네 조수…… 그게 아니라 누가 그거 대답하랬어! 빨리 상황이나 수습해봐."

"음, 범인은……."

90

데모닉 7

막시민은 주위를 휘둘러보더니 아무데나 턱짓으로 가리키며 말했다.

"배에서 밧줄을 갖고 제일 먼저 뛰어내린 놈이닷!"

그동안 과정은 달랐지만 조슈아도 답을 얻어냈다. 그는 당황하는 대신 키득키득 웃기 시작했다. 그리고 리체를 돌아봤다.

리체는 이유 없이 얼굴이 빨개지더니 소리쳤다.

"내 탓이 아냐! 아니라고 백 번도 더 말했는데 이 사람들이 귓구멍이 막힌 것처럼 구니까, 그래서 항구에 돌아갈 때까지 그 소리가 한 번만 더 들리면, 음…… 그러니까…… 돛줄을 끊어버리겠다고 한 것뿐이란 말이야!"

"그거 위험천만한 위협이었는데."

조슈아는 계속해서 웃고 있었다. 막시민이 옆에서 거들었다.

"그래서 항구에 들어올 때까지는 조용히 하고 있다가 도착하자마자 동네방네 소문을 퍼뜨렸다 그거구만. 그것참, 말 잘 듣는 선원 아저씨들이네."

"너희 정말 계속 이러고 있을래? 멀쩡한 아가씨 혼삿길 막히게 하지 말고 빨리 바람개비꽃인지 뭔지는 오는 길에 그냥 심심해서 꺾어 왔다고 말 좀 해줘!"

"심심해서 꺾어 온 거 아닌데?"

그즈음 박수를 치던 사람들은 소공작 일행이 나누는 대화를 유심히 듣고 있었다. 조슈아의 입에서 이 말이 나오는 순간 사람들이 술렁이다가 다시 박수를 쳐댔다.

"아, 그…… 너 지금…… 그럼…… 무슨……."

말문이 막힌 리체가 더듬거리고 있는데 저만치에서 새로운 무리가 부둣가에 도착했다. 펠 집정관, 그리고 집정관의 성미를 생각할 때 어울리는 일행은 아니었지만 십여 명의 아주머니들이었다. 이윽고 사람들을 헤치고 조슈아 앞에 다다르자마자 아주머니 한 명이 외쳤다.

"절대로 안 돼요! 전하, 저희는 받아들일 수 없어요!"

"물론 신중하게 생각하셔서 결론을 내리셨겠지만…… 그래도 역시 너무 갑작스럽죠!"

"페리윙클 출신이 아닌 아가씨하고 결혼하다니 있을 수 없는 일입니다. 섬에 훌륭한 아가씨들이 얼마나 많은데……."

마지막 의견이 모든 아주머니들의 생각을 대변했던 듯 순식간에 의견은 하나로 모아졌다. 그들은 리체에 대해 아는 것이 거의 없었다. 따라서 페리윙클 출신이 아니라는 점 하나로 밀어붙이는 쪽이 간단했다.

"내 어머니께서도 페리윙클 출신은 아니셨는데……."

조슈아가 무심코 한마디하자 바로 반박이 날아왔다.

"공작비妃 마마께서는 페리윙클에서 건너간 사람들의 후손이시라고 알고 있어요."

"아무렴 공작 폐하께서 대륙의 여인과 혼인하셨으려고요."

"핏줄이 닿아 있으니까 그토록 훌륭하신 분이 아니겠어요?"

물론 이들은 공작부인을 한 번도 본 일이 없었다. 리체는 점점 더 얼굴이 빨개졌고, 막시민은 딴전을 피웠고, 아주머니 틈바구니에 낀 집정관은 사실 확인만을 하려 했다. 슬슬 조슈아가 나서서 해명하지 않으면 안 될 때였다.

"내가 준 게 아니에요."

그 말이 나왔을 때 주위의 소란이 뚝 멎었다. 그러나 두 번째 말은 아예 수수께끼였다.

"받은 거죠."

다들 어리둥절해져서 얼굴만 마주보았다. 리체도 마찬가지였다. 조슈아는 빙그레 웃으며 손을 내저었다.

"자, 다들 해산하세요. 여러분 몰래 밤중에 갑자기 약혼하거나 그런 일은 없을 테니까 집에 가서 푹 쉬도록 하세요. 내일은 내게도 바쁜 날이니 쉬어둘 필요가 있을 것 같군요."

사람들이 흩어지는 데는 모일 때보다 짧은 시간이 걸렸다. 마지막 선원 한 명까지 돌려보내고 나서 조슈아는 주위에 질문을 담은 두 쌍의 눈동자가 남아 있음을 깨달았다. 그는 웃거나, 얼버무리거나, 답을 주는 대신 고개를 저었다.

"이 문제는 나 혼자 깊이 생각해봐야겠어."

밤중에 조슈아는 깨어났다.

예전에 있었던 일 같다고 생각했다. 짐짓 예상하며 고개를 돌리자 머리맡에 켈스니티가 앉아 있었다.

「더 자는 편이 좋을 거야.」

켈스니티의 입가에는 그때처럼 미묘한 미소가 떠올라 있었다. 조슈아는 잠시 생각하다가 물었다.

"내가 안 불렀죠?"

「그래.」

"일부러 안 불렀어요. 오지 않는 것을 보면 또 필멸의 땅에라도 간 건 아닐까 싶어서. 정말로 그랬어요?"

「그렇다고 해둘까.」

조슈아는 몸을 일으켰다. 켈스니티가 시계를 보지도 않고 말했다.

「아직 4시야.」

"충분히 잔 것 같은데."

조슈아가 침대에서 내려오자 켈스니티가 손만 움직여 문가의 촛대에 불빛을 만들었다. 그러나 조슈아는 밖으로 나가려한 것이 아니었다. 오히려 의자를 하나 더 끌어오더니 켈스니티와 마주보고 앉았다.

"침대에 누워서 얘기를 하자니 간호받는 병자라도 된 기분이라서. 자, 물어볼 거 많죠? 우리가 노을섬에서 어떻게 돌아왔는지부터 얘기해야 되려나."

「필요하다고 생각되는 것만 말해주면 돼.」

"그 말 정말이죠? 후회할지도 모르는데."

뜻 없는 말이었을까? 켈스니티는 마치 사정을 다 알고 있는 것처럼 왼쪽 입꼬리를 살짝 올렸다.

「말해주지 말라고 누군가가 부탁했는데 말해달라고 조르고 싶지는 않아.」

"으음."

조슈아는 두 다리를 의자 위로 끌어올려 겹쳤다가 다시 내려놓았다.

"하지만 부탁을 들어주고 안 들어주고는 내 맘이고."

「그런 부탁을 할 누군가를 만나긴 한 모양이구나.」

"아니, 켈스도 유도신문을 다 하고. 점점 막군 같아져가잖아."

농조로 말했지만 조슈아는 웃고 있지 않았다. 이윽고 조슈아는 마주앉은 켈스니티의 눈을 들여다보며 그를 조금 걱정했다. 하지만 숨기고 싶지 않았다. 그래서는 안 된다고도 생각했다. 그 자리에서 그러지 않겠다고 바로 밝혔을 정도로.

"실은 오래전에 죽었으리라고 생각한 사람을 만났어요."

켈스니티는 대답하지 않고 듣고만 있었다. 얼굴은 평소처럼 평안해 보였다.

"그 사람은…… 자기가 늙지도 죽지도 않고 옛날 모습 그대로라고 했어요. 아주 오래 잠을 잤다고도 했죠. 물론 몇 번인가 깨어나기도 했다지만……. 그 사람은 살아 있었지만 산 사람처럼 느껴지지 않았어요. 감정을 표현하는 법을 잊은 듯했어요. 마음이 다 닳아버린 것처럼. 그런데 그 사람이……."

켈스니티의 얼굴에는 여전히 변화가 없었다. 대답 또한 없었다.

"당신의 이야기를 듣고서 눈물을 흘렸어요."

잠시, 또는 긴 침묵이 흘렀다. 어둠 속에서 촛대 세 자루의 빛에 의지해 마주앉은 두 사람, 아니 한 사람과 유령은 말없이 마주볼 뿐이었다.

켈스니티의 목소리가 긴 복도 너머에서 들려오는 듯했다.

「내게 알리지 말라고 했어?」

"자신의 고통을 나눠주고 싶어 하지 않았어요."

켈스니티가 고개를 끄덕였다. 이 순간 조슈아는 켈스니티도 아나로즈와 마찬가지로 긴 세월을 마지못해 살아온 눈빛, 똑같이 감정이 닳아버린 듯 메마른 표정을 지을 수 있음을 알았다.

「앤은 그곳에서 나올 수 없는 운명이지.」

앤. 그것이 켈스니티가 아나로즈를 부르는 이름이었다. 소박하고 가벼운, 다정한 친구에게만 어울릴 애칭.

"당신은…… 들어갈 수 없고요."

둘 다 고통스러운 방식으로일지언정, 이 세상에서 또렷한 의식을 가진 존재로 남아 있었다. 그런 그들이지만 만날 수 없었다. 서로의 존재를 안 지금도.

「우리의 작별은 그날의 인사로 끝맺어질 운명인 거지. 괜찮아. 앤도 이해할 거야. 그때…… 그건 재회를 바라는 인사였지. 우리 둘 다 다가올 운명을 몰랐을 때.」

켈스니티는 조슈아에게 아나로즈를 마지막으로 본 날을 이야기했다. 이카본과 몹시 다투고 나서 아나로즈가 비취반지성을 떠나려 했던 때, 성문 앞으로 달려나가 짧은 인사를 나누었다. 아나로즈는 다시 돌아오지 않겠다고 했지만 켈스니티는 한 가지 약속을 상기시켰다. 맹약이 끝났음을 받아들이기 전에 그 약속만은 지켜달라고 했다.

이카본과 아나로즈가 봄장마나 여름휴가를 함께 보내곤 했던 별장이 있었다. 켈티카의 서쪽, 말을 타고 이틀 정도 달리면 다다르는 바닷가 절벽 위 집이었다. 언젠가 켈스니티와 스초안이 초대받았던 날도 있었다. 스초안은 들어서자마자 벽난로 위의 서툴게 수놓은 장식 천을 보더니 직접 만든 거냐며 아나로즈를 놀려댔다. 아나로즈는 작은 케이크를 만들고 비탈진 풀밭에서 약초를 손수 꺾어서 수프를 끓였다. 식탁은 별꽃으로 장식되어 있었다. 고기 한 점 없는 식사라며 이카본이 짓궂게 한탄했고, 아나로즈는 케이크 가운데가 꺼져서 볼품

없이 구워진 것을 부끄러워했다. 마법을 쓰지 않고 손수 하는 그녀의 요리는 곧잘 실패하곤 했기에 켈스니티는 위로하는 대신 선뜻 먹어주며 웃었을 따름이었다. 약초 수프는 향긋하고 맛있었다.

이카본과 아나로즈에게는 약속이 있었다. 그들이 처음 언약했던 4월 어느 날인가에는 반드시 그곳에 돌아가 하루를 보내자고 했다. 4월의 어느 날……. 그게 정확히 어느 날인지 아는 사람은 없었다. 둘만의 비밀이었다. 매년 약속이 지켜졌던 것은 아니었다. 둘 다 바빠서 몇 년 동안 별장에 갈 짬을 내지 못한 시절도 있었다. 똑같이 가지 못했으니 이해하며 다음 해를 기약했다.

다시는 돌아오지 않을 결심으로 아나로즈가 떠나던 날, 켈스니티가 상기시킨 것은 그 이야기였다. 아나로즈는 대답하지 않았지만, 켈스니티는 그녀가 약속을 지키리라 확신했다. 그게 마지막 기회가 될 거라고 생각했다. 아나로즈가 떠나버린 상황에서 이카본이 그날 별장으로 달려가지 않을 리 없다고도 생각했다. 언약의 날, 그곳에서 둘이 만나면 그동안의 오해는 눈 녹듯 사라지리라고 기대하면서.

그러나 재회는 이루어지지 않았다.

"왜 못 만났죠?"

「글쎄. 정확한 것은 모르지만 누군가가 중간에서 농간을 부렸던 것 같아. 이카본이 그곳으로 출발한 지 얼마 안 되어 마차 바퀴가 망가졌고, 쉽사리 고칠 수가 없었지. 이카본은 기다리다 못해 혼자 말을 타고 달려갔는데 반드시 건너야 하는 올브론즈 강의 다리가 끊어져 있었어. 이카본은 그날 밤이 다 되어 도착했지만 앤은 낮에 들렀다가 떠난 뒤였지. 앤이 그날이 다 가기까지는 기다려주리라고 생각했던 이카본은 크게 낙담했고.」

쓸쓸한 이야기였다. 조슈아는 수백 년 전에 끝난 일인데도 안타까움을 느끼며 물었다.

"아나로즈는 마법사인데 이카본이 오고 있는 것을 몰랐을까요?"

「그것보다는 앤의 마음이 이미 굳어졌고, 그럼에도 불구하고 자신의 마음을 바꾸어줄 기적을 바라며 그곳에 갔었다는 것을 이해해야 하지 않을까.」

조슈아는 조금 생각하다가 고개를 끄덕였다. 그 또한 아나로즈를 만나봤기에 조금은 알았다. 완벽을 원하는 그녀의 성격상 약속한 대로 별장에 갔을 것이고, 자신의 기준이 충족되자 떠나갔을 거라고. 그곳에서 다른 무슨 일이 있었을지는 모르지만, 아무 일이 없었다 해도 그리했을 사람이라고.

창틈으로 새어 드는 바람이 어느새 해를 머금었다. 남부의 새벽은 일찍 왔다.

팔걸이에 기대어 앉았던 켈스니티가 창 쪽을 바라보았다. 가느다란 햇살이 그의 얼굴을 통과해 맞은편 서랍 손잡이에 매달렸다. 몇 번인가 보아왔던 풍경이지만 오늘따라 묘한 느낌을 주었다. 조슈아는 저도 모르게 말했다.

"켈스, 당신도 너무 오래 살았다는 기분이 들 때가 있어요?"

켈스니티는 빙그레 웃었다.

「난 살아 있지 않아, 도련님.」

"그런 게 아니고, 아닌 거 알면서……. 문득 그런 생각이 났거든요. 당신이 너무 오래 살아 피곤한 나머지 어느 날, 이제 그만 살아야겠다고 해버리는 건 아닐까. 그런 날이 오지나 않을까."

「앤이 그렇게 말했니?」

조슈아는 고개를 저었다.

"그분은 책임감이 강한 사람이라서. 그래야 할 이유가 남아 있는 한 책임을 벗으려 할 분이 아니었어요. 그게 가장 슬픈 점이었죠. 그걸 그만두라고 할 수도 없고, 대신해줄 사람도 없고, 짐을 덜어줄 방법조차 없으니."

켈스니티는 대꾸하지 않았다. 조슈아가 말을 이었다.

"실은 자신의 처지를 그토록 담담하게 말하던 그분이, 당신의 이야기를 듣고 슬퍼하는 모습을 봤을 때 기분이 이상했어요. 나 말이죠, 당신이 유령이란 것을 한 번도 잊은 적은 없지만, 당신의 그 긴 세월이 고통스럽지는 않았을까……. 다른 모든 이유를 다 떠나 오직 길어서, 너무 길기 때문에 힘들지 않았을까. 그런 생각은 못 해보았어요. 아니, 정확히는 한 적은 있지만……."

조슈아는 오래 산 대가로 단지 투명해지기만 한 켈스니티의 얼굴을 오래 쳐다보았다.

"실감은 못 했어요."

커튼 자락이 펄럭여 켈스니티의 얼굴 속을 드나들었다.

"어떻게 생각해요?"

켈스니티는 웃었다.

「아직은 아니야.」

그러고도 조금 더 둘은 서로를 보고 있었다. 방이 밝아지고, 비늘살 밖을 오가는 하인들의 발소리가 들릴 즈음까지. 세숫물을 가져다 두는 기척도 났다.

조슈아가 의자에서 일어섰다. 그는 하얀 비늘살 문을 밀고 나가면서 기지개를 켠 뒤 뒤를 흘긋 돌아보고 속삭였다.

"다행이에요."

나탕트 7번가 과자점

당장 오늘 일어날 일만 생각하는 자들이 모인 곳에서 도시
가 태어난다.

켈티카의 여름은 짧은 편이었지만 한낮의 열기만은 남부
못지않았다. 오후 5시가 되자 높다란 담벼락 사이에 낀 골목
은 그늘이 져서 조금 서늘해졌다. 골목이 꺾이는 지점에 이르
러 둥근 모자를 쓴 금발 젊은이는 걸음을 멈췄다. 볕 때문만
은 아니었다.

담이 끝난 곳부터 쇠살대가 빽빽이 선 문 앞을 지나야 했

다. 맨살이 드러난 포석이 볕에 하얗게 탔다. 그 위에 쇠살대의 그림자가 뚜렷한 무늬를 그렸다.

젊은이는 쇠문 안쪽에 시선을 주었다가, 고개를 돌리며 길을 가로질렀다. 살대문 안의 병사들은 젊은이를 보았지만 얼굴은 보지 못했다. 흰 가면이 가리고 있었기 때문이었다.

"저놈의 가면, 하여간 이 땡볕에 더운 것도 모르나."

"그것도 기껏 내일까지 아니냐. 일 년에 한 번 있는 축제라는데 어린놈들은 놀게 놔둬."

젊은이는 이내 다음 골목으로 사라져버렸다. 그 뒤로도 다양한 가면을 쓴 젊은이들이 쇠살문 앞을 스쳐갔다. 그들은 모두 포도나무 분수 광장 쪽으로 갔지만 처음의 젊은이만은 나탕트 거리 쪽으로 갔음을 병사들은 기억하지 못했다.

쉰 해쯤 전에 어느 국왕이 우편배달국이라는 것을 만들면서 최초로 켈티카에 정비된 거리 명칭과 번지를 붙여보려 한 일이 있었다. 지금도 어느 정도 그렇지만, 당시는 길과 집들이 거미줄 방불하게 얽혀 있던 시절이었다. 막다른 골목도 많았고, 사람 한 명도 간신히 지나갈 정도라 길이라 해야 할지 어느 집 처마 밑으로 봐야 할지 모를 틈새도 한두 군데가 아니었다. 방사형이나 격자형 거리는 찾아보기도 힘들었다.

집들을 뜯고 길을 닦지 않는 한 지번 정리를 깔끔하게 한다는 것은 불가능했으므로 큰길 위주로 이름을 붙인 뒤 작은 길은 대충 누락시킬 수밖에 없었다. 그런 짓을 해놓고 문제가 될 때마다 되짚어 바로잡다 보니 기껏 붙인 거리 이름을 도로 없애거나 다시 붙여야 하는 경우가 드물지 않았다. 그 결과 어느 집은 코완 거리 12번지이면서 클로테르 거리 114번지라든가 하는 식으로 심한 경우 다섯 번까지도 겹치는가 하면, 길 이름도 꼬여버려서 직접 이름을 붙인 관리조차도 그 주소로 집을 찾지 못하는 지경에 이르렀다. 당시 새롭게 도입된 우편배달부들은 옛날 심부름꾼들과 마찬가지로 길거리에 모여 떠들고 있는 사람들에게 물어가며 집을 찾는 편이 더 빨랐다고 한다.

계획을 밀어붙였던 국왕이 죽고 나자 어렵기만 하고 실효성 부족한 이 계획은 자연히 버려지고 말았다. 따라서 당시 만들어진 거리 이름들도 대부분 잊히게 되었다. 그후 몇십 년이 흘러 공화정부가 들어섰을 때 다시 한번 거리 이름을 정하는 사업이 추진되었다. 구왕국보다는 효율적으로 지구를 나누고 번호를 붙여가며 번지를 정한 것까지는 좋았다. 그러나 신왕국이 들어서고 나자 이번엔 공화국의 업적이라는 이유만으로도 도로 폐기되는 신세가 되고 말았다.

폐기를 했으면 새로 만들기라도 해야 할 텐데, 다른 일에 바쁜 신왕국 정부는 거기까지 신경을 써주지 않았다. 그 결과 켈티카 시민들은 공화국의 번지와 구왕국이 붙인 거리 이름, 그리고 살다 보니 저절로 붙은 이름을 모두 섞어서 쓰게 되었다.

나탕트는 구왕국 시절에 붙었던 이름이었다. 그런 거리치고는 드물게 몇 번가라는 명칭까지 뚜렷이 살아남은 셈이었다.

하지만 나탕트 거리는 당시 혼란의 산물답게 1번가에서 4번가까지는 없었고, 5번가는 있는데 다시 6번가가 없었다. 그중 1번가에서 4번가가 사라진 것도 공화국의 업적이었다. 공화 정부가 켈티카에서 쫓겨나던 시절 이 구역을 주요 거점으로 삼아 바리케이드를 쌓았는데, 국왕군이 진주한 후 바리케이드가 있던 거리를 모조리 부숴버렸던 것이다. 그 거리들은 현재 잡풀뿐인 공터가 되어 있었다.

6번가는 그 옆의 테아미르 2번가와 겹치는 바람에 없어졌지만, 언제부터인가 테아미르 2번가라는 이름도 없어지고 요즘 사람들은 간단히 '숯 시장 골목'이라고 불렀다.

명줄 짧은 거리의 틈바구니에서 용케 살아남은 나탕트 5번가, 그리고 7번가에는 가난한 학생들이 많이 모여 살았다. 공화국 시절에도 그랬지만 구왕국 시대에도 지방에서 켈티카로 유학 온 학생들이 흔히 방을 얻는 곳이기도 했다. 8번가는 돈 없는 화가와 악사들의 거리, 9번가는 악기 수리공과 구두 수선공, 가구 수리공이 같은 연장을 돌려쓰며 사는 거리로 알려져 있었다.

흰 가면을 쓴 젊은이는 나탕트 5번가로 접어들었다. 단층과 이층집이 대부분인 거리는 삐뚤삐뚤하게 이어지다가 우물가에 이르러 막다른 골목이 되었다. 중간쯤에 숯 시장 거리를 거치지 않고 7번가로 빠져나갈 수 있는 비좁은 골목이 하나 있었다.

한 해에 한 번 국왕 탄신제(공식적인 생일로, 국왕이 바뀌어도 날짜는 바뀌지 않는다)를 전후해 벌이는 가면 축제는 학생들이 특히 좋아하는 놀이였다. 그런 만큼 5번가 곳곳에는 이런저런 가면을 쓴 학생들이 많았다. 거리 입구의 술집에서 노천에 테이블을 늘어놓고 오전부터 술을 팔았으므로 근처를 오가는 학생들은 대부분 거나하게 술이 올라 있었다. 폭행에 가까운 토닥거리기나 욕설과 다름없는 애칭이 오가고, 가사가 괴상한 노랫소리가 이웃 거리까지 울려 퍼졌다. 우물 주변에서는 8번가에서 넘어온 악사 몇이 비올라를 익살스럽게 연주했다. 늙은 화가는 그 옆에 주저앉아 풍경 스케치에 여념이 없었다.

흰 가면의 젊은이는 사람들의 주목을 끌지 않고 7번가로 빠져나가자마자 모퉁이를 돌았다. 두 집 틈새에 끼워지다시피 붙은 계단을 밟고 어느 집 2층으로 올라갔다. 1층에는 과자점임을 알리는 둥근 나무 간판이 흔들리고 있었다.

"어서 와라."

디앙코르드 세보는 체격이 좋고 얼굴이 거무스름해서 학생이라기보다 농부처럼 보이는 젊은이였다. 거친 턱선에 코가 긴 편이고 눈은 파랬다. 걸친 것도 꼭 중부의 밀 농장 일꾼들처럼 무릎에서 자른 바지와 끈 샌들이었다. 흰 웃옷에는 밀가루 얼룩이 묻어 있었다.

소매를 바짝 걷어붙이고 밀가루와 달걀, 과즙 등을 반죽하고 있던 그는 흰 가면의 방문자를 향해 미소를 보냈다. 방문자가 가면을 벗자 디앙코르드는 다시 웃었다.

"가면 축제란 건 참 쓸 만해."

"덕택에 낮에 올 수도 있고요."

가면을 선반에 올려놓은 란지에는 밀가루 반죽 솥 앞으로 다가가 디앙코르드가 하고 있는 양을 살펴보았다.

"거의 다 된 건가요?"

"응, 이제 한 번 치대고 끝내려고. 그다음은 누군가가 기대해마지않는 과자 만들기."

그렇게 말하며 디앙코르드는 등뒤의 문을 흘끔거렸다. 란지에도 보기 드물게 흥미진진한 표정으로 웃으며 물었다.

"어떻던가요?"

"재미있어해. 네가 만든 것은 다 팔렸다고 말해주니까 정말 좋아하던걸. 거짓말도 아니고."

란지에는 디앙코르드의 손에서 밀가루 반죽이 접히는 것을 보고 있다가 말했다.

"두 분 도움이 정말 커요."

"내가 뭘."

"진지하게 한 얘긴데."

디앙코르드는 고개를 돌리며 재채기를 하더니 씩 웃기만 했다. 잠시 후 둘은 사이좋게 밀가루 반죽을 아래층으로 운반하고 행주를 빨아 화덕에 넣을 판을 닦아놓았다. 란지에는 2층에 늘어놓은 과즙 병과 소금 통 따위를 집어 내려오려다가 문득 구석에 화판이 놓인 것을 보았다.

"디앙 형, 다시 붓 잡으셨어요?"

내려온 란지에가 병들을 얹어놓으며 던진 말에 디앙코르드가 계면쩍은 듯 웃었다.

"아직 붓까지 가지도 못했어. 봤다시피 스케치잖아. 그동안 놀다 보니 손이 워낙 굳어져서 잘 안 되더라고."

농부 같은 외모와 달리 디앙코르드는 미술을 공부하는 학생이었다. 그는 잠시 후 코끝을 찡그리며 물었다.

"모델 누군지 알아봤지?"

"네."

"실은 본인 허락을 못 받았는데, 빤히 보면서도 뭐라고 하지는 않더라고. 네 생각은 어때? 네가 싫어한다면 그 애도 싫어할 테니까."

란지에는 잠깐 생각하더니 고개를 저으며 미소 지었다.

"그럴 리가요."

디앙코르드는 우물쭈물하다가 덧붙였다.

"그 앤 좋은 모델이거든. 워낙 가만히 있잖냐."

그때 작은 종이 울리는 소리와 함께 문이 열리며 식료품 봉지를 껴안은 여자가 가게에 들어섰다. 디앙코르드가 얼른 행주를 내려놓으며 불렀다.

"빅 누나, 란지가 왔어."

갓 서른이 넘은 빅투아르는 서글서글한 인상에 남동생처럼 체격이 큰 여자였다. 그녀는 식료품을 내려놓자마자 란지에와 비주를 두 번 나누고 나서 손에 묻은 흙을 털었다.

"우리 란지 너무 오랜만이네. 목 빼고 기다리는 사람도 있는데 어찌 그리 안 와."

"온다고 줄곧 생각만 하고 못 지켰어요. 죄송해요."

"네가 너무 안 오면 디앙이 꼬마를 번쩍 안고 도망가버릴지도 모른다고."

란지에는 소년처럼 싱긋 웃었다.

"디앙 형이라면 잘 보살펴주실 것도 같은데요."

"애, 농담이라도 그런 말은 마. 큰일 낼라."

란지에도 살짝 턱을 들며 바로 맞받았다.

"물론 십 년쯤 뒤에요."

빅투아르는 고깃간과 식료품상에서 사 온 다진 고기와 가지, 토마토를 우묵한 질그릇에 나눠 담아놓고, 뒤뜰에 가서 파를 뽑아 왔다. 디앙코르드는 밀가루 반죽을 고르게 밀기 시작했다. 란지에는 2층으로 올라갔다. 빅투아르와 디앙코르드는 눈짓을 한번 주고받고는 하던 일을 계속했다.

얼마간 시간이 흐른 뒤 계단 위에서 기척이 났다. 문이 열리고 란지에가 소녀 한 명을 업고 내려왔다. 소녀는 란지에보다 밝은 금빛 머리였지만 아름다운 눈썹과 눈매는 란지에를 꼭 닮았다. 란지에보다 서너 살은 어려 보였고, 흔히 말랐다고 하는 기준보다 조금 더 가녀렸다. 란지에의 등뒤로 맥없이 늘어진 종아리가 다른 사람의 팔과 비슷해 보일 정도였다.

란지에는 식탁 앞의 의자에 소녀를 앉혔다. 소녀는 눈을 감고 있었다. 그러나 입가에 미소가 있었다.

디앙코르드가 소녀의 어깨에 손을 얹으려다가 란지에의 얼굴을 흘끗 보고 멈췄다. 란지에는 소녀의 얼굴을 가만히 들여다보다가 말했다.

"란즈미."

"으응."

소녀, 란즈미는 어깨를 틀며 기지개를 켜는 듯하다가 이윽고 눈을 떴다. 뺨이 발그레해졌다. 눈부신 미소가 피어올라 마주앉은 란지에를 향했다.

"오빠."

"응."

친남매인 둘은 많은 말을 나누지 않았다. 란지에가 예전부터 그랬듯, 조금 전 잠든 란즈미에게 이미 모든 이야기를 했을 것이다. 그래서 란즈미는 자주 오지 못하는 오빠를 타박하지도 않았고 란지에 역시 요즘 무슨 일이 있는지 말하지 않았다.

란즈미는 열네 살이지만 몸이 작고 가늘어 한두 살은 더 어려 보였다. 어려서 겪은 소아마비 때문에 의자 아래로 늘어뜨린 다리의 길이가 미묘하게 달랐다. 짧은 다리 쪽에는 힘이 잘 들어가지 않아 아주 조금밖에 걷지 못했다. 걷는 연습을 꾸준히 했더라면 지금보다 나아졌을지도 모르지만 오랫동안 자폐 상태였던 까닭에 그럴 수도 없었다.

그러나 최근 란즈미의 상태는 많이 좋아졌다. 몇 년 전 어떤 계기로 말문이 트인 뒤 오빠와는 짧게나마 대화가 가능해졌고, 이곳으로 옮겨오고 얼마간 시간이 흐르자 세보 남매의 말에도 대답을 하게 되었다. 아직은 걸어오는 말에 대답하는 정도고 상대도 몇 사람으로 한정되었지만, 어린시절을 생각한다면 대단한 변화였다. 어려서 충격적인 사건을 겪고 말문이 막힌 뒤 란즈미는 몇 년 동안 떠먹이는 음식조차 쉽게 넘기지 못하는, 산송장이나 다름없는 상태로 살아왔다.

과자점의 주인인 빅투아르 세보는 중부 목장 지대 출신이었는데 공화국이 무너지던 시절 남편이 켈티카 공략전에 휘말려 죽은 뒤 줄곧 동생과 살아왔다. 늘 함께였지만, 늘 이곳이었던 것은 아니었다. 남편이 죽고 나서 동생의 영향을 받은 그녀는 민중의 벗에 가입했고, 망명의회에서 보내준 동생의 유학길에도 동행했다. 빅투아르와 디앙코르드가 유학한 곳은 오를란느의 로사 알브, 다시 말해 지스카르 드 나탕송의 문하였다.

지스카르의 교육을 받은 학생들은 아노마라드로 돌아온 뒤에도 그들끼리 특별한 유대가 있었다. 지스카르를 존경하는 그들은 지스카르가 망명의회로 돌아가 일할 자격, 즉 졸업을 인정해주었다는 사실만으로도 서로를 믿을 만한 자로 여겼다. 지스카르가 따로 지시하지 않았는데도 그들은 서로를 수소문하여 만났고, 암암리에 서로 돕곤 했다.

빅투아르와 디앙코르드가 란지에를 만나게 된 이유도 같았다. 란지에는 졸업할 무렵 소위 '지스카르파'의 총아로 불리며 문하의 관심을 모았다. 디앙코르드는 만나자마자 란지에에게 호감을 갖게 되었다. 빅투아르는 란지에의 지나친 어른스러움을 좋아하지 않았지만 최근에는 이 소년에게 숨겨진 소년다움을 이끌어내는 것에 즐거움을 느끼고 있었다.

란지에가 지스카르의 집에서 지낼 당시에는 란즈미도 함께였지만, 켈티카로 돌아오자마자 망명의회에서 내린 직책을 맡고 나니 란즈미를 보살펴줄 사람이 필요해졌다. 잠깐씩 신세질 만한 곳은 많이 있었다. 그러나 여러 곳을 전전하며 계속 새로운 사람들을 만나게 하기에는 란즈미가 간신히 유지하고 있는 정신이 너무 가냘팠다. 누군가가 가족처럼 돌보아주면 더할 나위 없겠지만 그런 조건을 찾기는 어려우리라고 여기고 있을 때 빅투아르가 나서주었다. 마침 나탕트 거리의 연락책 역할을 맡으면서 망명의회에서 마련해준 과자점이 있었다.

과자점 2층의 작은 방은 곧 란즈미의 세계가 되었다. 세보 남매는 몸과 마음이 모두 연약한 그녀를 막냇동생처럼 대해주었다. 특히 디앙코르드는 곁에 있어주지 못하는 란지에를 대신하기라도 하려는 것처럼 세심하게 보살폈다. 지켜보던 빅투아르가 약혼녀에게도 저런 정성은 어렵겠다고 뼈 있는 농담을 던질 정도였다.

"둘의 머리색이 비슷해지니 그제야 좀 남매 같네?"

빅투아르가 말을 꺼내자 란즈미가 고개를 돌려 오빠를 보며 빙그레 웃었다. 란즈미는 오빠의 머리 색깔이 달라진 것을 처음 보았을 텐데 놀라는 기색이 없었다.

디앙코르드가 거들었다.

"머리색 아니래도 둘이 닮았는데 뭘."

"쟤들은 괜찮지. 너하고 내가 그랬어봐."

"우리가 뭘?"

"각자 생겨서 정말 다행이지 뭐니. 네 얼굴을 한 여자라니 생각만 해도 무섭다."

디앙코르드가 금방 대꾸를 생각해내지 못하는 사이에 혼자 킬킬 웃기 시작한 빅투아르는 뒤꼍으로 나가버렸다. 디앙코르드는 닫힌 문에 대고 소리쳤다.

"누나 얼굴을 한 남자라니 생각 외로 딱 어울리는데!"

물론 들렸을 리 없었다. 란지에가 식탁에 턱을 괴며 말했다.

"두 분처럼 저도 란즈미와 많은 대화를 나눠봤으면 좋겠어요."

"네 오빠 불쌍하다. 란즈미, 농담이라도 좀 해줘봐."

란즈미는 그린 것 같은 미소를 지었을 따름이었다. 란지에와 디앙코르드는 마주보며 씩 웃었다. 말은 그렇게 했지만 란지에는 란즈미가 미소라도 지을 수 있게 된 것에 깊이 감사하고 있었다.

지금보다 어렸던 시절, 민중의 벗에 들어가기도 전에 란지에는 어느 귀족의 집에 들어가 시종 노릇을 했던 일이 있었다. 란즈미를 돌보아주는 조건이었고, 대신 급료는 받지 않기로 했다. 그때 그 귀족은 어떤 이유로 외국에서 양자라며 한 소년을 데려왔다. 소년과 나이가 같았던 란지에는 그의 시중을 들게 되었다. 얼마 후 소년을 가르칠 검술 선생이 들어왔는데 그가 바로 기적을 일으킨 장본인이었다.

'월넛'이라는 가명을 썼던 검술 선생은 자신을 고용한 귀족에게조차 출신지나 신분, 심지어 이름까지도 밝히지 않았다. 상당한 괴짜였고 다소 수상쩍은 구석도 있었지만 검술이 뛰어나 검술 선생으로 흠잡을 곳은 없었다.

어느 날 밤, 란지에는 란즈미의 방에 들어갔다가 검술 선생이 마법인지 다른 힘일지 모를 능력을 발휘하는 것을 보았다. 그자는 란즈미의 마음과 대화를 나누었다고 했다. 그날 밤 몇 년간 닫혀 있던 란즈미의 말문이 열렸다.

얼마 후 검술 선생은 성을 나가 자취를 감추었다. 그후로 소식을 듣지 못했다. 란지에는 개인적인 용무로 나이트워크를 쓰지 않았지만, 일전에 다른 조사를 맡기면서 혹시나 하는 마음에 검술 선생의 일을 물어본 일이 있었다. 본격적인 조사를 하지 않은 탓인지 역시 행방은 찾지 못했다. 가는 곳마다 이름을 바꾼다 했으니 그 때문일지도 모른다. 만일 천운으로 그를 다시 만난다면 란지에는 꼭 은혜를 갚을 생각이었다. 어떤 방법으로든.

그사이 디앙코르드는 과자를 만들 준비를 마쳤다. 밀어놓은 반죽을 올린 판을 식탁 위에 놓고 과자 틀을 란즈미의 손에 쥐여주었다. 그리고 말했다.

"란즈미가 만들어준 과자는 인기가 있으니까 이번에도 잘 부탁해."

"응."

란즈미의 서툰 손이 움직여 별 하나를 찍어냈다. 하얗고 도톰한 별이었다.

워낙 오랜만에 온 터라 저녁까지 대접받고 가게 됐다. 저녁 식탁에는 토마토와 가지 속에 다진 고기를 채워 넣고, 얻어 온 닭 뼈로 국물을 낸 스튜가 올랐다. 빅투아르가 손 가는 대로 만들어낸 것이라 무슨 요리라는 이름도 없었지만 그럭저럭 먹을 만하니 아무 문제가 되지 않았다.

아니, 실은 평민들의 식사치고는 지나치게 훌륭한 편이었다. 란지에는 평범한 식탁과 거리가 먼 이런 음식을 먹을 때마다 입 밖에 내지는 않았지만 부담감을 느끼곤 했다. 비록 오늘은 오랜만에 와서 손님 대접을 받게 된 것이고, 세보 남매의 과자점이 망명의회가 예상한 것 이상으로 잘되어 추가 수익이 생겼기 때문에 조금 여유가 있다는 것도 알고 있었다. 더구나 이엔과 함께 지내며 이보다 훨씬 훌륭한 음식도 접할 기회가 많았던 그였다. 오늘 이 정도는 스스로에게 허용해도 괜찮다. 알고 있지만, 결국 그런 기분은 변하지 않았다.

란지에가 일찍 숟가락을 놓자 빅투아르가 물었다.

"입맛에 안 맞아서 그래? 그렇더라도 조금 더 먹어둬."

"아뇨, 맛있었어요."

"그것밖에 안 먹고서 그런 말을 한들 내가 믿을 리 없잖니? 얼른 더 먹어서 증명하렴."

빅투아르는 묻지도 않고 란지에의 그릇에 스튜를 더 떠놓으며 그렇게 말했다. 란지에가 뭐라 대답할까 궁리하며 시선을 돌리니 란즈미가 숟가락질을 멈추고 자신을 쳐다보고 있었다.

디앙코르드가 말했다.

"란즈미가 오빠가 그만 먹으면 자기도 그만 먹으려나 보다."

로젠크란츠 남매는 들리지 않는 대화라도 나누는 것처럼 그렇게 시선을 마주치고 있었다. 이윽고 눈을 내리깐 란지에는 도로 숟가락을 들고 빅투아르가 떠놓은 스튜를 먹기 시작했다.

빅투아르가 키득 웃으며 말했다.

"란즈미가 이겼네."

부드러운 촛불 빛 아래 가끔 오가는 웃음과 함께 저녁 식사는 끝났다. 란지에는 란즈미의 입가를 냅킨으로 꼼꼼하게 닦아주었다. 그리고 식후에 마시려고 끓인 차를 반 잔 따라 손등으로 온도를 재어보고 란즈미 앞에 놓았다. 비록 오랜만이었지만, 몇 년이나 익숙하게 해왔던지라 자연스럽게 나온 행동이었다. 세보 남매는 마주보며 조그맣게 어깨를 으쓱했다.

란즈미는 돌아가 쉬어야 할 시각이었다. 내려올 때 그랬듯 란지에가 동생을 업고 2층으로 올라갔다. 빅투아르가 램프를 들고 따라 올라갔다가 먼저 돌아오더니 설거지를 하고 있는 동생의 뒤통수를 보면서 히죽 웃었다.

"넌 아직 멀었더라."

"뭐?"

물소리 때문에 잘 듣지 못한 체했지만 실은 다 듣고 있었다. 빅투아르는 한 손에 찻주전자, 다른 손에 찻잔을 든 채 엉덩이로 식탁 의자를 밀어 빼고 앉았다.

"서투르다고."

"뭐가."

"네가 열심히 하긴 하지만 아직 란지한테는 멀었다고."

디앙코르드는 불만스레 어깨를 움츠렸다.

"그거야 란지는 오빠고 나는 남이니까 그렇지. 내가 못 할 일이란 게 있는 거 아냐."

"그것도 그렇지만."

빅투아르는 차를 한 모금 마셨다. 앞치마는 풀어서 식탁 위에 놓았다.

"란지가 란즈미를 눕혀놓고 뭐라고 얘기를 하는데, 글쎄 란즈미 그 애가 내가 딱 램프 불 조절하는 사이에 잠들더라고. 걔가 평소 밤잠 잘 못 드는 거, 너도 알잖니?"

"음…….."

디앙코르드가 설거지를 마치고 돌아설 즈음 란지에가 내려왔다. 빅투아르가 손짓해 불렀다.

"차 새로 끓여놨어. 한 잔 더 마시고 가렴."

란지에가 고개를 끄덕이고 의자를 당겨 앉자 차를 따르며 한마디 덧붙였다.

"이렇게 안 부르면 인사만 꾸벅하고 휑하니 가버릴 셈이었지? 내가 다 알아."

란지에가 고개를 숙이면서 웃었다.

"야경꾼이 밤놀이하는 사람들을 집에 보내기 전에 가려고요."

"알지, 안다니까. 차만 한 잔 더 마셔. 명령이야. 의회에서도 동의했단다? 위원장님한테 차 한 잔 먹여서 보내라고."

"그럴게요."

디앙코르드도 손을 닦고 다가와 앉으며 말했다.

"난 왜 차 안 줘?"

"바로 앞에 있잖아. 네가 따라 마시면 되잖니."

"칫, 차별하긴."

"억울하면 출세, 알지?"

찻잔 세 개에서 김이 피어올랐다. 빅투아르는 벌써 석 잔째인 차를 한 모금 넘기고 입을 열었다.

"요즘 바쁜 거니?"

"네."

"네가 바쁘다고 인정하는 거 보니까 심상치 않은데."

빅투아르는 눈치가 빠른 여자였다. 란지에는 부인하지 않고 미소만 지었다.

"위험한 일은 작작해. 어느 날 오빠가 영 안 오게 됐다간 네 동생 숨 꼴딱 넘어간다."

모르는 체 말하고 있어도 나탕트 거리의 정보망을 맡고 있는 빅투아르가 소식을 전혀 모르는 건 아니었다. 굳이 아는 체하지 않을 따름이었다.

그러나 디앙코르드는 조금 달랐다.

"아르님 공작 집에서 열린 파티에 갔었다면서. 벌써 돌아 돌아 거기서 널 봤다는 사람이 있더라. 그 얘기 듣고 나 숨이 탁 막혔다. 슬슬 그로메 학교가 주목받고 있는 거 너도 알지 않냐. 이대로는 네 정체 밝혀지는 것도 시간문제야. 내가 지나치게 생각하는지 몰라도 요즘 네가 한다는 일이 너무 아슬 아슬한 게 아닐까 싶어."

란지에는 담담히 말했다.

"거기에도 나이트워커가 왔었나 보군요."

"그게 중요한 게 아니고, 그러니까 너란 녀석은 그렇게 얼굴 드러내고 다녀서는 곤란하단 말이야. 한번 보면 누구나 알아보게 되잖아. 귀족 중에도 널 기억하는 사람이 생겼을지 모른다고."

"학교는 떠날 겁니다."

디앙코르드가 눈을 약간 크게 떴다.

"이엔하고 하일저도? 그 애들 외에도 몇 명이 더 있지 않나? 그리고 또 누구야, 에이젠엘모인가 하는 아가씨도 데려왔잖아?"

"이엔과 다른 사람들은 남습니다. 제가 함께 있으면 그들이 위험해져서 그런 거니까요. 에이젠엘모 씨는 처음부터 학생도 아니었고 하니 같이 나올 겁니다."

"그럼 어디 있을 건데? 정했어?"

"곧 정해지겠죠. 제가 정하는 것도 아닌걸요."

잠시 침묵이 흐르고 빅투아르가 중얼거렸다.

"졸업을 못 하다니 아쉽네. 성적도 괜찮았는데."

"참 나, 누나는. 그게 핵심이 아니잖아."

"그냥 그렇다는 거잖아."

사이를 두고 빅투아르가 혼잣말처럼 말했다.

"평화로운 때라면 네 나이 때 공부나 하면 딱인 건데. 그게 책 공부든 일 공부든. 공화 혁명이 다 뭐니. 열여섯 살 먹은 애한테. 란즈미는 또 무슨 죄라니. 매일 아침 오빠 얼굴만 보면 만족할 애한테."

차가 식고 있었다. 란지에는 남은 차를 모두 마셨다. 찻주 전자도 이제 비었다.

빅투아르는 란지에를 바라보았다. 한참 동안 서로의 눈을 보고 있었다. 할말이 있는 것 같았지만 누구도 먼저 입을 열지 않았다. 이윽고 란지에는 자리에서 일어섰다.

"그만 가볼게요. 오늘 저녁은 참 즐거웠습니다."

이렇게 가고 나면 한동안 연락도 닿기 힘들다는 것을 셋 다 잘 알고 있었다. 그래서 오늘 무리해서 란즈미를 보고 가려 했던 것이기도 했다. 란지에의 손이 의자를 도로 밀어놓을 때까지도 빅투아르는 대답하지 않았다.

디앙코르드가 란지에의 어깨에 손을 얹었다. 하고 싶은 말은 듣지 않아도 알았다. 두 사람은 악수를 나누었다. 디앙코르드는 위층을 눈짓하며 미소를 지어 보였다. 걱정하지 말라는 의미였다.

란지에가 문손잡이를 잡았을 때 빈 찻잔을 들고 있던 빅투아르가 빙그레 웃었다.

"아르님 파티에 폰티나 딸도 왔었다면서. 소문대로 예쁘든?"

란지에는 문을 닫기 직전에 말했다.

"네."

수레바퀴에 낀 돌

앞으로 달려나가기 전에

발이 어디에 있는지 봐둬.

네가 밟은 것이 칼날이라면

나아가는 순간 베일 테니까.

칸카는 조금 기다렸다. 나올 이야기를 알고 있었지만 먼저 꺼낼 필요가 없어서였다. 오래 기다리지 않아도 되었다.

"수상해."

테오는 그답지 않게 불안해 보였다. 아랫사람 앞에서 불안

한 모습 따위 보이지 않을 인내심은 있었던 그였다.

"무슨 일이 있어. 뭔가 눈치를 챈 거겠지. 아니면 내가 모르는 곳에서 일이 안 좋아질 낌새가 났다거나. 이유는 상관없어. 어쨌든 결과는 같으니까. 태도가 달라졌어. 분명히 알 수 있지."

"저도 그렇게 생각합니다."

테오는 칸카를 쳐다보았다. 일부러 표정을 살피는 느낌이 확연했다. 테오는 방금 자신이 한 말과 반대되는 질문을 던졌다.

"왜일 것 같나?"

"말씀하신 대롭니다. 껄끄러운 뭔가가 생긴 거죠. 어느 바퀴 살대에 돌멩이가 걸렸는지, 그건 모릅니다. 그들이 수레를 끌고 있고 저와 주인님은 수레에서 내릴 수 없는 입장이니 그렇습니다."

"그래, 수레가 멈췄어."

테오는 금세 변화를 눈치챘다. 첫째로, 나이트워커가 가져오는 소식이 현격히 줄었다. 헤어질 무렵, 그자가 말을 아끼고 있는 냄새가 났다. 확신은 하지 못하고 일단 보냈다. 그런 뒤 일부러 기별을 넣었다. 바로 응하는 것을 보고 그때까지는 착각이었나 하고도 생각했다.

약속 장소는 시장이었다. 깊숙한 곳에서는 진짜를 팔지만 밖에는 싸구려 그릇 쪼가리들이 무명천 위에 흩어져 벨벳 방석 꿈을 꾼다는, 서쪽 탑 앞의 골동품 시장. 볕에 물든 가짜 그릇들의 운명에 눈길 줄 여유가 없는 테오가 약속한 가게 앞에서 두리번댈 때 재빠르게 '디'가 다가왔다.

온 사람은 디 혼자였다.

디는 테오에게 새로운 접선 방법을 알려주었다. 왜 바뀌었는지는 말해주지 않았다. 돈 크레아는 오지 않느냐고 물었다. 디는 돈 크레아의 신변에 일이 생겨 한동안 외부 접촉을 삼가고 있다고 말했다.

—왕궁에 가기로 한 일은 진척이 없소?

—돈 크레아 님에게 생긴 일 때문에 상부 접선에 약간 애를 먹고 있습니다. 그분이 계셔야 일이 매끄럽게 진행되는데요. 저로서는 상위의 접선 경로를 사용할 수 없어서 소개해드릴 만한 귀족들과 연락을 취할 방법이 없습니다.

—그러면 다른 약속들도 마찬가지가 되는 거요? 날짜가 촉박하다는 말은 굳이 하고 싶지 않소만.

—조금 기다리셔야 되겠지만, 어차피 9월의 그날이 오기 전에 약속된 일들은 이루어질 겁니다. 조급하게 생각하시지 말고 토노크 자작이 소개한 모임에서 신뢰를 쌓으십시오. 장차 사교계의 한 축이 될 모임이니 그곳의 평판이 큰 도움이 될 겁니다.

—그것도 좋겠지만 그것만으로는 시간이 많이 남는군. 내

가 해야 할 다른 일은 없겠소?

―있습니다. 한 가지 여쭙겠습니다.

―어떤 거요?

―최근 집안에서 연회를 치르셨다고 들었습니다. 그 자리에 폰티나의 딸도 참여했다는 후문이던데 혹시 그녀가 특별한 낌새는 보이지 않던가요?

―…….

―눈치채지 못하셨습니까?

―나는…… 그녀와 이야기할 기회가 없었소.

―그렇습니까. 이쪽에서는 영지에 머무는 폰티나 공작에게 관심사를 안겨주어 켈티카까지 시선이 가지 않도록 애쓰고 있지만, 그의 딸을 수행한 자들이 켈티카에 나타났었기 때문에 어느 정도의 정보를 수집해 갔으리라 생각합니다. 파티에서는 소공작과 특별히 협연도 했던 모양이더군요. 직접 보지 못한 터라 분위기가 어땠는지는 모르겠지만 그후로 사교계에서는 두 가문 사이에 혼담이 오갔을 거라는 이야기가 나돌고 있습니다. 이 점에 대해 혹시 아는 정보가 있으십니까?

―그런 소문이 있다는 것은 알고 있소. 하지만 가문에서는 그후로 구체적인 이야기가 나오지 않았소. 그건 단발성 움직임이었으리라 생각되오. 오랜만에 만나 가문 간의 우의를 과시하기 위한…… 그런 유의 것 말이오.

—그럴 수도 있겠습니다만, 소문이라는 것은 종종 일부러 퍼뜨리기도 하는 것이기에 드린 말씀입니다. 앞으로 아르님 공작이 소공작과 클로에 다 폰타나의 혼담에 대해 어떤 의견을 갖고 있는지 떠볼 기회가 있다면 좋겠습니다.

—알아보도록 노력하겠소.

백주의 시장은 더웠다. 너울대는 천막 아래로 오가는 돈과 흥정, 먼지 냄새가 나는 항아리들, 그런 것들로 점차 머리가 어지러워졌다. 상대의 얼굴도 조금 달아올라 있었다. 천막의 황토색 때문이었을지도 모른다. 점차 날카로운 생각을 하기가 어려워지고, 발 디딘 흙은 열기 속으로 서서히 꺼져드는 듯했다. 그들은 떠나기 직전, 마지막 문답을 나눴다.

—소공작은 평안합니까?

그게 소공작의 안부를 묻는 말이 아님을 테오도 알고 있었다.

—그렇소.

—다행입니다. 그럼 이만.

골동품 시장에서의 만남이 있은 후 테오는 더이상 아무 정보도 들을 수 없었다. 그달의 나이트워크는 써버렸고, 다시 디를 불러낼 만한 정보도 없었다. 여름은 끝나가고 있었다.

"민중의 벗은 광범위한 그물을 갖고 있지만 끄트머리는 미모사 잎으로 되어 있지. 그들이 눈치챈 것이 뭘까. 칸카, 뭘 것 같나?"

묻고 있었지만 테오는 자신이 듣고 싶지 않은 대답이 무엇인지 알고 있었다. 칸카가 그의 마음을 눈치채고 대답했다.

"한 가지만 아니라면 상관없을 것입니다."

"그래, 한 가지를 뺀 어떤 것들 말인가?"

"디라는 자가 연회를 언급했으니 그때 주인님께서 계시지 않았던 것을 지금쯤 알게 됐을 가능성이 있습니다. 또, 그날 폰티나 공작 따님과 소공작의 혼담 소문이 생겨날 정도로 그럴듯한 일이 있었던 것은 분명한 듯합니다. 그게 어느 쪽에서 만들어낸 일이었는지는 아직 밝혀지지 않았습니다. 그러므로 만에 하나 폰티나 공작의 의도였을 가능성을 생각해야 합니다. 폰티나 공작이 과연 딸을 아르님 공작가에 주려고 할까요? 저는 그 점에 좀 회의적입니다. 그래서 이 일은 폰티나 공작이 사람들에게 소문을 퍼뜨리려고 일부러 꾸민 일이 아닐까 하는 의심도 합니다."

"만일 그렇다면?"

칸카는 죽 생각해오던 말을 마침내 했다.

"폰티나가 왜 그런 일을 하겠습니까? 누군가가 두 공작 가문 사이에서 이간질을 하려 한다는 낌새를 챈 것이 아니라면 말이지요."

"……"

테오는 당황하여 생각에 잠겼다. 칸카의 말대로라면, 그리고 민중의 벗이 이 점을 고려하고 있다면, 저들이 테오의 실수로 정보가 새어 나갔다고 의심하고 있을 가능성도 충분했다. 아니, 의심의 문제를 떠나 실제로 어디에서 새어 나갔을지 생각해보지 않으면 안 된다.

단지 폰티나 공작의 정보력이 좋아서 민중의 벗의 역공작을 눈치챈 걸까? 그보다 자신이 어느 모임에서 섣불리 자신감을 내보인 일은 없었던가? 소문이 샐 만한 사건은 없었나?

토노크 자작의 소개로 나가게 된 젊은 귀족들의 모임, 그리고 그 모임 일원의 소개로 참석했던 몇 번인가의 야유회, 파티, 살롱 모임, 승마……. 어렴풋이 기억이 날 것도 같다. 아마 아들을 데려갔던 승마 모임일 것이다.

프란츠보다 조금 나이든 꼬마 녀석이 지분대어 프란츠가 울음을 터뜨렸던가. 그게 리어리드 남작의 자식이었을 것이다. 다른 아이들도 여럿 함께였다. 유모를 보냈는데도 진정이 되지 않는 것 같아 다가갔는데 유모의 얼굴에 당황한 기색이 역력했다. 리어리드 남작과 다른 귀족 한둘도 와 있었다. 무슨 말이 오갔는지 묻기도 전에 남작은 사과를 하더니 아들을 데리고 가버렸다. 유모는 그저 남작의 아들이 무례하게 굴었다는 말만 되풀이했다.

며칠 전 아들과 이야기하는 도중, 그 녀석이 우리집에서 가장 높은 사람은 누구냐고 물어서 공작이라고 말해주었다. 아들은 이미 알고 있던 사실을 확인하고 만족한 얼굴이었다. 그 아이에게 네가 언젠가 공작이 될 거라고 말한 일은 없다. 예전에도, 최근에도. 그 아이는 애니스탄이 만든 인형과도 사이가 좋은 편이었다. 그런데 그 아이는 언제부터인가 데모닉이 무슨 말인지 알고 있었다.

"칸카."

칸카에게 이런 말을 해줄 수는 없었다. 칸카는 기다렸다는 듯 답해왔다.

"네."

"지금 가장 중요한 것은 하나야."

칸카는 잠깐 생각하다가 대답했다.

"'한 가지' 말씀이십니까?"

그것이었다. 민중의 벗에서 눈치채어서는 안 되는 한 가지. 테오는 민중의 벗과 손을 잡을 때 한 가지는 확실히 해낼 수 있다고 조건을 내걸었다. 언제든 소공작을 마음대로 할 수 있다, 조종하든, 없애든.

그건 사실이었다. 그러나 동시에 완벽하지 못했다. 완벽하려면 살아남은 진짜 따위가 없어야 했다. 인형이 만들어지는 순간 없어졌어야 마땅할 진짜, 그놈이 살아 돌아다니도록 내버려두어서는 안 되었다.

테오가 고용한 자는 암살자의 세계에서 빼어난 명성을 가진 자였다. 그자가 원하는 조건을 들어주기 위해 애니스탄과의 관계는 사실상 파탄에 이르렀다. 더한 것이라도 들어주었을 것이다. 그자가 조슈아만 없애주었더라면.

그러나 아직 살아 있었다.

심지어 이제는 행방조차 묘연해졌다. 이것만은 나이트워크를 이용할 수도 없었다. 진짜가 살아 있음을 민중의 벗에서 알게 해선 안 되니까.

조슈아는 칼라이소 항구에 머물다가 바다로 떠나갔다. 남쪽 바다에서 아르님 성을 가진 자가 숨으러 갈 곳은 한 군데뿐이다. 페리윙클.

그러나 그곳이야말로 외부에서 침투하기가 가장 어려운 곳이었다. 페리윙클은 자기 섬 출신이 아니면 아무도 내륙으로 들여보내지 않았다. 외지인은 항구 주위의 땅만 밟을 수 있을 뿐이었다. 예외가 있다면 아르님 성을 타고난 인간들 정도일까. 더 생각하고 싶지도 않다. 조슈아가 그곳에서 살 작정이라면 영원히 처박혀 있든가 마음대로 하라고 하고 싶은 심정이었다. 실제로 그럴 수 없다는 것은 알고 있지만.

테오는 생각해보았다. 조슈아가 다음에 나타날 곳이 어디일까? 오래 생각할 필요도 없었다. 한 군데뿐이었다. 조슈아가 지금 무엇을 찾고 있을까? 누구보다도 자신이 가장 잘 알지 않나.

"칸카. 내가 준비시킨 것이 있었지?"

칸카는 고개를 끄덕였다.

"준비는 마쳐놓았습니다."

테오는 칸카의 얼굴을 보며 그가 무슨 생각을 하고 있는지 알기 힘들다는 느낌을 받았다.

애니스탄은 테오 곁에 있지 않았다. 비취반지 성을 둘러싼 숲속에 있는 집을 하나 빌렸다. 정확히 말하면 그냥 점거했지만, 공작의 사위가 버려진 빈집을 친구에게 빌려주는 정도야 숲지기도 눈감아주었다. 낡아빠진 통나무집이었다. 서까래 위에 이엉을 올린 지붕에서는 군데군데 비가 샜다.

애니스탄은 비취반지 성에 돌아가지 않았다. 테오와 더이상 대화하지도 않았다. 오직 이곳에서 밤과 낮을 뒤바꾸어가며 일했다. 문간에 책이 수십 권 쌓이고 마법 약재들이 찬장 가득 들어찼다. 커다란 테이블 두 개에는 복잡한 시험용 진을 그린 종이들이 그득했다. 그는 미친듯이 이 일에 매달렸다.

네냐플을 떠났고, 네냐플에 보고할 수 없는 실험을 하는 지금 고급 마법 재료를 공급받을 방법은 거의 없었다. 채취하러 돌아다닐 시간이 없는 경우 오직 마술사들의 암시장에서 물건을 구할 수 있었는데, 이런 물건들의 질은 전적으로 운이 좌우했다. 운이 좋으면 멀쩡했지만, 운이 없으면 질 나쁜 쓰레기가 걸렸다. 심한 경우 전혀 엉뚱한 재료인 경우도 있었다. 실험에 들어가고 나서 가짜인 걸 알게 되면 사태는 종종 심각해졌다.

아직까지는 운이 따랐다. 애니스탄은 평소 같으면 위험부담을 생각해서 자제했을 주문들을 닥치는 대로 시험해보았다. 재료나 돈도 아끼지 않았다. 오직 시간만을 아꼈다. 그만큼 해답이 절박했다.

그러나 그는 해답과 먼 곳에 있었다.

까마득히 멀었다.

애니스탄 자신이 누구보다도 잘 알고 있었다. 다른 마법사 같으면, 그리고 그도 예전 같으면 일찌감치 포기했을 것이다. 해답에 손이 닿기까지 뛰어넘을 수 없는 과정이 있는데, 그 간격을 메우려면 몇 달이나 몇 년의 노력으로는 어림도 없었다.

그러나 할 수밖에 없었다.

아무도 돕지 않기에. 자신 말고는 누구도 도울 수 없었기에. 자기 손으로 나락에 처넣은 두 영혼,

그와 그의 인형을.

인형은 모를 것이다. 모르게 하고 싶다. 애니스탄이 성공한다면 인형은 아무것도 모른 채 살아갈 것이다. 언제까지 살 수 있을지, 어떤 모습으로 살아갈지 창조자인 자신도 모르지만, 어쨌든 살아갈 테니까. 자신이 누군가의 복제, 가짜 따위

라는 사실을 모른 채로.

그의 인형에게 영혼이 있을까?

없다면, 만들어주면 된다.

낮이 긴 여름이 저물어갔다. 애니스탄은 의지와 노력이 기적을 불러낸다고 믿는 사람처럼 일했다. 사막의 모래를 모두 퍼 올릴 수 있다고, 강의 물도 모조리 말릴 수 있다고, 꿈처럼 그렇게 생각하곤 했다. 해도 달도 지지 않는 낮과 밤을 몇 번이고 탐욕스레 털어 쓰고서 딱딱하게 굳어진 머리를 문설주에 기댄 채로.

때로 그는 자신이 미쳐가고 있다는 기분이 들었다.

그래도 그에게는 마지막 희망이 있었다. 성공 또는 휴식, 둘 중의 하나는 얻게 될 것이므로.

그 휴식이 아주 길고 달콤하리라는 상상이 애니스탄에게 마지막 인내심을 주었다.

그로메 학교 기숙사의 좁고 긴 창에 구부러진 달이 떴다.

학교의 문이 열리는 시각은 아침 7시였다. 그러나 그전에도 드나들 방법은 몇 가지나 있었다. 둘 다 그런 길을 잘 알고 있었다. 함께 빠져나가기도 했고, 혼자 나간 일도 있었다. 그럴 때도 돌아오면 다른 한 명이 기다리고 있으리라고 당연하게 믿으며 지내왔다. 서로를 안 지 이 년, 동료로 인식한 것은 올해부터다. 따져보면 길지 않은데 어째서 모든 것이 당연했을까?

오늘까지 세면 며칠째일지 생각해보려다가 머리가 복잡해진 이엔은 고개를 흔들었다. 그리고 마지막으로 방을 점검하고 있는 란지에의 뒷모습을 바라봤다. 희미하게 달빛이 든 좁은 방안에 평소와 다름없이 불안정하게 쌓인 수많은 책이 그림자를 드리웠다.

낯선 사람이 보면 방의 풍경은 단순히 뒤죽박죽일 뿐, 어디에 무엇이 놓여 있는지 파악하기조차 힘들었다. 그러나 란지에는 거기에서 필요한 것을 즉시 찾아내지 못하는 일도 없었고, 물건을 잃어버리는 일도 없었다. 이제 떠나려는 순간, 점검해볼 장소 또한 몇 군데로 한정되어 있었다. 기밀로 다뤄야 할 것을 실수로 떨어뜨리지 않았는지 온 방을 뒤질 필요는 없었다.

"됐어."

란지에가 가져가는 짐은 거의 없었다. 징 박힌 트렁크 속에 책 몇 권, 기밀 서류들, 암호문들, 당장 입을 옷 두어 벌이 들었을 뿐이다. 개인적 물건이라고는 로사 알브를 떠날 때 지스카르가 준 펜과 잉크병뿐이었다. 소중히 여겨서라기보다는 튼튼해서 망가지지 않은 까닭에 지금껏 간직했을 따름이었다. 그는 물건에 추억을 담아 아끼는 일이 없었다. 추억이란

수레바퀴에 건 돌

머릿속에 든 것이다.

"혼자 나갈게. 여기서 헤어지자."

이엔은 입을 꾹 다물었다. 양 뺨이 동그랗게 도드라졌다.
란지에는 친구의 얼굴을 보고 있다가 말했다.

"기회가 닿으면 다시 연락할게."

그게 언제일까? 이제부터 둘의 길은 갈라질 예정이었다.
란지에는 떠나고 이엔과 그 외 동료들은 그로메 학교에 남는
다. 함께 민중의 벗에 소속되어 있더라도 길이 한번 갈라지고
나면 쉽사리 만나기는 어려웠다.

지금까지도 이들이 공인된 의미에서 한 조였던 것은 아니
었다. 조를 짜는 것은 조직화 분과의 관할이었다. 그간 그들
이 함께했던 것은 같은 학교의 학생인지라 서로의 존재를 알
고 있었기 때문이다. 다시 말해 모두 란지에가 포섭한 인물들
인 까닭이었다.

이미 동지임을 아는 이들을 굳이 다른 조로 관리할 필요는
없었다. 란지에는 한 지구의 위원장으로서 작은 조를 관리할
입장이 아니었지만 굳이 다른 하위 간부를 통하지 않고 동급
생이거나 선후배인 이들을 직접 떠안았다. 그래서 이들은 켈
티카 3지구 내의 특별한 존재로서, 조가 아니되 위원장의 지
시를 직접 받아 행동하며 란지에와 함께해왔다.

이제 이들은 새로운 조로 편성되어 이엔이 맡게 된다. 조직

개편을 결정하고 조직화 분과의 승인을 받은 사람은 란지에 본인이었다. 이유는 이엔도 알고 있었다. 그들이 수행한 계획에 미세한 차질이 생겨났다. 위기로 번질 가능성이 있다고 판단했다면 가장 먼저 해야 할 일은 파급의 최소화였다. 란지에는 그로메 학교 내의 조직을 보호하기 위해 이엔을 비롯한 학생들을 이번 일에서 이탈시키고, 남은 일은 혼자 수습하기로 결정한 것이다.

다만 하일저는 얼굴이 드러났기 때문에 자신과 시차를 두고 다른 곳으로 보낼 예정이었다. 란지에는 자신이 졸업하지 못하는 것보다 하일저가 공부를 그만두는 것이 마음에 걸렸다. 그러나 얼마 동안이라도 얼굴을 감춰야만 하는지라 어쩔 도리가 없었다. 비록 3지구 위원장의 정체를 드러내지 않기 위해서였다고는 하지만, 란지에는 테오와의 접선 자리에 다른 조직원을 차출하지 않고 하일저를 데려간 것에 약간 가책을 느끼고 있었다.

테오스티드 다 모로와의 제휴는 망명의회의 결정이었다. 그것이 처음부터 무리수였기에 정보가 샜다고 판단해야 할지는 아직 불명확했다. 란지에는 책임 소재를 따지려 하지 않았다. 필요한 계획이었기에 지령이 내려온 것이고, 수행중 문제가 생겼다면 수습할 뿐이었다. 스스로의 판단은 분명히 있었지만 그걸 드러낼 때는 나중이라고 여겼다.

수레바퀴에 낀 돌

이엔은 그렇지 않았다.

"오늘만은 망명의회가 원망스럽네."

란지에의 한쪽 입술이 약간 올라가자 단순 씁쓸한 표정이 되었다.

"책임은 누구에게도 없는 거야."

"책임은 네가 지려 하고 있잖아."

입술의 모양이 미소로 바뀌었다.

"중요한 임무에서 제외되어 서운한 거야?"

"농담 마."

란지에는 트렁크를 집어 들더니 손을 내밀었다.

"남은 친구들을 네게 부탁한 것을 잊지 마."

"……."

이엔과 악수한 란지에는 돌아서서 문을 밀었다. 따라 나가지 않기로 한 터라 문간으로 다가서는 이상은 할 수 없었다.

"자신 없어."

란지에는 못 들은 것처럼 계단으로 걸음을 옮겼다.

"자신 없단 말이야……."

소리칠 수 없어서 입속으로 되뇌었다. 잠든 학생들로 가득한 기숙사였다. 란지에의 모습은 곧 계단참 너머로 사라졌다. 이엔이 양 주먹을 꼭 움켜쥐고 마음을 다스리려 애쓰는 모습을 돌아보지 않은 채.

학교 뒷마당에는 겨우내 쓸 장작을 쌓아두는 나뭇광이 있었다. 작년에 쓰고 남은 장작 묶음 몇 개가 굴러다니는 빈터를 가로질러 붉은 벽돌로 쌓은 굴뚝 뒤로 돌아갔다. 상자 두 개를 끌어내고 울타리를 조금 만지자 쇠막대 하나가 툭 떨어졌다. 란지에는 울타리 틈을 빠져나갔다. 그곳에서 애나 에이젠엘모가 기다리고 있었다.

란지에는 울타리를 원래대로 손질해놓고 돌아섰다. 달그림자가 밝힌 모자챙 속 그늘에 애나의 굳어진 얼굴이 보였다. 란지에는 표정을 부드럽게 했다.

"갑시다."

켈티카 만灣

산을 내려온 블루엣 강은 켈티카를 동서로 가르며 켈티카 만으로 빠져나간다. 켈티카 만은 예로부터 이름의 축복이 있어 왕은 만으로 나와 새 배와 새 궁전의 이름을 지어 선포하였고, 아들과 딸이 태어나도 그리하였다. 이름의 축복을 지닌 만답게 켈티카 만 주위의 크고 작은 암초들은 모두 이름을 갖고 있다. 사람들은 암초들을 바다 여왕이 낳은 마흔 명의 딸들로 여기고, 만을 지나갈 때마다 그녀들을 달래기 위해 말린 무화과나 살구, 자두, 건포도 등을 던진다. 그리하는 이유는 세상 모든 아가씨들이 달콤한 열매를 좋아하지만 암초 공주들이 사는 바다 밑 궁전에는 오직 짠 것밖에 없는 까닭이다.

리체는 뱃전에 기대어 앉아 꾸벅꾸벅 졸고 있었다. 따가운 햇살을 피해 택한 그늘에 슬슬 볕이 들기 시작하자 꼼틀꼼틀 자리를 옮겨가며 잠을 이어가려 애쓰는 중이었다. 나른하게 울리던 바이올린 소리가 뚝 그치고 두 소년이 떠들기 시작하지 않았더라면 조금 더 그대로 단잠을 잤을 것이다.

"아 왜, 도대체가! 왜 자꾸 북풍이 부는 거냐고!"

"조금 전까지 남풍이었는데 뭐가 달라졌지?"

"조금 전이 아니고 벌써 북풍이 불어댄 지 상당히 됐거든?"

"가락이 틀린 것 같진 않아. 내 귀는 확실해."

지친 기색이 완연한 막시민은 들고 있던 바이올린과 활을 근처의 빈 통 속에 던져 넣어버렸다. 심지어 그 통을 걷어차기까지 했다.

"똑같은 가락만 지루하게 켜대느라 어깨가 빠질 지경이네. 썩어빠진 폐품 쪼가리 같으니!"

조수아가 급히 통 속으로 허리를 굽혀 바이올린을 도로 꺼냈다. 망가진 데라도 없나 열심히 살펴봤지만 정작 주인인 막시민은 신경쓰지 않았다. 막시민은 오랫동안 카프리치오를 가지고 다닌 경험으로 그 바이올린이 건드리면 부서질 것처럼 생겼어도 실은 웬만해서 부서지지 않는 물건임을 알고 있었다.

기분이 잘 변하는 막시민이 갑판 가운데 서서 땀을 뻘뻘 흘리며 그 까다롭다는 카프리치오를 켜고 있기가 힘들었을 것은 틀림없었다. 그게 그럴듯한 곡이라도 됐으면 그나마 연주자 입장에서 참을 만했을지도 모른다. 그러나 막시민이 되풀이해서 켜고 있는 것은 고작 네 소절밖에 안 되는, 어린애들이 놀려댈 때 부르는 입노래와 비슷한 수준인지라 켜는 사람은 물론 듣는 사람도 지겨워죽을 지경이었다. 오죽하면 질려서 잠을 청한 리체가 깨지 않으려고 꼼지락대며 버티고 있었겠는가. 선실 안은 더 더울 텐데 안 나오고 버티고 있는 마일스톤도 틀림없이 비슷한 기분일 것이다.

"악보는 수십 장이나 되잖아. 제발 이거 말고 뭐라도 좋으니 다른 것 좀 주면 안 되겠냐? 진짜 농담 아니고, 내가 부탁한다. 벌써 두 시간째인데 이러다가 머리가 돌아버리겠단 말이다."

"나도 아는데……."

갑판 가운데 주저앉은 막시민이 간절하게 쳐다봤지만 조슈아는 난처한 표정을 지을 뿐이었다.

조슈아는 막시민이 알아볼 수 있도록 요즘 사용하는 표기법으로 필사한 악보를 쥐고 있었다. 여백이란 여백에는 모조리 음표가 빼곡하게 적혀 어느새 바이올린 못지않게 폐품처럼 보이는 악보였다. 동그라미와 가위표가 곳곳에 교차되고, 어떤 표시는 열심히 그어버린 자국으로 시커멓고, 또 다른 곳은 고친 흔적이 거듭 겹쳐져 알아보기도 힘들고, 발끈해서 뜯어버렸는지 구멍이 난 곳까지 있었다. 누가 했더라도 불쌍해 보일 분투의 흔적이었으나 심지어 아직도 미완성이었다. 그런 것을 항해 내내 붙들고 들여다보고 있었다. 웬만한 곡은 노래하는 것과 비슷한 속도로 작곡해버리는 데모닉 조슈아가.

하지만 찬트는 음악이 아니라 마법의 영역이었다. 마법을 배워보지 못한 사람에게는 천재성만으로 쉽게 뛰어넘을 수 없는 간극이 있었다. 어쨌든 악보의 꼴만 봐도 조슈아가 얼마나 머리를 싸쥐고 복원에 애쓰고 있는지 짐작할 만했다. 게으름을 피우고 있다고 할 순 없었다.

막시민의 주장은 그렇게 열심히 복원한 부분을 한번 연주해보자는 거고, 조슈아는 완벽해질 때까지는 안 된다는 의견이었다. 사실 노을섬에서 조슈아는 일찌감치 모든 페이지를 살펴보고 남은 부분과 빈 부분을 끼워 맞춰 머릿속으로 그럴듯한 작곡을 마쳐놓았다. 그리고 그걸 시험해보려 했었다.

"역시 안 돼. 너무 위험해."

조슈아가 고개를 젓자 막시민은 허공을 노려보며 한숨을 내쉬었다.

"젠장, 너란 놈이 그렇지. 아니, 다 그렇지. 저놈의 폐품 바이올린에, 썩어빠진 휴지조각에, 그걸 준 놈에, 훔쳤다는 인간까지 싹 다."

"미안해."

막시민은 한참 동안 대꾸가 없었다. 그러나 그는 결국 다시 일어났다.

"됐어. 빌어먹을 〈남풍 교향곡〉을 앞으로 일천오백사십육만 칠천육백스물두 번 연주하면 되는 거지?"

고작 네 소절로 이루어진 교향곡이 다시 울려 퍼지기 시작하자 잠이 다 깨어버린 리체는 귀를 막았다. 조수아도 한숨을 내쉬었다. 그리고 지겹지 않을 리 없었다.

노을섬 해변에서 대충 완성한 곡의 첫머리를 여섯 마디 정도 시험 삼아 연주했을 때였던가. 마침 바다 쪽을 보고 있던 조수아는 도망치라는 말도 입 밖에 못 낸 채 막시민의 소매를 붙잡아 당기면서 뛰기 시작했다. 영문 모르고 뒤따라 뛰던 막시민이 뒤를 한번 돌아보더니 즉시 조수아를 앞질러 뛰어갔다. 전날 한가롭게 걸어서 올랐던 언덕을 눈 깜짝할 사이에 주파한 둘은 꼭대기에서 돌아서며 바다를 보았다. 그 순간, 사람 키의 대여섯 배는 될 법했던 파도가 사그라지며 그들의 발치를 적시고 돌아갔다. 해변에서 언덕 위까지, 최대 백 걸음은 밀고 들어왔다가 간 셈이었다.

둘은 그 자리에서 한동안 멍해져 있었다. 바람을 일으키는 바이올린이라고 했다. 바람이 일어나기는 일어났다. 다행히도 일어난 지점은 바다 위였던 모양이다. 비록 범위는 좁았지만 얼마나 격렬했으면 이런 파도가 생겨났을까? 그리고…… 이 바람이 그들이 선 자리에서 일어났더라면 어떻게 됐을까?

안전제일주의자로 변한 둘은 그다음부터 두 소절 연주하고 무슨 일이 벌어지나 반시간쯤 기다려보고, 다시 두 소절 해보고, 또 기다리고…… 그런 식으로 하다 보니 효과 있는 곡을 찾아내기도 전에 밤이 되어버리고 말았다(사실을 말하자면 일찌감치 지쳐서 악보는 배 고물에 처박아두고 남은 식량을 꺼내먹은 다음 깨진 야자 껍데기로 상대방 뒤통수 맞히기 같은 놀이나 하며 오후를 보냈기 때문이다).

이튿날은 식량이 떨어졌기 때문에, 그리고 항해를 도와줄 켈스니티도 돌아오지 않았기 때문에 뭐든 만들어내든지 아니면 노를 젓든지 둘 중 하나를 택해야 했다. 그 결과 드라마틱하게 진도가 빨라져서 드디어 한 곡이 완성되었으니 그게 바로 막시민이 방금 친히 제목을 붙여준 네 소절짜리 위대한 신성 찬트 〈남풍 교향곡〉이었다. 효과는 간단했다. '남풍이 불게 된다.'

그때는 그것으로도 충분했다. 둘은 〈남풍 교향곡〉을 써서 노을섬을 탈출했고, 폭풍의 벽을 통과한 뒤 폭죽 몇 발을 쏜 끝에 기다리고 있던 알테나호를 만났다. 이 성공에 자신감을 얼은 둘은 켈티카까지 가는 데도 〈남풍 교향곡〉 말고 필요한 곡은 없을 거라고 멋대로 생각했다. 어쨌든 켈티카도 북쪽에 있잖은가?

하늘을 나는 배를 가진 이상 켈티카 앞까지 날아가기로 한다면 바람이 북풍이든 남풍이든 신경쓸 필요는 없었다. 켈티카는 블루엣 강을 끼고 있으니 강에 내려도 된다. 착륙 범위가 좁겠지만 그 정도는 문제가 안 된다. 이제 조슈아는 비행선을 꽤 잘 조종하게 됐으니 말이다. 그러나 그다음이 문제였다. 조슈아가 비취반지 성에 돌아가는 것을 아무도 막지 않을 것인가?

그럴 리 없다. 적은 이쪽이 하늘을 나는 배를 갖고 있다는 사실을 알고 있다. 그러니 강과 항구를 봉쇄할 방도를 찾을 것이다. 어쨌든 미의 극치호는 땅 위에 내릴 수는 없었다.

따라서 강에 내리는 것은 더욱 눈에 띄기 쉬웠다. 항구 근처에 내려서 은밀히 숨어 들어가면 더할 나위 없겠지만 막시민은 이 계획도 기각했다. 그는 분명한 추리에 의거하여 항구 앞에 그들을 처치할 자들이 기다릴 거라고 예상했다. 미의 극치호는 하늘을 날 수 있었지만 그 외의 기능은 전무하다고 해도 과언이 아니었다. 물에 떨어지는 순간 배를 제대로 선회시킬 줄도 모르는 자들이 타고 있는데다 대포 한 문 실려 있지 않은 순수 유랑 극단선……은 아니지만 어쨌든 그 비슷한 배가 아닌가?

막시민은 미의 극치호에 대포를 단다든가 하는 실현 불가능한 계획들을 일찌감치 폐기하고 간단한 계획을 구상했다. 여긴 페리윙클이다. 배라면 널려 있다. 징발했던 물자도 남아돈다. 자원봉사자도 쌓여 있다. 그렇다면 이쪽에서도 본격적으로 무력을 준비해 맞받아치면 되잖은가? 지금까지는 쫓기고 당했지만 이제부터는 아니지.

소공작 전하는 페리윙클 사람들이 사랑해마지않는 우상과 비슷한 존재다. 본래도 어느 정도는 그랬던 것 같지만 조슈아를 직접 보고 난 후로는 한층 정도가 심해졌다. 공작도 아니고 소공작이다 보니 책임은 없고 사랑만 받기에 딱 좋았다. 노을섬 항해에 동참했던 사람들은 우쭐대고 싶은 마음이 겹쳐 저들과 어울려 소탈하게 지낸 소공작에 대한 소문을 백 배로 증폭해서 퍼뜨렸고, 이렇다 보니 '소공작 전하를 지키는 일'이라고 하면 섬사람 전체가 쫓아나서는 건 아닐까 싶을 정도가 되어갔다.

무엇보다 해적의 섬인데, 소공작 전하를 호위할 중무장선 한두 척쯤 못 띄워서야 말이 안 된다. 안 그런가?

이 멋진 계획에는 큰 난점이 있었다. 수 문에서 수십 문까지 강력한 대포를 달고 백병전에 능한 수백 명의 해적을 실은 위풍당당한 배를 구할 수는 있었다. 그것도 몇 척이나. 막시민의 기준에 잘 맞게도 공짜로. 그런데 그 배는 날 수가 없었다. 다시 말해 호위를 받으며 가려면 미의 극치호도 비행을 포기하고 항해를 해야 했다.

조슈아는 그런 식으로 켈티카까지 간다면 얼마나 걸릴까 물어보았다.

"넉넉잡아 두 달 정도면 되겠는뎁쇼."

계획은 폐기되었다. 날아가는 것에 익숙해져서일 수도 있지만 어쨌든 두 달은 지나치게 한가로운 계획이었다. 9월 말이나 되어야 켈티카에 당도할 판인데 그사이에 무슨 일이 벌어질지 어떻게 알겠는가?

세 번째 계획을 생각해낸 사람은 펠 집정관이었다.

"호위선들이 같이 갈 수 없다면, 그곳에서 기다리면 됩니다."

마침 그 부근에 가 있는 선단이 있다고 했다. 켈티카 근처의 해상에서 만나면 된다. 합류 지점만 혼동하지 않는다면 가장 좋은 계획이었다. 미의 극치호에는 불꽃을 내는 폭죽과 연기 나는 신호 기구 등이 잔뜩 실렸다. 그리고 소공작 전하께서 항해하시는 동안 불편을 겪으시지 않도록 도울 선원들, 항해사, 요리사, 의사, 광대, 악사, 하인들이 올라타려 했지만…… 수용 인원이 초과되어 일곱 명으로 제한되었다.

마일스톤은 본래 페리윙클까지 오는 것으로 계약이 종료되었으므로 도착 즉시 급료를 지급받았고 노을섬으로 가는 알테나호에도 타지 않았다. 그런데 조수아 일행이 페리윙클로 돌아와보니 그는 아직도 떠나지 못하고 섬을 방황하는 중이었다. 마일스톤의 말로는 일자리를 얻지 못했다는 거였다. 이 섬에는 항해사와 선원이 너무 많다. 항구를 날아다니는 새떼만큼이나 많다. 실은 적정 나이를 넘긴 남녀 대부분이 그렇다!

이런 상황이니 이곳 출신도 아닌 마일스톤을 모른 체 내버려두고 가는 것도 미안하고, 본인도 재계약을 하고 싶다고 말하는 까닭에 다시 승선하게 되었다.

켈티카 쪽 선단에 연락을 취하고 대답을 받는 일에는 빠른 전서구와 연락선, 약간의 마법까지 동원하고도 수일이 소요되었다. 그 결과 이튿날 떠난다던 공언과는 달리 십여 일이 지체되고서야 미의 극치호는 페리윙클 항구를 떠나왔다. 떠나기 전에 조수아는 소공작의 자격으로 첫 번째 명령을 내렸다. 노을섬으로 들어가는 전 해로의 봉쇄령이었다.

이제 약속한 지점이 멀지 않았다. 바다에 내려야 할 테니 이번에야말로 〈남풍 교향곡〉이 필요한, 아니 쓰려면 써야 할 시점이었다. 마일스톤을 비롯하여 항해사가 둘에, 사실상 항해사급인 뛰어난 선원이 다섯이나 있으니 항해는 그들에게 맡겨두면 될 테지만, 하나뿐인 역작 〈남풍 교향곡〉이 삐걱대기 시작하자 의문이 짜증을 부르고 짜증이 분노를 불러 두 시간째 둘은 교향곡의 완성에 기를 쓰고 매달리는 중이었다.

"그 연주 말인데."

리체가 기댔던 뱃전을 짚고 느릿느릿 일어나 둘을 바라봤다. 조슈아가 대꾸했다.

"응?"

"그걸 꼭 그 바이올린으로 해야만 되는 걸까?"

"으응?"

조슈아가 눈을 동그랗게 뜨고 바라보자 리체가 손가락을 쳐들며 눈동자를 허공으로 굴렸다.

"듣는 사람 입장에서는 그렇다는 거야. 난 바이올린만 듣고 살 순 없어! 다양성, 그런 게 필요하잖니."

리체가 선실로 가버린 뒤 조슈아는 조그맣게 〈남풍 교향곡〉을 흥얼거려보았다. 가사가 없다 보니 감정을 담기가 어설퍼서 아무렇게나 붙여보았다. 잠시 후, 더위를 참지 못하고 도로 선실에서 나온 리체의 귀에 괴이한, 아니 실은 매우 익숙한 곡이 들렸다.

남풍아 불어라

좀 불어봐라

아니 북풍 말고

이건 좀 아니거든?

노래 실력만은 훌륭했으므로 리체는 바이올린보다 들을 만하다고 생각……하기는커녕 폭소를 터뜨리며 조슈아에게 다가가려 했다. 그러다가 문득 머리채를 휙 밀어 보내는 바람을 느꼈다.

남쪽에서 불어와서, 북쪽으로 사라지는 바람이었다.

"오오?"

리체가 뭐라 말하기 전에 막시민이 돛대 뒤에서 뛰쳐나왔다.

"조군 너 지금 뭐 했어?"

막시민의 자존심을 생각했음인지 문제의 남풍은 아주 잠깐, 그것도 약하게 지나갔다. 조슈아는 멍하니 하늘을 올려다보았다. 둘이 막 다투려는 참인데 더위에 지친 마일스톤이 선실에서 기어 나오더니 픽 쓰러지며 보고했다.

"다 왔단다. 내려가자고. 켈티카 만灣이다."

바람이 잤다.

마중 올 선단을 기다리기 위해 돛을 모두 내렸지만 그러지 않았다 해도 마찬가지였을 듯했다. 배 안의 모든 사물은 고요했다. 밧줄은 떨지 않았고 돛은 윙윙대지 않았다. 해류가 조금씩 밀려와 배를 흔들 때마다 배를 이룬 나뭇조각들이 몸을 맞비비는 소리가 울렸다. 한여름 바다에 숨은 곤충들이 날개를 스치는 소리였다.

삐익, 쓰읏, 삐걱.

선원 몇이 고물 쪽에서 연기 신호를 준비하고 있었다. 조슈아는 돛대에 기대어 섰고, 막시민은 뱃전 너머로 몸을 내밀고 주위를 두리번거렸다. 리체는 따끈한 갑판에 앉아 있었다. 입으로는 어느새 중독된 교향곡을 흥얼거리면서.

더위만이 침묵 속을 걸어 돌아다녔다. 소리 없이, 쉬지 않고.

"아아……."

장루에서 누군가 외치는 소리가 들렸다. 막시민이 돌아보았다. 두 번째 외침이 들리자 그가 바로 뒤따라 외쳤다.

"동쪽에 배!"

리체는 몸을 반쯤 일으키며 돌아보려 했다. 순간, 배가 크게 기울어지는 바람에 중심을 잃었다. 밧줄 감는 말뚝을 짚으며 다시 일어섰을 무렵 동쪽의 배는 뚜렷한 윤곽이 되어 있었다. 세 척이었다.

동쪽이라면 켈티카 항구가 있는 쪽이다. 마중 온 배가 분명하다고 생각한 리체는 동쪽으로 내민 이물 쪽으로 다가갔다. 배 그림자가 굉장히 빠르게 커진다고 느끼며, 바람이 없는데 어떻게 저리도 빨리 올까 궁금해하며, 좀더 앞으로 몸을 내밀었다.

높은 돛대보다 위용 있게 솟은 배쌈에 시선이 먼저 갔다. 수십 개의 노가 일사불란하게 움직이고 있었으니 당연한 일이었다. 배는 노를 저어 움직이는 갤리선이었다.

저쪽 배의 이물에 리체처럼 서 있는 사람이 있었다. 얼굴까지 보이는 거리는 아니었다. 우뚝 버티고 선 그는 등뒤로 팔짱을 낀 채 이쪽을 보고 있었다. 자신을 보고 있는 듯해서 기분이 조금 이상했다. 검은 모자 아래 짧은 금발 머리가 착 가라앉아 있었다. 어디선가 본 일이 있다고 생각하는 순간이었다.

뱃머리가 휙 돌았다.

상대의 얼굴은 순식간에 오른쪽으로 돌아가며 지워졌다. 뒤따르던 배가 머리를 들이밀었다. 그와 동시에 등뒤에서 선원의 외침이 울렸다.

"전원 전투 준비! 저건 우리가 기다리던 배가 아니야!"

아니라고?

리체가 생각을 수습하기도 전에 누군가가 팔을 잡아당겼다. 막시민이었다.

"나 좀 쏴달라고 뱃머리에 서 있냐?"

"쏘다니?"

"보면 몰라? 놈들은 해적이잖아!"

리체는 막시민의 손에 이끌리다시피 선실 쪽으로 가면서 물었다.

"저기, 해적은 깃발 달고 다니지 않아? 그, 검은 바탕에……."

"꼭 그러란 법 있냐? 해적 맘이지."

"넌 뭘 보고 아는데?"

"넌 그럼 저 배들이 왜 다가온다고 보는데?"

막시민이 손을 놓고 가버리자 리체는 의혹에 찬 시선을 갤리선에 꽂은 채 중얼거렸다.

"북부에 오니 해적조차 예의가 없네……."

조슈아는 돛대 앞에 그대로 서 있었다. 상황 판단을 못 해서도, 당황하거나 겁을 먹어서도 아니었다. 그럴 수밖에 없었다. 갤리선의 절반에도 미치지 못하는 작은 배, 대포 한 문 달려 있지 않고 사람은 열 명뿐. 달아날 곳도 없고 달아날 방법도 없었다. 세 척의 갤리선은 미의 극치호를 둘러싸더니 배 한 척 정도의 거리를 두고 멈추었다.

잠깐 침묵이 흘렀다.

쿠콰콰쾅!

대포가 아니었다. 무슨 일이 일어났는지도 몰랐다. 작은 배인 미의 극치호는 사방에서 날아들어 꽂힌 충격을 견디지 못하고 버르적거렸다. 잠든 듯 고요했던 배 안은 죽음의 소음으로 가득찼다.

"……."

충격으로 넘어졌던 조슈아는 몸을 일으키려 했다. 밧줄을 붙들자 그의 몸에도 떨림이 옮겨왔다. 화살에 꿰뚫린 사슴처럼 떨고 있었다. 그들을 보호해온 이 작은 배가, 아무 무장도 안 된, 유랑 극단선이라는 우스꽝스러운 별명을 얻었던 배가.

배 안의 모든 사람들이 쓰러져 나뒹굴다가 일어나는 중이었다. 조슈아는 세 척의 갤리선에서 튀어나온 굵은 쇠사슬이 미의 극치호의 배腹를 뚫고 연결된 것을 보았다. 맹수에게 포위된 어린 짐승은 치명상을 입었고, 아무것도 할 수 없었다.

그걸 바라보는 동안 조슈아의 눈썹이 서서히, 가문의 시조가 그랬듯 가파른 선을 그렸다. 그는 움켜잡았던 밧줄을 놓아버리고 뱃머리를 향해 걸어갔다. 비록 상대 배에서 맞아주러 나올 자는 없겠지만 그래도 앞으로 나아갔다. 배가 내뱉는 거친 숨이 발밑으로 느껴졌다. 비록 빌린 배지만, 빌린 사람은 자신이었다. 쥬스피앙은 조슈아를 위해 배와 조종법 교본을 내주었다. 그에게 닥친 문제를 해결하고 돌아오라고. 스스로 붙였던 수많은 찬사만큼이나 아끼는 배를.

책임지지 않으면 안 된다.

한층 가까워진 갤리의 뱃전에 수십 명의 해적, 또는 병사처럼 보이는 자들이 무기를 빼어들고 도열해 있었다. 궁사 또한 있었다. 화살을 메기고 조슈아가 있는 쪽을 겨냥하고 있었다. 그러나 조슈아는 그들이 보이지도 않는 것처럼 나아가 뱃머리에 섰다.

맞은편 배에 대장으로 보이는 자가 나와 선 것이 보였다. 그는 선장이라기보다는 육전의 장군처럼 보였다. 장검을 찼고 철갑옷을 입었으며, 머리에는 투구마저 쓰고 있었다. 키가 크고 위엄 있는 풍채였다.

조슈아는 손을 뻗어 그를 가리켰다.

"너는 누구냐."

상대방은 선뜻 움직이지 않았다. 대답이 들릴 거리였건만 답하지 않았다.

"나는 이 배의 선장이자 아르님 소공작, 아르모리크 경 조슈아 아일브레탄트 폰 아르님이다. 내 앞길을 막는 무도한 자여, 네 이름을 밝혀라."

상대는 잠시 망설였다. 조슈아가 이렇게 나오리라고는 예상하지 못했을까. 그러나 오래가지는 않았다. 그는 투구를 벗어 들었다. 조슈아의 눈이 충격으로 가늘게 떨렸다.

장군이 조슈아를 향해 허리를 굽혔다.

"켈티카 만에서 마르바라 바이예가 아르모리크 경을 뵙습니다."

몰랐던 것은 아니었다.

바이예 경에게 붙잡혀 있다가 탈출하기까지 했던 조슈아 일행이었다. 그때 막시민은 바이예 경이 아르님 가문을 배신했다고 바로 단정지었지만 조슈아의 생각은 달랐다. 그는 바이예 경을 어려서부터 보아왔다. 어떤 사람인지도 알고 있다고 생각했다. 오랫동안 아버지의 신임을 받아왔고, 그 결과 아무나 보낼 수 없는 페리윙클섬에 특사로 가기까지 했던 점 잖고 성실한 기사가 아닌가.

그런 바이예가 아버지를 배신하고 소공작인 자신을 억류하려 하는 상황을 받아들이기가 힘들었다. 안다 해도, 마음으로는 그럴 수 없었다. 바이예 경은 돈으로 매수되거나 허울뿐인 명예에 팔릴 만한 사람은 아니었다. 백번 양보해서 그가 조슈아를 싫어할 수는 있었다. 그러나 아버지만은 아니었다. 아버지와 바이예 경은 수십 년을 함께한 지기이기도 했다.

"왜 당신이 이 자리에 있는 거지?"

바이예는 대답하지 않았다. 조슈아는 재차 물었다.

"왜 나를 공격하는 배에 당신이 타고 있는가?"

여전히 두 배 사이에는 고요뿐이었다. 바람조차 자는 바다 밑으로 더운 침묵이 가라앉았다.

"왜 내 아버지를 배신하는 건가? 왜? 도대체, 왜!"

철썩, 파도가 한 번 쳤다. 침묵이 깨어졌다.

"저는 주군을 배신하려 한 것이 아닙니다."

예상 밖의 진중한 대답이었다. 조슈아의 얼굴은 해쓱했다.

"아버지가 이 행동을 기뻐할 것이라 보는가?"

바이예 경은 고개를 저었다.

"그럴 리 없겠지요. 하지만 저는 아르님 공작 가문을 위해 오늘 이 자리에 왔습니다."

조슈아는 턱을 당기며 바이예 경을 쏘아보았다.

"그 말의 뜻을 내게 좀더 분명히 설명해야 할 거야."

"소공작 아르모리크 경이여, 당신은 위대한 선조의 피를 이어받았고 탁월한 능력 또한 받았습니다. 이 세상 누구라도 당신 앞에서는 아무것도 자랑하지 못할 것입니다. 당신은 모든 것을 가졌습니다. 세상 사람의 위에 존재하는 분입니다."

"……."

"그런 당신이 한 가지만은 포기해주었으면 했습니다. 아르님 공작이라는 자리 말입니다."

바이예 경은 갑자기 한쪽 무릎을 꿇었다. 손이 닿지 않는 거리였으나 눈앞에 있다면 목을 칠 수도 있을 자세였다.

"용서하십시오. 저는 모로 씨의 계획에 동참했을 때 당신을 은밀한 곳에 가두고 나서 시간이 흐르면 자연스럽게 이브노아 아가씨의 아드님이 아르모리크 경이 되리라 여겼습니다. 당신은 본디 자유로이 사는 것을 바라왔으므로, 예전 조상들이 그랬듯 어디론가 멀리 떠나버렸다고 공작께서 믿으시리라 생각했습니다. 그리하여 그때가 되면 당신을 풀어드리고 자유롭게 사시도록 하려 했습니다. 그때는 당신께서 돌아오더라도 후계자를 바꿀 수 없으리라 여겼습니다. 왜냐하면……."

바이예 경은 고개를 숙였다.

"누구도 데모닉을 믿지 않기 때문입니다. 데모닉의 선의를, 데모닉의 수명을, 데모닉이 가문을 지키리라는 것을."

조슈아는 대답 없이 바이예 경을 쏘아볼 뿐이었다. 그림 같은 눈썹을 찌푸린 채. 서서히 바람이 일어 머리카락을 날렸다.

"이 자리까지 올 마음은 없었습니다. 저는 어리석어 알지 못했습니다. 설마 모로 씨가 당신을 죽이려 할 줄은, 당신을 대신할 무언가를 만들리라고는⋯⋯. 그러나 여기까지 오고만 것은 결국 저만의 책임입니다. 모든 일이 계획대로만 되지 않는다는 것도 압니다. 이제는 멈출 수가 없습니다. 저는 끝까지 가야만 합니다. 용서하십시오."

잠시 후 한마디가 덧붙었다.

"아니, 용서하지 마십시오."

함성이 울려 퍼졌다. 쇠사슬이 당겨지며 미의 극치호는 갤리선 그늘로 빨려 들어갔다. 적들이 칼을 뽑아 들며 뱃전으로 밀려들었다. 뱃전이 충분히 가까워지자 몇 명인가가 뛰어내릴 차비를 갖췄다. 이쪽 배의 높이가 낮아 두 뱃전이 맞닿을 수는 없었다.

조슈아는 벌떼 같은 그들과 마주섰다. 고개를 젖혀 갤리의 높다란 뱃전을 쏘아보았다. 죽음이 눈앞이건만 너희 따위를 피해 달아날 내가 아니라고 말하는 오만한 눈으로, 꼿꼿이 서 있었다.

그때였다.

"저건?"

누군가의 외침과 함께 갤리에 탄 자들 몇이 위를 올려다보았다. 그들의 주 돛 가운데에 낯선 무늬가 나타나 있었다. 검은 그림자로 뚜렷이 찍힌 무늬는 키의 타룬 모양이었다. 돛과 함께 천천히 나부끼고 있었다.

조슈아는 바다 한가운데에서 어떻게 저런 무늬가 갑자기 나타났는지, 그리고 그것이 무얼 의미하는지 몰랐다. 그러나 갤리에 탄 자들은 잘 아는 모양이었다. 그들 사이로 삽시간에 공황이 번졌다.

"낙인이다!"

"키의 낙인이다!"

"어디지? 어느 쪽이야?"

"저기다!"

"서쪽이다! 바람 불어오는 쪽이다!"

"빌어먹을 놈들아, 뭣들 하고 있나! 어서 배를 선회시켜!"

세 척의 갤리 그늘에 가려진 미의 극치호에서는 서쪽에 무엇이 나타났는지 보이지 않았다. 미처 알아보기도 전에 소리가 왔다.

쿠쿵! 콰쾅!

천지를 가르는 굉음에 모든 사람의 귀가 먹먹해졌다. 한 번이 아니었다. 바다가 뛰놀고 돛대가 기울어졌다. 콰콰쾅! 벼락이 떨어진 듯 뱃머리가 쪼개어졌다. 찢어진 나뭇조각이 꽃잎처럼 날렸다. 사람이 뒤엉켜 바다로 떨어졌다. 채찍 같은 물보라가 뱃전을 후려쳤다. 콰쾅!

갤리의 뱃전에 몰렸던 자들은 무슨 일이 일어나고 있는지 깨닫기도 전에 대부분 아래로 추락했다. 미의 극치호의 갑판에 있던 자들도 바닥을 굴렀다. 기운 돛대와 연결된 보조 돛 밧줄을 붙든 조슈아는 눈앞의 배가 마치 신기루처럼 바스러지는 것을 보았다. 연기가 올랐다. 또 다른 갤리에서는 불이 일어났다.

마지막으로 주 돛대가 부러지면서 남은 배의 잔해를 두 동강으로 갈랐다. 엄청난 파도가 일어 미의 극치호를 덮쳤으나 다른 두 배와 연결된 쇠사슬 덕에 뒤집히지 않고 무사했다. 갤리가 가라앉기 시작했을 때 그 너머로 무엇인가가 보였다. 배의 윤곽이었다. 가까이…… 아니 멀리 있었다. 그렇게 착각할 만큼 거대한 배였다.

미의 극치호는 연결된 쇠사슬 때문에 무너진 갤리가 만든 소용돌이에 끌려 들어가야 옳았으나 이번에는 언제 그랬는지 모르게 쇠사슬이 끊어져 있었다. 이윽고 조슈아는 다가오는 배의 측면을 두 층으로 메운 대포들에서 포연이 피어오르는 것을 보았다. 지금까지 저렇게 많은 대포를 실은 배는 처음 보았다.

포격은 아직 끝나지 않았다. 대포가 다시 한번 차례로 불과 굉음을 뿜어냈다. 두 번째 갤리를 노린 포탄은 정확히 주 돛대를 부쉈다. 두 번째, 세 번째도 빗나가지 않았다. 바다 위라고는 믿을 수 없을 정도로 정밀한 조준이었다.

두 번째 갤리가 반파되었다. 바다에 떨어진 자들은 가라앉는 배의 파편들에 휩쓸리기도 했지만 상당수는 마지막 남은 배에 달라붙었다. 노를 잡고 기어올랐고, 몇 개인가 밧줄도 던져졌다. 그러나 사실 마지막 배에 탄 자들 대부분은 저들의 돛을 살피고 있었다. 그들이 찾는 것은 낙인이었다.

"키의 낙인이 찍힌 배는 달아나지 못해……."

조금 더 침착한 자들은 미의 극치호와 연결된 사슬을 끊고 반격을 위해 배를 선회시켰다. 그러나 약한 바람을 탄 낯선 배는 놀랄 만큼 빠르게 다가왔다. 계속해서, 맞부딪힐 때까지.

"어어어……."

알아듣기 힘든 함성과 함께 두 배의 뱃전이 부딪히며 무수한 파편을 퉁겨 올렸다. 철판과 철추로 감싼 뱃전을 가진 낯선 배는 많은 타격을 입지 않았다. 갤리를 탄 자들도 힘을 내어 함성을 올렸다. 접현! 이제부터는 백병전이었다. 낙인에서 벗어났다. 실력을 보일 수 있다.

다른 갤리에서 기어오른 자들도 다투어 뱃전으로 몰려갔다. 무게 때문에 배가 한쪽으로 기울어질 지경이었다. 두 뱃전이 닿은 곳에서 양측의 선원들도 맞닥뜨렸다. 첫 번째 불꽃이 튀었다. 검이 반사한 태양광이 흰 날벌레들처럼 날뛰었다. 한차례 뒤엉키고 나자 꺾인 자들은 바다로 떨어져 부서진 배의 일부가 되었다.

거대한 배끼리 엉킨 바다에서 미의 극치호는 방관자였다. 등뒤에서 막시민의 목소리가 들렸을 때 조슈아는 온몸을 채웠던 긴장이 이상하게 탁 풀렸다.

"너, 저 배 아냐?"

"아니."

막시민은 햇빛 때문에 하얗게 된 안경을 들어 위를 보고 있었다. 눈이 보이지 않아 표정을 알아볼 길이 없었다.

"난 안다."

"알아?"

처음에는 우세와 열세를 판단하기 어려웠다. 그러나 조금 더 지나자 갤리의 선원들이 통솔을 잘 따르지 않는 것이 보였다. 잠시 후 낯선 배에서 몰려나온 선원들은 대부분 갤리로 옮겨 탔다. 그러고도 계속해서 수백 명이 아닐까 싶은 자들이 쏟아져 나왔다. 한 명 한 명의 실력은 몰랐지만 흐름은 점차 뚜렷해졌다. 양쪽 다 해적이라 할 때 갤리의 해적들이 명령을 무시하고 제멋대로 싸우는 것에 반해, 새로운 배는 선원 각자가 훈련된 병사들처럼 움직였다. 조슈아는 그들 속에서 눈에 띄는 한 명을 발견했다.

지휘자였다. 날이 휜 칼을 높이 올려 선원들을 독려하고 있었다. 검은 선장 모자에 낡은 해군 재킷 차림이었다. 가까이 온 적 몇을 쓰러뜨리긴 했지만 맨 앞에 나서지는 않았다. 그럴 수 없는 것이, 그는 노인이었다. 모자 뒤로 묶은 흰 머리채가 때로 펄럭였다. 주위의 선원들이 모두 앞으로 달려나가자 늙은 선장은 조슈아 쪽을 돌아보았다. 눈이 마주쳤을 때, 선장의 한 손이 모자챙으로 올라갔다. 끝을 잡고 슬쩍 올려 보였다.

스스로 깨닫기도 전에 조슈아의 입술이 꿈처럼 한마디를 내뱉었다.

"할아버지?"

바다 감옥

네가 몸을 씻고 좋은 옷 입기를 바란다.
수백 자루 초를 켜고 밤새 기다리기를 바란다.
문 앞에 꽃과 독을 뿌리고 향유와 기름을 붓고
수십 폭 흰 비단을 찢어 탄원의 깃발을 달고
검과 활을 손닿는 곳에 두고 베개를 모로 베어
벌레 날갯짓 소리에도 뛰어나오도록 도사려
마침내 내 얼굴을 보고 목소리를 들었을 때
신방에 들듯 두근거리며 마주하기를 바란다.

나라는 자는, 생각만으로는 물리칠 수 없다.

코츠볼트의 모닥불 앞에서 히스파니에는 옛이야기를 해준 일이 있었다. 젊은 시절에 있었다던 이야기였다. 레코르다블의 용병 무리와 어울리다가 그들이 저지른 사고에 말려들어 함께 감옥에 갇히게 되었다. 히스파니에 자신은 죄가 없는 터라 해명만 잘하면 풀려날 상황이었다. 신문은 이튿날 있을 예정이었다. 좁은 감옥에서 용병들과 뒤섞여 짚더미를 베고 잠을 청했는데 밤중에 목이 말라 잠에서 깼다. 감옥에서 물을 구할 데가 없으니 꾹 참으며 뒤척여 눕는데, 주위의 기척이 이상했다. 일어나 앉아보고서야 까닭을 알았다. 눕긴 했으나 실은 모두 깨어 있었다. 마음 편히 잘 수 있었던 사람은 자신뿐이었던 것이다.

그날 밤 히스파니에는 그들을 이끌고 감옥을 탈출했다. 그래서 그도 용병들과 똑같은 수배자가 되었다.

"체, 그거야 영감은 가문에서 받쳐주니까 그까짓 수배쯤 내키면 언제든 풀 수 있다고 생각했을 거 아녜요?"

막시민은 바로 지분댔고,

"이놈아, 그 시절 나는 형님하고 연락도 주고받지 않았어!"

"어련히 그러셨을까. 뭐 급한 일 생기면 다 연락하게 돼 있지."

"막군, 뒤통수가 위험한데."

막시민이 재빨리 피하자 헛손질을 한 히스파니에가 소리쳤다.

"요놈이!"

그 시절 이후 처음이었던가. 세 사람이 한자리에 모인 것은.

맨 먼저 할아버지는 막시민의 뒤통수를 딱 때렸다. 재빨리 피하기 전에.

"요놈아! 하이아칸까지 기껏 보내놨더니 뭘 알아냈으면 소식을 보내야 할 거 아냐! 너 혼자 꿀꺽하고 마는 게냐?"

"아, 영감 진짜! 연락하고 말고 할 새가 있었으면 나도 이 짓거리 안 하고 있죠!"

"핑계는 대지 마!"

"영감이야말로 엄청 늦게 왔구만 뭘."

"온 것만으로도 감사해라, 이놈아!"

조슈아가 겨우 끼어들어 말했다.

"그런데 할아버지…… 이런 배도 갖고 계시고, 그러니까……."

히스파니에는 조슈아를 돌아보며 빙긋 웃었다.

"왜, 안 어울리느냐?"

"그게 아니라, 정말 놀랐어요."

아닌 게 아니라 놀란 것은 막시민도 마찬가지였다. 젊었을 때 용병단과 함께 무얼 했다든가, 대륙 곳곳을 떠돌아다녔다든가, 그런 이야기야 곧잘 해주던 히스파니에였지만 노인이 된 지금은 그저 방랑객 또는 썩은 목장의 주인 정도로만 생각하고 있었다. 이렇듯 거대한 무장선과 잘 훈련된 선원, 아니 해적들을 거느리고 있는 선장일 줄은 상상도 못 했다. 히스파니에 역시 가문의 전통대로 해적 선장이었던 것이다.

마일스톤도 감탄한 표정으로 말했다.

"키의 낙인에 대해 들어보긴 했지만 그 배에 직접 타보게 될 줄은 몰랐습니다. 낙인을 찍은 배는 용서 없이 부숴버린다던가, 그런 소문만 들었는데요."

그러자 막시민이 눈을 가늘게 뜨더니 이죽댔다.

"빌려 왔죠?"

두 번째 위기는 가볍게 고개를 숙여 피했다. 히스파니에는 곧 너털웃음을 터뜨렸다.

"그래. 전당포에 목장 잡히고 빌려 왔다. 이제 그 돈을 갚아야 할 테니 네 녀석을 평생 부려먹어야겠다."

막시민은 즉각 태도를 바꿨다.

"아니 선장님, 이거 왜 이러십니까? 다 아는 처지에."

"넌 오늘부터 선실 청소다!"

막시민은 말 돌릴 곳을 찾아 두리번대다가 선원들 사이에 끼어 눈만 동그랗게 뜨고 있는 리체를 발견했다.

"아참, 저기 쟤는 리체라고 하는……."

그때 조슈아도 비슷한 생각으로 할아버지를 바라보며 막 입을 떼려 했다. 둘은 거의 동시에 말했다.

"우리가 책임져야 되는 아가씨예요."

"우리를 책임지고 있는 아가씨죠."

그런 뒤 동시에 같은 말을 되물었다.

"너 방금 뭐랬냐?"

히스파니에는 리체를 바라보았다. 리체는 당황하여 얼른 외쳤다.

"제가 여기 있게 된 건 단지 실수예요!"

히스파니에는 리체를 빤히 보고 두 소년을 돌아본 뒤, 도로 리체를 보며 말했다.

"거 실수 한번 거하게 했구먼."

"지, 지당한 말씀이에요!"

"애도를 표하네."

"감사합니다!"

막시민이 말했다.

"소개고 뭐고 우리하고 있을 때보다 말이 잘 통하는데."

그 말을 들은 리체는 어쨌든 인사를 해야겠다고 판단했다.

"저는 리체 아브릴이라고 합니다. 저, 그동안 말씀은 많이 들었……지 못했어요. 누구세요?"

막시민이 어깨를 움츠리며 대신 설명했다.

"조슈아의 작은할아버지."

그러자 리체의 눈이 커졌다.

"그럼 저기, 저, 조슈아처럼…… 데모닉?"

할아버지는 리체의 표정을 훑어보더니 조슈아를 째려보았다.

"너, 저 아가씨한테 평판이 형편없는 모양이로구나."

조슈아는 당황해서 눈을 몇 번 깜빡거리다가 대꾸했다.

"그게, 그런…… 데모닉은 원래 평판 같은 건 포기하고 사는 거잖아요."

"너 때문에 나까지 평판이 나빠졌다."

"그거야 할아버지도 데모닉이니까…….."

막시민이 조슈아의 대답을 가로채어 이죽댔다.

"쉰 살은 차이 나는 여자애의 평판은 얻어서 뭘 하시려고요?"

막시민이 뒤통수에 닥쳐온 세 번째 위기를 피할 즈음 그들을 둘러싼 갑판 상황은 거의 정리되었다. 히스파니에가 데려온 세 명의 갑판장들—갑판이 워낙 넓기 때문만은 아니었다—의 지휘 아래 죽거나 부상당한 동료들을 추스르고, 포로들을 묶어 모선으로 보내고, 갑판 위를 걸레질하고, 멀쩡한 무기들을 한곳에 모으고, 버릴 것들은 바다의 몫으로 보냈다. 세 군데나 구멍이 뚫린 미의 극치호는 항해 불능 상태였으므로 히스파니에의 배 '악마를 뒤쫓다' 뒤에 묶어놓았다.

조슈아 일행과 히스파니에는 악마를 뒤쫓다호가 아닌 나포한 세 번째 갤리로 옮겨와 있었다. 잠시 후 부선장과 두 명의 항해사, 그리고 포대장이 이쪽 배로 건너왔다. 히스파니에 앞에서 조슈아와 마주한 그들은 깍듯이 인사했다. 조슈아가 일일이 악수를 청하자 송구스러워하기까지 했다. 그러나 그들 모두는 흔한 선원이 아니었다. 악마를 뒤쫓다호는 정말 악마를 붙잡을 수 있을 만큼 빨랐다. 그 배의 선원들은 군인만큼이나 명령 체계가 잘 잡혀 있었다. 페리윙클에서도 이 정도의 조직력은 본 일이 없었다.

"아르모리크 경을 뵙게 되어 영광입니다."

"감사해야 할 쪽은 납니다. 도움이 없었더라면 난 이 자리에 있지도 못했을 겁니다."

"저희는 선장님의 명령을 따랐을 뿐입니다."

마지막이 포대장이었다. 히스파니에가 말했다.

"포대장 노스트. 이 친구는 한마디로 대륙 최고의 포술가지."

히스파니에가 빈말로 칭찬한 것이 아니었다. 포대장이 지휘한 포대 선원들은 두 대의 갤리선을 완파시키면서 미의 극치호에는 전혀 손상을 입히지 않았다. 심지어 갤리와 함께 침몰하지 않도록 쇠사슬을 끊어주기까지 했다. 강력한 파괴력은 물론이고 상대가 응사할 겨를이 없을 정도로 빠른 연사력까지 갖추고 있었다.

조슈아는 고개를 끄덕이면서 말했다.

"어떻게 그렇게 정확히 포격하는지 정말 놀랐어요."

"거기에는 비밀이 있죠."

서른 몇 살로 보이는 노스트는 빈정대기 좋아하는 개구쟁이 같은 인상이었다. 조슈아는 더 묻지 않고 미소만 지었다. 사실 그런 포격은 단지 포술이 좋다고 가능한 일은 아니었다.

"그나저나 어떻게 알고 여기까지 오셨어요?"

인사가 끝나고 포로를 신문하기 전에 조슈아가 물었다. 히스파니에가 빙그레 웃었다.

"네가 신호를 보내지 않았느냐."

"아."

조슈아는 바로 떠올리고서 싱긋 웃었다.

"받아보셨어요?"

"그래, 그런 것을 만들 녀석이 너 말고 또 있겠느냐?"

"그렇게 생각해주실 줄 알았어요."

막시민이 의아한 표정을 지었다.

"신호라니?"

히스파니에는 팔짱을 끼고 막시민을 내려다봤다.

"소식 보낼 방법이란 다양하게 있는 게지. 네 녀석처럼 변명만 좋아하지 않는다면 말이다."

"지금 잘난 체하는 거죠? 그러지 말고 대체 무슨 소리인지……."

히스파니에는 막시민이 답답해하는 것을 일부러 무시하고 조슈아에게 말했다.

"그 종잇조각이 내게 오기 전에 네 아버지의 손을 거쳤으니 지금쯤 공작도 뭔가 생각하고 있을 것이야."

조슈아는 그 말에 대답하는 대신 잠깐 망설이다가 물었다.

"저, 그런데 할아버지는…… 만나보셨나요?"

"누구를 말이냐?"

"저, 그러니까……."

히스파니에는 곧 눈치를 챘다.

"그래."

"어떻……던가요?"

대답이 얼른 나오지 않았다. 조슈아가 재촉하는 눈으로 쳐다보자 노인은 코를 찡그렸다.

"글쎄다."

조슈아가 다시 묻기 전에 혼자 열심히 머리를 굴리고 있던 막시민이 끼어들었다.

"가만있자, 여기서 만나기로 했다는 페리윙클의 선단이 영감네 배였다 이건가?"

"그래, 나다."

"그럼 그 연락을 받고 온 거잖아! 그런 건데 조슈아가 보냈다는 신호는 또 뭐냐고!"

히스파니에가 피식 웃었다.

"여기서 무슨 일이 벌어질지 미리 알아내어 해전 준비를 갖추고, 켈티카 근해에 와서 기다린 내가 아니냐. 더구나 너희를 공격할 배가 어느 것인지 알고 뒤따라왔기에 수장되기 전에 네 녀석을 건졌지. 물론 수장됐더라도 네 녀석 입은 가라앉지 않았을 테지만."

"그래요, 잘했다고요. 잘했는데, 정말 그 신호가 뭔지 말 안 해줄 겁니까? 데모닉 아니면 못 알아들을 얘기라도 됩니까? 조군 너도 내 허락도 안 받고 혼자 저질렀다 이거지……."

두 데모닉은 막시민의 항의를 일부러 무시했다. 그때 줄곧 듣고 있던 리체가 불쑥 말했다.

"아, 나도 그거 뭔지 알았어."

그 순간 막시민의 표정은 정말 볼만했다.

갤리 선미루 위에 조슈아와 히스파니에가 섰다. 악마를 뒤쫓다호로 건너가지 않고 남은 선원과 병사들이 두 사람 뒤로 반원을 그리며 늘어섰다. 막시민과 리체는 선원들 틈에 슬쩍 들어가 있었다. 전리품은 일부 악마를 뒤쫓다호로 옮기고 남은 것을 갑판 위에 몇 더미로 나눠 쌓아놓았다. 배꼬리에는 굵은 밧줄을 매어 아래로 늘어뜨렸다. 마지막으로 조슈아는 맨발이었다. 모든 것이 히스파니에가 지시한 대로였다.

그들 앞에 포로 세 명이 포박된 채 무릎 꿇려 있었다. 조슈아가 이름을 불렀다.

"바이예 경."

투구가 벗겨진 바이예 경은 아무 말 없이 조슈아를 바라보았다. 그런데 그 얼굴이 묘하게 편안해 보였다.

조슈아는 바이예 경의 희끗한 머리카락을 바라보고 있다가 말했다.

"아까 한 이야기 말인데요."

대답이 없었지만 말을 이었다.

"이해했어요."

어느새 아버지의 친구를 대하던 존대가 돌아와 있었다.

"전부 다. 마지막 말까지."

바이예 경의 표정에 약간 화색이 돌았다.

"그렇게 해주십시오."

"아뇨."

조슈아는 한 발짝 다가서더니 허리를 굽혀 얼굴을 바이예 경의 얼굴에 가까이 가져갔다.

"그러지 않겠어요. 당신은 나를 배신하여 내 아버지의 믿음을 저버렸어요. 궁극적으로는 아버지와 아르님의 이름을 위한 것이었더라도 마찬가지죠. 난 당신에게 실망했고, 그래서 당신이 기대하는 대로 해줄 수는 없어요."

"도련님⋯⋯."

"그런 사람의 소원을 들어주는 법은 없단 말입니다. 아셨지요?"

허리를 편 조슈아는 대답을 기다리지 않고 즉각 명령했다.

"풀어드려."

선원 둘이 단검을 뽑아 바이예 경을 포박한 끈을 끊었다. 바이예 경은 일어나려 하지 않았다.

"도련님, 아니 아르모리크 경. 이런 식으로 당신의 목숨을 노렸던 자를 쉽게 용서해선 안 됩니다."

"그런 자의 소원은 들어주지 않는다고 말했고, 그런 자와 더 대화도 하지 않을 겁니다."

조슈아는 정말로 고개를 돌리더니 물러나버렸다. 히스파니에가 나머지 두 명을 향해 다가서며 그때까지 품에 안고 있던 지팡이를 꺼내어 짚었다. 지팡이 끝에는 진짜 구두가 붙어 있었는데 저렇게 되어 있으면 걷기에 편할지, 반대일지 언뜻 짐작하기가 힘들었다.

"나는 예전에 아르님 이름을 가진 자를 노리면 어떻게 되는지 똑똑히 보여줘야 한다고 말한 일이 있지. 다섯 해 전, 딸을 잃었던 아르님 공작 앞에서 말이야."

히스파니에가 눈짓하자 선원들이 다가와 그들을 붙잡아 일으켰다. 이어 노인은 품에 안고 있던 지팡이를 꺼내어 바닥을 몇 번 띄엄띄엄 쳤다. 그리고 여전히 무릎을 꿇고 있는 바이예 경에게 고개를 돌렸다.

"자네가 날 알 것 같구면."

"……."

"자네는 날 싫어했지. 그렇지 않나?"

"……."

무엇인가가 부서지는, 또는 무너지는 소리가 들린 것은 그때였다.

갑판 위의 모든 사람이 그 소리를 들었지만, 이후에도 어떤 소리였다고 잘라 말할 수 있었던 사람은 없었다. 본 적도, 상상해본 적도 없는 파괴가 낸 소리였던 까닭이다. 갑판은 단단한 참나무를 결을 교차시켜가며 두 겹 이상 댔고, 선미루 갑판 밑은 일어서기도 힘든 좁은 공간뿐이었다. 그런데 그 밑에서 엄청난 힘을 가진 무엇인가가 갑판을 뚫으며 솟아올랐다. 모두가 보았다. 그것은 손이었다. 인간의 손임을 믿기 힘들 정도로 거대한 오른손이었다.

손은 히스파니에의 지팡이를 쥐고 있었다. 다음 순간, 이쑤시개처럼 부러뜨려 내던졌다.

"비켜!"

외친 사람은 막시민이었다. 그 외침을 신호로 갑판 위의 수많은 사람들이 뒤엉켰다. 누군가는 달려들고 누군가는 넘어졌다. 거대한 오른손에 이어 솟아난 왼손이 히스파니에의 발목을 잡은 것과, 무리 속에서 누군가가 튀어나가며 그 손에 발차기를 날린 것은 동시였다. 다리가 풀려나는 순간 노인이라고는 생각되지 않는 민첩함으로 한 바퀴 구른 히스파니에가 고개를 번쩍 들며 소리쳤다.

"조슈아!"

그자의 왼손을 걷어찬 사람은 조슈아였다. 그 자체도 뜻밖이었지만 심지어 인간이랄 수 없는 속도였다. 그러나 멋지게 해낸 것과는 반대로 맞은편 갑판에 내려서자마자 그는 심하게 비틀거렸다.

"아, 조금 짧았네⋯⋯."

히스파니에의 다리가 그자의 왼손에 잡혔던 것은 운이었다. 지팡이에 이어 오른손에 잡혔던 자는 지팡이처럼 부러졌다. 누군가가 활을 쏘았지만 오른손은 그마저 튕겨내버렸다.

리체는 선원들의 손에 떠밀려 난간까지 밀려갔다가 겨우 자세를 추스르고 앞을 보았다. 그리고 선원들이 어느새 끝에 갈고리가 달린 굵은 쇠사슬 같은 무기를 각자 들고 있는 것을 알았다. 곳곳에 쌓였던 전리품 더미 밑에 숨겨두었던 것을 꺼내 든 것이다. 맹수를 노리는 사냥꾼들처럼 조심스럽게 거리를 두고 한 점을 포위했다.

그들을 둘러싼 선미루 중앙에 대포라도 맞은 것처럼 뚫린 구멍, 그리고 리체가 결코 잊었을 리 없는 자가 나타나 있었다.

"그간 여행은 즐거웠나?"

익숙한 목소리였다. 늘 그렇듯 가벼웠다. 포위됐다고 의식하는 것 같지도 않았다. 모자와 가면 아래, 짧은 금발과 흰 턱.

순간 화가 치밀어 올랐다.

많은 사람이 함께 있어서였기 때문일지도 모른다. 줄곧 공포에 떨며 쫓기고, 없는 힘을 짜내어 힘겹게 벗어나곤 했던 기억 때문일지도 모른다. 그런데 그런 것들 속에서 뚜렷하게 정의하기 힘든 분노가 한 가닥 솟아올랐다. 머리를 핑 돌게 만든 그 기분이 무엇이었다고, 왜였다고 잘라 말할 수가 없었다.

리체의 손에는 아무것도 없었다. 그녀가 돌아보며 전리품더미 속에서 검을 하나 집어 드는 순간이었다.

"여행지도 정할 수 없는 네 녀석보다는 훨씬 나았지."

막시민이 첫 번째로 대꾸를 날리는 것과 함께 그자의 몸이 용수철처럼 솟구쳤다. 목표를 눈치챈 수 명의 병사들이 조슈아의 앞을 막아섰다. 그러나 창검도 방패도 소용없었다. 손에 잡히는 대로 움켜잡아 부러뜨리고 내던지자 금세 대열이 무너졌다. 다섯 명이 사방으로 날려가 난간에 처박히고, 심지어 바다로 떨어졌다. 이제 곧 눈앞이었다.

누군가가 앞을 막았다.

바이예 경은 손발이 자유로웠다. 무기 또한 전리품 더미 속에 얼마든지 있었다. 그는 뒤를 돌아보지 않았다. 곧장 그자의 왼손을 향해 검을 그어 내렸다.

"!"

첫 상처가 그자의 손에 생겨났다. 한패라고 생각해서 방심했는지도 모른다. 그자가 멈칫하는 순간이었다. 병사들 틈에서 찌르기 자세를 잡고 도사리던 리체가 검을 쭉 뻗었다. 오른쪽 어깨를 푹 찔렀다. 실로 단 한 번이었을 기회였다. 칼끝이 한 뼘 가까이 들어갔다.

그자의 움직임이 멈췄다.

자신이 입은 상처를 이해하려는 것처럼. 맹수의 침묵이었다. 몇 초가 흐르고 그는 고함을 내질렀다.

"너희 따위가!"

목구멍 속에서부터 으르렁대며 튀어나온 목소리는 조금 전 우스울 정도로 가볍던 말투와 판이하게 달랐다. 리체가 전에 말에 묶인 채 끌려가며 들었던 목소리도 아니었다. 처음 만났을 때 그는 자신에게 여러 가지 목소리가 있다고 말한 적이 있었다.

"너희 따위가······ 나를 건드릴 수는 없어!"

차고 있던 검을 왼손으로 뽑아 든 그자는 리체에게 성큼 다가들어 후려치면서 오른손으로 바이예 경의 검을 움켜쥐었다. 검이 으스러진 것과 몸을 젖히던 리체의 팔이 베인 것은 동시였다. 리체는 코앞으로 다가든 그자를 보았다. 뒤이어 벌어질 일이 무엇일지, 그자를 처음 본 사람도 알 수 있을 순간이었다.

조슈아는 눈을 한 번 꽉 감았다가 떴다.

이어 창 한 자루를 빼앗아 들더니 그의 팔로는 결단코 불가능할 힘으로 내던졌다. 창은 그자를 향해 똑바로 날아갔으나 가슴에 꽂히기 직전, 마치 방패인 양 뻗어온 오른손이 쳐내버렸다. 창이 쇄도한 것도, 손이 쳐낸 것도 순식간이었다.

조슈아는 성큼 걸어가며 다른 창을 집어 들었다. 한 번도 배운 일이 없는 동작을 취했고, 바로 내질렀다. 빗나가자 즉각 빼며 한 번 더 찔렀다. 또 한 번, 다시 한 번.

긴 창은 그자의 손아귀를 피하기에 적절한 무기였다. 눈 깜짝할 사이에 십여 차례의 공방이 오갔다. 소공작이 무예를 익히지 않았다고 알고 있던 선원과 병사 들은 크게 놀랐다. 찌르는 쪽도, 피하는 쪽도, 눈으로 따라가기 힘든 속도였다.

막시민은 이런 상황을 본 적이 있었다. 칼라이소에서. 완전히 다른 사람으로 변한 듯했던 그때와는 어딘가 달랐다. 다르다는 건 좋은 징조일지도 모른다. 그러나 지친 기색도 전보다 빨리 나타나는 것은 낭패였다. 조슈아가 몇 번인가 비척

거리다가 다시 정신을 가다듬는 것이 느껴졌다. 잠깐 틈이 날 때마다 정체 모를 과정을 통해 힘을 불어넣고 있었다. 위태위태했다.

그 기색을 알아챈 사람은 막시민만이 아니었다.

"물러나거라!"

히스파니에의 외침을 들은 조슈아는 창을 바닥에 찍으며 몸을 솟구쳐 뒤로 물러났다. 그때를 기다렸다는 듯 선원들이 일제히 사슬을 휘두르며 갈고리를 던졌다.

맨 먼저 날아든 사슬은 그자의 오른손에 걸려 간단히 바스러졌다. 두 번째, 세 번째도 쇠사슬이 끊겼다. 거의 동시에 날아든 네 번째는 왼손으로 잡아채려 했으나 조금 전 바이예 경의 검에 입은 상처 때문에 놓치고 말았다.

다섯 번째 갈고리가 드디어 그자의 몸을 한 바퀴 감으며 돌아왔다. 여섯 번째, 일곱 번째도. 다음은 그자의 오른쪽 상박을 노렸다. 조금 전에 조슈아의 창을 정면으로 상대할 때는 그렇지 않은 듯했지만, 이 상황에 처하자 리체가 가한 일격 때문에 오른팔의 범위가 좁아진 것이 분명히 보였다. 한번 쇠사슬을 놓치자 다음은 일사천리였다. 다시 몇 개가 더 끊기고 대신 수십 가닥의 사슬이 그의 몸을 친친 감았다.

선원들은 쇠사슬을 한 바퀴 돌려 얽으며 갈고리를 갑판 바닥에 박아 넣었다. 난간에도, 계단에도 박았다. 그자는 오른

손이 닿는 곳의 사슬들은 즉시 끊어냈다. 그러나 어깨와 상박이 사슬에 얽혀 손이 닿지 않는 곳이 더 많았다.

팽팽하게 당겨진 사슬을 겹겹이 두른 채로 그자는 조슈아를 쏘아보았다. 나아가려 했다. 나무 긁는 소리와 함께 갈고리 몇 개가 갑판에서 반쯤 튀어나왔다.

"다음!"

히스파니에가 외치자 선원들은 일찌감치 배꼬리에 묶어뒀던 밧줄을 잡고 바다로 뛰어내려 탈출했다. 아래에는 작은 배 몇 척이 기다리고 있었다. 몇 명이 휘청거리는 조슈아를 번쩍 들쳐 업다시피 해서 배로 데려갔다. 조슈아는 전에도 그랬듯 쓰러질 것처럼 지쳐 있었다.

리체의 손목에서 팔꿈치 쪽으로 길게 그어진 상처는 생각보다 깊어서 많은 피가 흘렀다. 그래도 생명에 지장이 갈 정도는 아니었다. 그런데 그보다 그녀가 얼마나 숨을 씨근거리는지 진정시키기가 힘들었다. 겨우 부축해서 배로 내렸다.

막시민과 히스파니에를 비롯한 사람들이 모조리 갤리를 떠나자 남겨진 자는 쇠사슬에 결박된 채 갑판에 매인 한 명뿐이었다.

포효에 가까운 신음성이 솟아났다. 그는 사슬을 끊으려 했다. 자신의 힘으로 갑판에 박힌 수십 개의 갈고리를 뽑아내려 했다. 오른손에는 그런 힘이 있었다. 그러나 힘을 넣으려 할 때마다 어깨에 입은 상처에서 번지는 통증이 집중을 흩어놓았다. 그런 것 따위 무시할 수 있다고 여겼지만, 실은 그는 제 몸의 변화와 고통에 섬세한 사람이었다.

그럼에도 불구하고 그자는 사력을 다했다. 갈고리가 박힌 갑판재들이 꺾이며 일어나고, 선미루 전체가 뜯겨나갈 듯 뒤흔들렸다.

탈출한 자들이 탄 배가 악마를 뒤쫓다호에 이르렀다. 사람들이 옮겨 타고 나자 기다리고 있던 포대장 노스트의 신호와 함께 열기가 채 식지 않은 포열이 차례차례 노호를 뿜었다. 배에 오른 사람들은 난간에 붙어선 채 포탄이 날아가는 방향에서 눈을 떼지 못했다.

두 개가 배쌈에 박히고, 또 하나는 노를 부러뜨리며 박혀 용골을 쪼개놓았다. 뱃전을 부순 포탄은 곧장 선실까지 날아갔다. 활대가 부러져 떨어지고 돛이 풀려 늘어지며 펄럭거렸다. 선미루는 물결에 밀려 왼쪽으로 돌아가 있었다. 그들이 두고 온 자가 보였다. 그자는 쇠사슬을 몇 가닥 더 끊었다. 그러나 배는 서서히 가라앉고 있었다.

포탄을 얼마나 싣고 왔는지 모를 지경이었다. 흡사 배 한 척을 가루로 만들려는 듯했다. 어느 순간 번진 불이 선미루를 휩쌌다. 아직도 보였다. 조슈아는, 막시민과 리체는, 줄곧 그자를 보았다. 조슈아는 자신을 보는 그자의 눈이 보이는 것 같다고 생각했다. 가면 속에서, 늘 가면과 모자에 가려져 있던 눈······.

등뒤에서 히스파니에가 어깨에 손을 얹었다. 조수아는 흠칫 놀라며 돌아보았다.

"끝났다."

할아버지의 표정은 담담했다. 조수아는 입술을 약간 떨었다.

"어떻게 이런 계획을 세우셨죠? 저자에 대해서······ 많은 것을 조사하셨던 건가요?"

"어음을 받아보고부터 네가 간 경로를 뒤늦게 추적했지. 네게 있었던 일은 거의 알고 있다. 그러나 조사하기 전부터 저자가 어떤 자인지는 들어 알고 있었어. 많은 수로 밀어붙인다고 쉽사리 이길 수 없다는 것도. 어떻게 희생을 줄일 것인가 생각해보았지."

"처음부터 저자를 알고 계셨다고요?"

"저자는 용병들의 세계에서 네 생각보다 유명하다. 비견할 자를 찾기 힘들지."

조수아는 고개를 저었다.

"저도, 저자보다 강한 암살자가 있을 거라고 믿고 싶지 않았어요."

자칭 '샐러리맨'. 세자르의 집에서 처음 만났던 날 그와 했던 이야기를 기억하고 있었다. 그후 몇 번인가 조수아는 꿈속에서 보았다. 저자에게 했던 이야기 그대로 죽어 있는 자신을. 두려움 때문만은 아니었을지도 모른다. 그가 당시 데모닉답게 몰입하면서 그 장면을 생생하게 머릿속에 각인시켰던 탓일지도 모른다. 그러나 언제부터인가 그 광경을 볼 때마다 그는 마음속으로 소리치고 있었다. 이제 그만해, 그만둬, 그만두고 싶어.

그의 발목을 잡던 그림자는 풀렸는가?

조슈아가 다시 돌아보았을 때, 배가 있던 곳에는 검푸른 소용돌이뿐이었다.

가장 두려운 대면

레코르다블 사람은 밤에 거울 보는 것을 두려워한다.
낮의 거울은 지금의 얼굴을 비추지만
밤의 거울은 미래나 과거의 얼굴을 비추는 까닭이다.

이른 밤에는 가까운 과거나 미래가 비친다.
현재의 얼굴과 크게 다르지 않기에
과거나 미래의 것임을 알기 어렵다.

밤이 깊어지면 먼 미래나 먼 과거가 나타난다.
태어나기 전의 자신이 비쳤을 때, 거울 속에는 아무것도
없다.

그때는 거울을 땅에 파묻고 제를 지내지 않으면 안 된다. 그러지 않으면 자신을 낳은 태胎에 악운이 닥쳐온다.

죽은 뒤의 자신이 어떻게 비치는지는 알려지지 않았다. 그것을 보고 살아남은 자가 아무도 없는 까닭이다.

꿈

저녁 9시의 잎은 노랑과 검정이었다. 강물 속에 그림자를 너울대던 램프에 덮개가 씌워지자 숲은 캄캄해졌다. 윌헬미나 숲은 강변을 따라가는 띠 모양이었다. 귀족들의 산책로로 이름 높았지만 밤이 된 지금은 바람 소리조차 고요히 잤다.

"오늘은 반드시 물어야겠소."

테오는 여름인데도 검은 코트 차림이었다. 칸카가 말 두 필을 이끌고 두 걸음 떨어진 곳에 서 있었다. 그곳까지도 이야기는 충분히 들릴 터였다.

란지에는 강둑을 따라 세워놓은 목책에 걸터앉아 있었다. 이날 그는 농부의 아들처럼 거친 차림새였다. 앞섶에 달린 끈이 대충 풀린 흰 무명 웃옷에, 길어서 발목을 걷은 낡은 바지에는 흙이 말라붙어 있었다. 달을 등지고 앉은 그는 표정이 잘 보이지 않았다. 금빛 머리만 후광처럼 빛날 뿐이었다.

"나를 위해 준비됐던 지원책이 대폭 축소된 것을 알고 있소. 망명의회의 명령이오, 아니면 돈 크레아의 의견이오? 그대들은 내가 모르는 새로운 사실을 알고 있는 거요? 진실을 모르고는 더이상 나아갈 수가 없소. 정보가 있다면 날 배제할 생각은 마시오."

말을 맺은 테오는 초조함을 감추지 못해 신경질적으로 두 손을 만지작거렸다.

"아뇨, 반대입니다."

낮은 목소리가 들렸을 때 테오의 손이 뚝, 하는 소리를 냈다.

"무슨 뜻이오?"

"정보로부터 우릴 배제시킨 건 당신입니다. 모로 씨."

란지에는 한쪽 발을 내려 흙바닥을 밟았다. 등뒤의 강에서 여름밤의 습기가 올라왔다.

"내가 숨겼다고? 무엇을?"

"난 당신에게 물을 필요가 없습니다."

란지에는 역설적으로 답하며 신발 밑창으로 천천히 흙바닥을 문질렀다. 뭔가를 지우듯이. 잔 돌멩이들이 흙속으로 밀려들어갔다.

테오는 란지에를 빤히 바라보았다. 그는 결단을 내려야 했다.

"당신이…… 모든 것을 알고 있다고 확신하시오?"

"내가 알지 못한다고 믿는 것은 뭡니까?"

"그건⋯⋯."

혀가 꼬이는 것을 느끼며 테오는 입을 다물었다. 이자는 정말로 테오가 숨기고 있는 것을 알아냈을까? 아니면 조금 낌새를 챈 것으로 넘겨짚어보는 것뿐일까?

이윽고 테오는 다소 침착해진 목소리로 말했다.

"그뿐이오? 우리가 준비한 중대한 계획을 철회해버린 까닭이?"

"철회했다고 하진 않았습니다."

"그럼 미룬 거요?"

"우리 계획에는 시한이 있었습니다. 기억하십니까?"

말이 한차례 낮게 울었다. 칸카는 조용히 듣고 있었다.

"9월 27일."

앞으로 한 달 남짓이었다. 란지에는 고개를 끄덕였다.

"길지 않은 기한이었습니다. 성공시키려면 모든 계획에 차질이 없어야 했습니다. 여러 사람이 얽힌 일에서 작은 실수는 흔히 일어납니다. 망명의회에서는 그런 것을 감안하여 계획을 짭니다. 그래서 처음에는 가려질 수 있었습니다. 작은 실수가 자라나 계획의 방향조차 어긋나게 하기 전까지는."

테오는 상대를 노려보았다.

"내가 실수를 했다고? 내가 그르친 일이 무엇이오? 분명하게 말해주길 바라오."

란지에는 강 쪽을 돌아보고 다시 테오를 보았다.

"야심은 냄새를 풍깁니다, 생선처럼. 생선을 옷깃 속에 오래 감추지는 못하지요. 시간이 지날수록 더 어려워집니다. 그래서 우리는 결행일까지 길게 끌고자 하지 않았습니다. 그동안 폰티나가 냄새를 맡지 않기를 바랐지만⋯⋯."

"바랐지만?"

"지난번 아르님 가문의 연회에서 그가 냄새를 맡았다는 사실이 분명해졌습니다. 폰티나의 정보망은 귀족들 사이에서만은 나이트워크를 능가할 정도로 탁월합니다. 그런 정보망의 더듬이에 최근 주목을 끄는 당신의 존재가 발견됩니다. 이른바 야심의 냄새를 맡은 것이지요. 정통 후계자인 소공작이 살아 있는 상황에서 당신이 추구하는 것이 가망 없는 야심임을 알기에 폰티나는 의구심을 품었을 겁니다. 당신을 지원하는 보이지 않는 세력은 무엇일까 하고. 그 정체를 알아낼 생각으로 그는 딸을 아르님 공작에게 보내어 모종의 연극을 해본 것이지요."

"그게 연극이라고?"

"손해일 것이 뻔한 결혼을 추진할 폰티나가 아니니까요. 그날은 딸을 소공작과 맺어줄 수도 있다는 연극을 해서 아르님 공작이 불안정한 데모닉인 소공작 말고 혹시 당신의 아들을 후계로 택할 생각이 있는지 떠본 겁니다. 두 집안의 우의

가장 두려운 대면

를 과시하여 이간질 음모를 사전에 차단하려는 의도도 있었겠지요. 동시에 그걸 보는 당신이 어떤 반응을 보일지 알아볼 심산이었겠는데, 안됐지만 당신은 그 자리에 없었습니다."

테오는 대답하지 않았다. 저만치에서 칸카가 말을 달래는 소리가 들려왔다. 숲 사이로 바람이 불어갔다.

"하지만 폰티나는 딸을 통해 그때까지 숨겨져 있다시피 했던 소공작을 관찰하고 결론을 얻었을 겁니다. 아르님 공작이 원하는 후계자는 소공작뿐이라는 것을. 그리고 당신을 후원하는 자는 아르님 공작이 아니며, 심지어 아르님 공작은 당신을 홀대하고 있다는 것도. 귀족들의 세계는 폰티나가 가장 잘 아는 곳이니 그곳에 당신을 도와줄 누군가가, 다시 말해 숨겨진 후견인이나 친척 따위가 없다는 것도 금방 파악했을 겁니다. 그리하여 갑자기 활동 범위가 넓어지고 미심쩍은 소문이 들려오는 당신을 보았을 때 그가 최초로 떠올렸던 의심이 현실화됩니다. 당신에게 호의를 보이는 귀족들은 정체가 드러나지 않은 다른 세력과 연결되어 있다고. 연결의 끝이 그가 늘 색출해내고 싶어 하는 자들, 공화파 세력과 닿아 있을 가능성이 있다고 결론 내리는 데도 그리 오랜 시간이 걸리지 않았을 겁니다."

란지에는 평이한 어조로 말을 마쳤다. 그러나 테오는 목 뒤에서 땀이 나는 것을 느꼈다. 더위 탓만은 아니었다.

그제야 상황이 이해가 갔다. 폰티나가 그런 의심을 품었다면 테오에게 연결해준 모든 귀족 회원들이 의심을 받게 된다. 민중의 벗이 가장 중요하게 보호하는 귀족 회원의 전모가 드러나면 조직에는 치명타다.

"그래……. 그런 일이 모두 일어났다고 쳐도, 그게 내 실수라는 근거는 어디 있소? 망명의회에서 폰티나에게 섣불리 정보 공작을 시도한 탓은 아니오?"

란지에는 고개를 저었다.

"아니, 오늘은 책임 소재를 따지고자 이 자리에 온 것이 아닙니다."

"그렇지만……."

"이런 일들로 인해 당신이 사교계에서 입지를 닦도록 돕는 일을 중단할 수밖에 없었습니다. 여기까지는 당신도 이해하리라 믿습니다. 사실, 이런 설명은 좀더 나중에 할 생각이었습니다. 그러나 새로운 일이 발생하여 오늘 당신을 만날 수밖에 없었습니다."

란지에는 바지 주머니에서 절반가량 찢어진 쪽지 한 장을 꺼내 건넸다. 거기에는 휘갈긴 글씨로 이렇게 씌어 있었다.

켈티카 상륙 성공함.
나포선의 공격은 구원자가 나타나 무산됨.

이틀 안에 성 도착 예정.

"이건……."

테오는 말을 하려다 멈추고 어깨를 부르르 떨었다. 쪽지가 의미하는 바를 알아채지 못할 그가 아니었다. 켈티카 만에서, 그가 가진 모든 것을 쏟아부어 준비했던 나포 시도였다. 하늘을 나는 배를 가진 조슈아 일행이 나타날 곳은 그곳뿐이라고 생각했다. 예상대로 그들은 나타났다. 실패할 가능성은 없다고 생각했다. 구원자라고? 대체 누가 나타났단 말인가?

정작 해전을 준비했던 테오에게는 아직 소식이 오지 않았다. 그러나 란지에는 해전의 결과를 알리는 쪽지를 쥐고 있었다. 테오는 새삼 나이트워크의 정보력에 두려움을 느꼈다.

"해전은 20일에 있었습니다. 앞으로 이틀이라는 계산이 정확하다면 그들의 도착은 내일입니다."

테오는 갑자기 폭력적인 분노에 사로잡혔다. 그는 성공에 가까이 갔었다. 그가 놓친 것은 단 하나, 살아 있는 조슈아뿐이었다. 보호해줄 사람 없는, 세상 물정도 잘 모르는 도련님 하나쯤 없애기란 어렵지 않다고 생각했다.

그가 고용한 자들은 블루코럴섬의 극장에서 화재를 일으켰다. 실패하자, 비싼 대가를 치러가며 최고급의 암살자를 고용했다. 마침내 바이예 경을 설득하여 켈티카 만에서 해전까지 준비했다. 그 모두가 실패로 돌아가고 그가 놓쳤던 작지만 중대한 문제가 내일이면 눈앞에 나타날 예정이었다. 나타난다면, 그의 계획은 어떻게 되는가?

테오는 고개를 번쩍 들었다. 두려워했던 말이 흘러나오는 란지에의 입술을 보았다.

"두 소공작이 마주하게 되면 과연 어떤 일이 벌어질까요?"

"어떻게……."

테오는 입을 다물었다가 고개를 흔들었다. 조금 전부터 예감하고 있었다. 나이트워크는 그의 상상을 뛰어넘는 조직이었다. 이제 받아들이는 수밖에 없었다.

"어느 쪽이 진짜인지 알고 있소?"

"이제부터 성으로 찾아올 자가 진짜겠지요."

테오는 침을 꿀꺽 삼켰다. 이자 앞에서는 아무것도 숨길 수가 없었다.

"무슨 근거로 그렇게 생각하는 거요?"

"아니라면, 당신이 가짜의 방문을 두려워할 필요는 없지 않겠습니까?"

"왜 내가 두려워한다고 생각하오? 그를 둘로 만든 사람은 내가 아니라……."

"당신의 친구였겠지요. 내가 본 일이 있는."

"……."

평소 마음을 결정해두지 않았던 까닭에 빈틈을 내보일 수밖에 없었다. 이 일만은 밝혀지리라고 감안하지 않았던 것이 잘못이었다. 이런 날이 올 줄 알았더라면 이 순간 좀더 발뺌을 할지, 솔직하게 밝히고 협조를 구할지 정해두었어야 했다. 그러지 못했기에 테오의 불안정한 태도는 모든 진실을 폭로하는 거나 다름없었다.

"당신의 확신에 대한 근거를 들어보고 싶소. 당신이 무작정 날 의심했을 거라는 생각은 나를 불쾌하게 하오."

란지에는 냉담하게 미소 지었다.

"가짜를 효율적으로 사용하려면 당신 곁에 두는 것이 논리적이라는 점도, 하이아칸에서 은밀히 무대에 올랐을 정도로 자유분방한 성품인 소공작이 외출조차 없이 줄곧 성에만 머무른다는 점도, 먼 곳의 소공작이 쫓기고 있다는 점도, 모두 고려의 대상이 됐습니다. 그러나 무엇보다도……."

란지에는 눈을 내리깔며 테오의 손을 보았다. 신경질적으로 깍지를 꼈다가 풀었다 하는 모습이 비쳤다.

"그날 파티 석상에 당신이 없었기 때문이죠."

그때 칸카가 몸을 움직여 기척을 냈다. 둘 다 돌아보지 않았으나 칸카는 둘을 향해 몇 발짝 다가왔다.

"당신은 소공작을 마음대로 조종할 수 있다고 말했습니다. 아르닝 공작은 그런 당신을 비상식적으로 배제시킨 채로 가문의 연회를 열고, 소공작이 폰티나 양을 만나도록 했습니다. 그리고 그날의 연출은 완벽했습니다. 완벽했기에, 두 공작이 의도한 그대로 오차 없이 굴러갔음을 알았죠. 그러기 위해 한 사람이 그 자리에 없어야 했던 것은 아닐까, 그런 역추론을 해볼 수가 있습니다. 만일 소공작과 폰티나 양의 결혼이 성사된다면 가장 큰 손해를 보는 사람은 당신의 아들이겠지요. 그러니 당신의 입장에서 그런 행사는 어떻게든 방해를 해야 했겠죠. 그런 당신을 멀리 보내놓고 방해 없이 두 집안의 우의를 다지고자 계획한 아르님 공작의 행동을 생각해보면, 심지어 아르님 공작이 당신이 벌인 일을 이미 알고 있지 않은가 하는 의심에까지 도달하게 됩니다."

테오의 손가락에서 다시 한번 뚝, 하고 꺾이는 소리가 났다.

"당신은 언제부터 알고 있었소?"

"요점은 그게 아니죠."

"거짓말을 하려 한 것이 아니오."

달이 기울어지며 다소 해쓱해진 란지에의 턱이 조금 드러났다.

"어떤 이유에서였든 당신은 우리에게 사실을 말하지 않았습니다. 지난번에 당신의 석연치 않은 설명을 들으며 조사할 필요를 느꼈고, 그대로 행한 것뿐입니다. 당신이 성공했더라면 우리로서도 이 일을 추궁할 필요가 없었을지도 모릅니다.

그러나 이제 당신이 숨긴 일은 우리의 문제가 되었습니다. 따라서 묻지 않을 수가 없군요."

달빛을 받은 입술이 얇게 다물렸다가, 열렸다.

"이 시점에서 상황을 뒤집을 당신의 대안은 무엇입니까?"

"……."

테오의 머릿속은 뜨거웠다. 그는 조금 전부터 한 가지만을 생각하고 있었다. 그건 간단치 않은 일이었다. 애니스탄을 설득해야만 했기에. 애니스탄은 테오와 더이상 대화하지 않았다. 샐러리맨, 그자의 손을 강화시켜주라는 주문을 마침내 들어준 뒤부터였다. 애니스탄이 숲 구석의 집으로 들어간 후로 테오도 그를 찾아가지 않았다. 애니스탄의 성격으로 볼 때 테오의 일을 아예 그르쳐버리지는 않으리라고 믿었기 때문에 내버려두기로 했던 것이다. 애니스탄이 사로잡혀 있는 문제에 테오는 관심이 없었다. 비효율적인 설득보다 시간이 나은 약이 될 듯싶었다.

그러나 이제 그는 애니스탄이 필요했다.

어렵다는 생각과 안 될 거 없다는 생각이 머릿속을 교차하며 점차 더한 열기를 가져왔다. 더 생각하는 것조차 참을 수 없게 되었을 때 테오는 불쑥 말했다.

"대안이 있소."

"그렇습니까? 설명해주십시오."

"9월 27일의 결행…… 그걸 당기겠소. 내일 새벽으로."

란지에의 고개가 약간 움직이다가 멎었다.

"그게 가능하겠습니까?"

"그렇소. 도움은 필요 없소. 나 혼자 해낼 생각이오."

"……."

란지에는 처음으로 입을 다문 채 생각에 잠겼다. 테오는 그 사실이 만족스러워 견딜 수가 없었다.

"지금까지 발생한 문제들을 모두 내 탓으로 돌리는 인상을 받은 것도 사실이오. 그런 얘기를 편안히 듣기가 어려웠으리라는 점도 이해하리라 믿소. 그러나 그런 책임 소재는 당신이 말했듯 결국 작은 일들이오. 나는 다른 방법으로 내 가치를 증명하겠소. 당신들의 의심은…… 새로운 단체에 들어가야만 하는 나 같은 자의 숙명이라고 일단 받아들여보겠소. 일이 성공하고 나면, 이런 일들도 사과를 받게 될 날이 오리라 믿어볼 생각이오."

란지에는 다시 강 쪽을 바라보았다. 강 너머로 한두 개 보이던 불빛들은 어느새 사라진 뒤였다.

"성으로 돌아올 소공작은 어찌할 생각입니까?"

"다 계획에 들어 있소. 그는 살아남든 살아남지 못하든 다시는 귀족 사회에 나타나지 못할 것이오."

란지에는 난간에서 내려섰다.

"내일 오전 7시, 비취반지 성의 숲에서 늘 빠져나오던 길에 마차를 대기시키겠습니다."

테오는 미간을 찡그렸다.

"탈출 계획은 필요 없소."

"준비하는 것이 우리의 방식입니다. 그럼, 내일 아침에 뵙지 않게 되길 바랍니다."

란지에는 몸을 돌렸다. 몇 걸음 너머에 숲 안쪽으로 이어지는 오솔길이 있었다. 칸카 앞을 스쳐갈 때 칸카는 란지에를 유심히 살펴보았다. 잠깐이었다. 란지에는 곧 숲 그늘로 사라졌다.

테오는 강을 바라보며 혼자 생각을 거듭했다. 칸카가 다가오고서야 겨우 뒤를 돌아보았다. 테오는 상대가 무슨 말이든 할 때까지 기다리고 싶지 않았다. 다시 말해, 듣고 싶지 않았다.

"돌아간다."

은사시나무 숲은 깊어 끝이 보이지 않았다. 은빛이 감도는 줄기마다 새겨놓은 듯 또렷한 마름모가 이어졌다. 흙은 푹신했다. 발밑에 소복한 패랭이꽃 무리가 눈에 띄어 무심코 발을 치우고 보니 다른 곳도 쉽사리 디딜 곳이 없었다. 클로버 방석, 박하꽃, 줄딸기 덩굴. 밤을 잊은 새 소리가 멀리서, 또는 가까이에서 들려왔다. 고개를 들자 흰 별들이 나뭇잎 사이로 숨바꼭질하며 흘러갔다.

산속이 아니었다. 강을 따라 뻗거나 호수를 둘러싼 숲도 아니었다. 이 아름다운 숲을 한 사람이 가졌다. 비취반지 성을 둥글게 감싼 그곳을 올새의 숲이라고 불렀다.

"왜 비취반지야?"

"숲이 반지 모양이라서."

"이런 숲이 성을 빙 둘러싸고 있는 거야?"

"그런 셈이지."

리체는 싸맨 팔을 자꾸만 문질렀다. 붕대를 감아놓은 팔 안쪽은 덥기도 하고 가렵기도 했다. 그렇게 몇 걸음 더 가다가 말했다.

"대단하네, 귀족들이란."

조슈아는 대답하지 않고 앞서 걸어갔다. 성이 가까워질 무렵부터 조슈아는 말수가 적어졌다.

이틀 전, 해전이 끝난 뒤 조슈아 일행은 히스파니에가 준비한 다른 배에 옮겨 타고 은밀히 블루엣 강으로 들어갔다. 미의 극치호는 대파되어 항해가 불가능했고, 해적으로 알려져 있는 히스파니에의 배 악마를 뒤쫓다호는 켈티카 입항이 금지되어 있었기 때문이다. 마일스톤과는 항구에서 헤어졌다.

대신 히스파니에가 그들과 동행했다. 선원들도 데려갈 수 있었다면 좋았겠지만 그들 중 상당수는 현상금이 걸려 있는 해적들이었다. 그렇지 않은 자들로 고른다 해도 무장한 그들을 데리고 켈티카에 들어가면 눈길을 끌 것이고, 심하면 왕국군의 조사를 받게 될 가능성도 있었다.

일단은 눈에 띄지 않고 비취반지 성까지 가는 것이 중요했다. 가서 아르님 공작을 만나면 병사는 얼마든지 있었다. 하지만 테오가 도망쳐버리면 뒷일을 남기게 된다. 이 때문에 히스파니에는 소식이 새지 않도록 포로들이 한 명도 빠져나가지 못하게 하라고 엄명을 내렸다. 바다 위에도 생존자가 남아 있는지 철저히 수색했다.

새벽녘, 성 근처에 이르러 히스파니에는 조슈아, 막시민, 리체와 헤어졌다. 히스파니에는 아침 일찍 성으로 들어가 아르님 공작을 만날 계획이었다. 조슈아 일행도 그때까지 기다렸다가 함께 들어가는 편이 나았을 테지만 조슈아는 완강히 지금 들어가겠다고 했다. 히스파니에는 위험을 걱정했으나 끝까지 말리지는 않았다. 조슈아가 왜 그렇게 고집하는지 모르지 않았던 까닭이었다.

정문을 통과하기는 어렵지 않았다. 언제 나갔는지 보지 못했더라도 아르님 소공작이 들어가는 것을 막을 경비병은 없었다.

"조군, 하나 묻자."

"응."

막시민은 조슈아에게 멈추라고 손짓했다. 어둠 속이라 알아보기 힘들었을 텐데 신기하게 조슈아는 걸음을 멈췄다.

"너 준비는 됐냐?"

"……."

조슈아가 돌아섰다. 잠시 후 막시민이 지껄였다.

"젠장, 어두워서 네놈 표정이 보여야 말이지."

막시민은 어둠도 닦아낼 수 있다고 믿는 것처럼 안경을 벗어 옷깃에 닦았다.

"어떤 준비 말이야?"

되묻고 있긴 했지만 정말로 묻는 기색은 아니었다.

"진실과 마주할 준비지. 네가 그렇게 기를 쓰고 도망 다녔던 진실. 그걸 보러 가는 거 아냐."

"바이예 경이 해준 이야기면 충분했어."

"거참, 내가 기껏 떠들어댈 때는 무시하다가 그 아저씨가 그렇다고 하니까 바로 납득이 됐냐? 난 가끔 네 녀석 머릿속은 뭘로 만들어졌기에 쓸데도 없는 것들은 모조리 기억하는 주제에 쓸데 있는 건 도무지 입력이 안 되는지 궁금하더라고."

듣다 못한 리체가 말했다.

"그만해. 조슈아도 기분 좋을 리 없잖아. 누나와 결혼했던 사람을 의심하고 싶지 않았다는 기분도 절대 이해 못 할 건 아니잖니?"

막시민은 고개를 저었다.

"그 기분을 내가 모른다는 건 아니지. 내가 저 자식을 한두 해 본 것도 아니고."

"그럼 뭘 말하려는 건데?"

"근원. 그런 생각을 하게 됐던 이유. 매형이란 작자를 의심하고 싶지 않았던 까닭."

바람이 한 번 지나가고 조슈아가 대답했다.

"그래, 누나 때문이지."

새삼스러운 얘기에 리체는 영문을 모르겠다는 표정을 지었다. 조슈아의 말이 이어졌다.

"누나를 세상에서 가장 사랑해줬다고 믿었던 사람이었어. 나보다도, 부모님보다도 더. 그런데 그 사랑이 없었던 거라면 누나의 삶은 뭐였을까. 우린 왜 어리석게도 그런 사람에게 누나를 맡겼던 걸까."

리체는 혼란스러운 표정이 되었으나 곧 조슈아를 달래려했다.

"네 매형이 널 미워했다고 해서 누나까지 미워했다고 생각할 필요는 없잖아?"

막시민이 끼어들었다.

"아니, 그게 아냐."

막시민조차 말을 잇기 전에 잠깐 망설였다. 조슈아가 고개를 돌려버리고 나서야 말이 이어졌다.

"본체의 정체 말이야……. 저 녀석 누나가 아닌가 싶단 말이다."

리체의 발밑에서 바스락 소리가 났다. 한참 만에 대답이 들렸다.

"저기, 누나는…… 데모닉이 아니었던 것 아니었어?"

"나도 모르겠다. 바보와 천재는 종이 한 장 차이라잖냐."

리체가 할말을 찾지 못하고 땅바닥만 내려다보고 있을 때 조슈아의 목소리가 들렸다.

"그래서 인형을 만나기가 더 두려워졌어."

얕은 한숨 소리가 들렸다.

"또 다른 나라고 생각하고 받아들이는 것도 어려웠지. 그런데 그게 심지어……."

조슈아는 말을 뚝 그치더니 잠시 후 말했다.

"그만하자. 지금은 정리가 안 돼."

다시 걷기 시작하자 막시민도 더 말을 걸지 않았다. 조슈아와 약간 떨어졌을 즈음 막시민이 혼잣말처럼 말했다.

"단순하게, 자신과 똑같은 놈을 봐야 하는 공포만 해도 시시할 리 있겠냐. 이제부터 들어갈 저 성에 괴물이 앉아 있다고 느껴진대도 놀랄 일이 아니잖아. 근데 그걸 왜 감추려 하냐고. 속 썩어 문드러지라고? 빌어먹을 자식."

가장 두려운 대면

정문 앞 가로수 길을 거치지 않고 숲으로 에둘러 가는 길을 조슈아만큼 잘 알 사람도 없었다. 어린시절에 샅샅이 탐험해보았던 숲이었다. 오솔길은 여전히 눈에 익었다. 하지만 이 정도로 깊이 들어온 것은 몇 년 만이라 그사이 나무는 자라고 풀은 시들어 숲은 변했다. 그렇더라도 여전히 무성한 은사시나무 숲을 죽 따라가면 무엇이 나올지 조슈아는 잘 알고 있었다. 참나무 몇 그루가 나타나자 그의 걸음이 빨라졌다. 어느 순간, 그는 손을 내저어 따라오던 사람들을 멈추게 했다.

"여기는 밟지 마."

"거기 뭐가 있는데?"

다른 땅과 별달라 보이지 않는 좁은 공간이었다. 시킨 대로 에둘러 가던 막시민이 미심쩍은 표정으로 돌 하나를 집어 들더니 그 위에 던졌다.

푹, 하고 아래가 꺼졌다.

"어?"

리체의 눈이 동그래졌다. 막시민도 당황한 표정이 되었다.

"누가 이런 걸 파놓은 거지? 우리가 이리로 올 것을 알고 있는 자가 있나?"

조슈아는 꺼져 들어간 바닥을 묵묵히 보고 있다가 고개를 저었다.

"아니."

"그럼 이건 뭐냐?"

"허방다리지 뭐."

"그걸 누가 파놨냐 그 말이잖아."

조슈아는 다시 걷기 시작하면서 중얼거리듯 대꾸했다.

"내가."

커튼이 흔들리자 공작부인 엘자는 무심히 창을 바라보았다. 동녘이 희뿌옇게 밝아올 무렵이었지만 숲으로 둘러싸인 성은 아직 어두웠다. 하녀와 하인 정도가 일어나 아침을 준비할 시각이었다.

건강이 좋지 않아 일찍 침대에 들곤 하는 엘자는 종종 이런 시각에 깨어났다. 이럴 때면 말상대할 누군가를 깨우는 대신 혼자 소일거리를 하며 날이 밝기를 기다리곤 했다.

남들 앞에서라면 악기를 연주한다든가 하는 좀더 고상한 소일거리를 택했겠지만 찾아올 사람이 없는 새벽에는 마음가는 것을 해도 좋았다. 엘자는 수도사들의 일거리로 알려진 세밀화 그리기를 좋아했다. 소녀 시절에는 손끝에 묻은 잉크를 감추려고 여름에도 장갑을 끼고 다니곤 했을 정도였다. 공작부인이 되고 나서는 소녀처럼 행동할 수 없었고, 그후에는 건강이 발목을 잡았다.

이브노아를 낳은 후로 지금에 이르기까지, 엘자의 몸과 마음 상태가 요즘처럼 좋았던 때가 없었다. 건강하다고 말할 정도는 아니었지만 새벽에 일어나 한두 시간 세밀화 작업을 하고도 큰 피로를 느끼지 않는 체력이란 그녀에게 축복이나 다름없었다. 물론 이런 새벽 놀이는 프란츠에게 비밀이었다. 엘자를 지극히 아끼는 그가 듣는다면 분명히 걱정을 할 것이다.

더위 때문에 창을 열어두었다. 내려둔 발 너머로 날벌레가 톡, 톡, 부딪혀 떨어지는 소리가 났다. 엘자는 깃펜을 가만가만 다듬었다. 시종이 기척을 듣고 들여다보게 하고 싶지 않았다. 마지막 한 번의 칼질을 하려는 순간 창가에서 낯선 소리가 났다. 그녀의 손이 미끄러졌다. 날카로운 펜나이프의 날이 왼손 검지 모서리를 긋고 지나갔다.

"아앗!"

펜과 나이프를 떨어뜨렸을 때 커튼이 걷혔다. 엘자가 고개를 돌리자 창턱에는 그녀의 아들이 앉아 있었다.

"조슈아? 어째서 거기 있니?"

조슈아는 눈을 조금 크게 뜨며 어머니의 얼굴을 바라보았다. 몇 년 동안 하이아칸에 머물면서 그는 어머니가 보고 싶다는 생각을 자주 하지 않았다. 어린아이는 한시도 부모와 떨어지려 하지 않지만 자라면서 자신의 세계가 생길수록 그런 애착은 약해지기 마련이다. 그는 일찌감치 둥지에서 떨어진 새였다. 그의 세계는 너무 일찍 만들어졌다.

쫓기기 시작한 뒤부터 조슈아는 비취반지 성과 부모의 모습을 편안히 떠올리지 못하게 되었다. 그들은 그를 잊어가고 있었다. 돌아가더라도 그의 자리는 없을지 몰랐다. 그런 생각을 하면 초조해졌다.

어쩌면 이렇듯 집에 돌아오기 전에는 자신이 초조했는지조차 몰랐던 건 아닐까 싶었다. 때로는 소공작 역할을 대신해줄 유리 인형을 원했던 자신을 떠올리기도 했다. 인형이 있지도 않았던 시절부터 그의 마음이 만들었던 인형이다. 코츠볼트에 머물던 시절, 비취반지 성에 사는 인형이 자신의 역할을 대신해주는 상상에 사로잡히곤 한 것이 시작이었다. 그런 생각은 때로 마음에 들었다. 인형이 실재하게 됐을 때 조슈아는 혼란스러웠지만, 그 속에는 자신의 꿈이 이루어진 듯한 묘한 기분도 분명 섞여 있었다.

그러나 몇 년 만에 마주한 어머니의 얼굴은 조슈아의 마음을 몹시 흔들어놓았다. 어머니는 그의 이름을 아무렇지도 않게 불러주었다. 잠시 밤놀이라도 나갔다가 오느냐는 것처럼. 갑자기 가슴속에서 울컥하는 감정이 솟아났다. 죽었다가 되살아난 어머니를 마주한 기분이었다. 아마도 자신의 마음속에서.

"어머니."

조슈아는 창턱에서 뛰어내려 테이블로 다가가다가 엘자의

가장 두려운 대면

손가락을 보고 깜짝 놀랐다.

"손 다치셨어요?"

"아아, 조금이란다."

배어 나온 피가 한 방울 테이블에 떨어졌다. 조슈아는 저도 모르게 손수건을 꺼내 어머니의 손가락을 감쌌다.

"이러고 계시면 곧 멈출 거예요."

"고맙구나."

엘자는 빙그레 웃었다. 시녀를 부르겠다며 수선을 피우지 않는 쪽이 모자母子 모두 마음에 들었다. 피는 생각보다 쉽게 멎지 않았다. 엘자는 손수건으로 손을 감싸쥔 채로 조슈아에게 앉으라고 손짓하며 물었다.

"밖에 나갔다가 왔니?"

"아…… 네."

"야심히 나가 다니더라도 옷이 어찌 그러니."

"그게…….."

조슈아가 대답이 궁해 망설이고 있는데 엘자가 웃으며 덧붙였다.

"차림새를 보아 하니 변장이라도 했던 게구나. 그렇지?"

조슈아는 점차 기분이 이상해졌다. 처음엔 까닭을 몰랐다.

"네 괴벽이 일조일석은 아니니 긴 말은 않으마. 그래도 요제는 너와 함께 지내는 내 마음이 좋단다."

"네?"

엘자는 다시 웃었다.

"너는 여덟 살도 되기 전부터 이미 품안의 자식 같지가 않았단다. 어머니라면 누구나 자식이 크는 것이 아쉽기 마련인데, 아직 어린아이 노릇을 해도 좋을 아들이 일찌감치 그러니 내 마음이 조금은 서운하지 않았겠니? 좀더 지나고는 체념했지만 말이다. 그런데 요제 너와 자주 담소도 하고, 체스도 두고, 산보도 하곤 하니 어린 아들을 되찾았나 싶기도 하고, 네가 철들었나 싶기도 하고……."

"……."

"이런 시절이 좀 오래갔으면 하지만, 역시 잠깐의 여흥이려니 싶구나. 이것도 젊은이의 변덕이겠니? 네 생각은 어떠니?"

조슈아는 대답할 수가 없었다. 그에게 묻는 것이 아니었기에 아무 말도 할 수가 없었다.

"괜찮단다. 내 마음이 흔흔하니 그것만 알아두렴."

무어라 말해야 할까. 어머니, 당신의 마음을 흔흔케 한 사람은 제가 아닙니다, 라고?

엘자가 다치지 않은 손으로 펜촉 끝을 시험해보는 가운데 조슈아는 일어섰다. 공작부인은 나가보라고 고개를 끄덕이며 미소를 지었다.

쥬스피앙이 했던 말을 지금에야 완전히 이해했다. 그때도 이해했다고 생각했지만, 그때와 지금 사이에는 '칼에 찔렸다'고 적힌 글자를 보는 것과 실제로 칼에 찔리는 것만큼의 차이가 있었다. '네 자리에 인형이 앉아, 네 물건을 익숙하게 사용하고, 네가 하던 대로 행동하고, 널 알던 사람들에게 다가가고, 네가 가진 추억을 떠올리며 미소 짓고, 네가 해내려던 일을 해버리고, 너를 사랑하던 사람들로부터 사랑받는다. 그러면 너는 어디에 머물지?' 없었다. 그의 자리는, 아니 자리조차 지워져버렸다.

어머니의 마음속에 든 아들은 그가 아니었다.

거기까지 생각했을 때 조슈아의 손은 공작부인의 방문을 닫고 있었다. 눈앞에는 램프 두 개만 켜진 어두운 복도가 뻗어 있었다. 너무도 잘 아는 곳인데, 발밑은 수도 없이 오갔던 검붉은 다마스크 양탄자인데, 낯선 미로에 들어선 기분이었다. 그는 텅 빈 둥지에 돌아온 새였다. 영역 표시가 지워져버린 고양이였다.

어머니는 인형과 함께 지낸 몇 달 동안 예전의 조슈아 자신과 지낼 때보다 오히려 행복했던 것 같았다. 정말로 그가 바랐던 유리 인형의 모습 그대로였다. 진짜보다 더 훌륭하게 소공작의 역할을 해내는 유리 인형. 그리하여 성은 유리 인형이 차지했고 자신은 뿌리 뽑힌 물풀처럼 호수 위를 떠다니고 있었다. 아무도 그에게 돌아오라고 하지 않았다.

누군가가 일부러 소원을 들어주기라도 한 것처럼, 완벽하다.

발이 멈추고서야 겨우 정신을 차렸다. 떠미는 사람도 없는데 그의 걸음이 찾아낸 곳이었다. 조슈아는 문을 올려다보았다. 자신의 방이었다.

문이 닫혀 있었다.

켈티카에 들어섰을 때 그랬다. 비취반지 성을 바라보았을 때는 더욱 그랬다. 가슴속에서 커지던 두려움이 있었다. 처음 알았던 순간부터 지금껏 잊은 일이 없었지만, 만날 순간이 가까워올수록 공포와 기대감이 뒤엉켜 자라며 검은 털가죽을 입은 실체로 변해갔다.

자기 자신과 동일한 존재 앞에 서게 된다는 상상은 얼마나 무서운가. 또한 얼마나 가슴이 뛰는가. 죽음만큼이나 기대해온 순간이 아닌가. 사랑하고 증오할 악마, 겹쳐지고 갈라질 형제.

그러나 이 순간, 그간 인형에게 품어왔던 복잡다단한 감정은 강렬한 살의로 덮여버렸다. 이성은 재로 변했다. 조슈아는 문을 열어젖혔다.

방의 구조는 입은 옷보다도 익숙했다. 성큼성큼 거실을 가로지르고 침실로 들어섰다. 왜 문이 열려 있는지도 생각하지 않았다. 침대 커튼을 걷어 올리는 손이 부르르 떨렸다.

없었다.

"후……."

텅 빈 침대를 보자 겨우 머리에 차가운 물길이 열렸다. 숨이 탁 터지면서 열기가 가셨다. 조슈아는 침대를 향해 뻗은 자신의 두 손을 보았다. 어둠 속의 자신이 어떤 표정을 짓고 있었을까 생각하다가 눈을 감았다. 이불에 손을 얹자 아직 온기가 있었다. 가슴으로 손을 가져가자 전력으로 달렸을 때처럼 파들거리는 심장이 느껴졌다.

잠시 후 조슈아는 침대를 떠나 옷장 앞으로 갔다. 문을 열자 예전에 입던 옷과 새로운 옷들이 섞여 걸려 있었다. 그는 일부러 그가 모르는 옷을 찾아냈다. 가는 리본으로 여민 검정 시폰 셔츠, 은잎사귀 세공에 오닉스가 박힌 브로치, 광택이 있고 몸에 붙는 검은 바지, 긴 부츠.

조슈아는 거울 앞에 섰다.

거울 속의 사람은 소공작 조슈아 폰 아르님이 아니었다.

배우, 막스 카르디였다.

자신이 자신을 연기하다

……이윽고 그는 자신을 연기하며 사람들 틈으로 들어갔
다. 아무도 그가 그 자신임을 의심하지 않았다.

"아르모리크 경께서 오셨습니다."

조금 전 일어난 아르님 공작은 가운 차림으로 창가에 서서
머리도 맑아지게 할 겸 차를 한 잔 들던 참이었다. 시종이 와
서 고하자 그는 고개를 갸웃거렸다. 이렇게 이른 시간에 조슈
아가 찾아오는 일은 거의 없었다. 아니, 한 번도 없었던 것 같
았다.

"들어오라 하게."

없었던 일이라 해서 아들의 방문을 막을 까닭은 없었다. 아르님 공작은 찻잔을 들고 안락의자로 다가갔다.

문이 열렸을 때 테오는 테이블을 사이에 두고 마주 놓인 의자 한쪽에 앉아 있었다. 정확히는 맞은편 의자를 뚫어져라 보고 있었다. 등뒤에 켠 촛불이 드리운 큰 그림자와 대화라도 하려는 것처럼 몸을 앞으로 기울이고 있었다.

기척이 나자 테오는 고개를 돌렸다. 무방비, 당혹, 숙고, 긴장, 몇 가지 표정이 지나가고 언뜻 스쳐가는 줄 알았던 의아함이 자리를 잡았다. 책장을 넘기는 듯한 표정 변화였다.

"이런 새벽에 무슨 일이지?"

조슈아는 문간에 선 채 테오를 빤히 보았다. 그런 채로 일부러 기다렸다. 다섯 셀 동안이 흐르고, 조슈아는 눈썹을 가볍게 올려 보였다.

"테오 형도 일찍 일어났네요."

그렇게 말하며 다가가 테오의 맞은편에 놓인 의자에 앉았다. 테오가 제 손을 만지작거리는 것이 눈에 띄었다. 테오가 말했다.

"잠을 안 잔 거야."

"그래요? 무슨 걱정거리라도 있어요?"

"나야 늘 걱정이 많잖아."

테오의 입가에 묘한 미소가 생겨났다. 옛 시절처럼 속을 모를 미소였다. 오늘 보니 그것은 엷은 종이에 그린 흐릿한 가면 같았다. 그 안의 뭔가가 어렴풋이 비치는 듯했다.

조슈아는 마주 싱긋 웃었다. 그리고 시선을 돌리다가 테이블에 놓인 사탕 통을 발견했다. 눈에 익은 통이었다.

"하나 먹어도 되죠?"

조슈아는 대답을 기다리지 않고 사탕을 꺼내어 입안에 넣었다. 쓴맛이 확 퍼졌지만 얼굴을 찌푸리지도 않았다.

테오는 그 모습을 보고 있으면서도 대답했다.

"그래."

조슈아의 손이 천천히 사탕 통 뚜껑을 덮었다. 테오의 시선이 그 손을 따라갔다. 소맷자락에 박힌 오닉스 커프스의 빛, 그리고 검은 시폰 밑의 손목이 움직임을 멈출 때까지. 조슈아는 의식적으로 손을 팔걸이 위에 내려놓았다. 고개를 약간 뒤로 젖혔다.

"사실 애니 형이 가보라고 해서 온 건데, 나한테 할말이라도 있었던 건가요?"

테오는 그 말에 마음을 놓는 기색이었다.

"아니."

"그럼 이야기나 하려고?"

자신이 자신을 연기하다

대답을 들을 필요도 없다는 것처럼 조슈아는 어깨를 으쓱했다. 그리고 말을 이었다.

"곧 있으면 누나 기일이네요."

"……그렇지."

"생일이기도 하고."

테오는 대답하지 않았다. 조슈아는 사탕을 빨며 중얼거리듯 말했다.

"나, 누나 기일에 성에 있은 적이 없잖아요. 그래선지 실감이 잘 안 나네요."

무감정한 눈이 조슈아의 얼굴을 살피고 있었다.

"어쩐지 누나가 하이아칸에 가 있다가 이제 곧, 생일날 돌아올 것만 같단 말이죠. 테오 형이 내 눈앞에 있지만 않았다면 정말로 그렇게 느꼈을걸."

테오가 불쑥 말했다.

"몇 년이고 추도식을 봐왔기 때문에 난 그런 생각이 안 든다."

"그렇겠죠. 이럴 때면 역시 이브 누나는 나보다 테오 형하고 더 가까운 사람이었던 것 같아요."

테오의 입술이 가까스로 미소를 만들었다.

"부부였으니까."

조슈아는 코를 찡그리며 웃었다.

"난 결혼을 안 해봐서. 부부가 어떻게 특별한지 잘 모르겠네요."

잠시 후, 덧붙였다.

"그리고 이브 누나하고 테오 형은 다른 부부들하고 좀 달랐을 테니까."

테오의 눈동자가 멈칫 흔들렸다.

"이브가 다른 사람들과 달랐기 때문이라는 뜻인가?"

조수아는 침을 한 번 삼키고 빠르게 말했다.

"부인할 수도 없지 않겠어요."

테오의 손이 불안정한 움직임을 멈췄다. 조수아는 여전히 미소와 함께 그 손을 보고 있었다.

"다른 사람도 아닌 너에게, 이브가 어떤 사람이었다고 설명해야 하는 건가?"

"이브 누나가 어떤 사람이었는지 내가 모를 리가 있겠어요. 내 말은……."

말을 끊으며 조수아는 사탕을 깨물어 부서뜨렸다.

"그런 누나를 형이 어떻게 사랑했느냐는 거죠."

테오는 고개를 홱 돌려 창밖을 바라보았다. 생각에 잠기려 한다고 받아들이기에는 지나치게 빠른 움직임이었다. 그의 시선이 떠나는 순간, 조수아의 얼굴에서도 미소가 사라졌다.

해는 아직 뜨지 않았다. 조금만 고개를 돌렸더라면 왼쪽의 불빛이 조슈아의 얼굴에 나타난, 정확히는 눈 밑에 나타난 가느다란 줄을 비췄을 것이다. 그건 밤을 새워 나타난 그림자라고 보기에는 오히려 붉었다. 가면을 쓸 수 없는 이 순간, 조슈아는 촛불 그림자 속에 눈빛을 교묘히 감추었다.

"이브는……."

테오의 시선이 돌아왔다. 금빛 속눈썹 끝에 촛불 빛이 흔들렸다.

"널 사랑했지, 나보다 더."

조슈아는 고개를 저었다.

"그렇진 않았어요."

"이브가 어째서 아기를 낳게 된 줄 알아?"

갑작스러운 이야기에 조슈아의 미간이 일순 꿈틀거렸다. 테오의 입술도 비틀렸다.

"너 때문이었지."

"무슨 뜻이죠?"

"결혼식 후 우린 하이아칸으로 떠나지 않았나? 도착하고 사흘도 채 안 돼서 이브는 널 보고 싶다고 종일 울고 보채며 사람들을 괴롭혔지. 난 그런 이브에게 동생은 점점 자라서 어른 남자가 돼버릴 거라고 말해줬어. 그러니 동생을 닮은 아기를 낳으라고, 그러면 절대로 이브보다 커질 수 없을 거라고 했어."

조슈아는 말문이 막혔다. 테오가 메마른 미소를 머금었다.

"태어난 아기는 널 닮진 않았지. 하지만 어머니가 되고 나면 왜 그렇게 됐는지는 잊히기 마련이지."

"지금 왜 그 얘길 하는 거죠?"

"왜 하느냐면, 너 때문에."

테오가 등을 의자에서 조금 뗐다.

"이브가 그토록 너를 사랑했는데, 네 입에서 그런 말이 나오는 것을 들으니 참을 수가 없어서."

조슈아는 숨을 약간 들이쉬었다. 하고 싶은 말을 간신히 억누르고, 해야 할 말을 찾아냈다. 아직은 가능했다.

"내게 이브를 사랑하지 않았느냐고 묻는다면 대답은 '아니요'죠. 이브는 내게 누나였어요. 핏줄이죠. 하지만 형은 꼭 이브와 결혼해야 하는 건 아니었으니까. 그러니 이유를 묻는 거죠."

테오의 표정이 냉소적으로 변했다.

"그런 이유, 사람들이 많이 말해주지 않던가?"

"남들이 말하는 이유 따위는 들을 게 못 된다고 생각해서."

"이제 와서 물을 일은 아닌 것 같은데."

"누나가 죽었기 때문에?"

테오의 눈 속에 하얀 불이 지나갔다.

"살아 있더라도 내가 네게 추궁당해야 할 일인가?"

자신이 자신을 연기하다

"죽은 누나에게 물을 수는 없는 일이잖아요? 아, 살아생전에도 물을 수 없었던 건 물론이고."

테오의 곤두선 신경을 칼끝으로 교묘히 긁는다. 조금 더 당기면 제풀에 끊어지도록. 이윽고 박명薄明이 창을 뒤덮었다. 둘의 옆얼굴이 어둠을 벗자 가려졌던 눈매가 일부 드러났다. 테오는 눈가가 움푹 패고 광대뼈 아래가 검게 그늘져 병자처럼 해쓱했다. 이브노아와 결혼할 때 가진 건 없지만 참 미남이긴 하다고, 그런 소리를 들었던 테오였다. 그런 얼굴이 몇 달 사이에 십 년은 나이가 든 듯했다.

"그래. 이미 죽었고, 백치에다가, 나보다 동생을 더 좋아한 여자를 난 사랑하고 있지. 그녀 외에는 아무도 사랑하지 않았어. 세상 누구도. 내 부모조차도. 물론 너희 집안의 그 누구도. 이게 바로 세상 사람들이 다 아는 이유지. 미친 사내. 다섯 살짜리만도 못한 여자를 아내라고 하는 사내. 여자가 죽고도 그림을 붙들고 대화를 하는 돌아버린 사내. 그 여자가 아니고는 아무것도 소용없고, 그 여자가 남긴 자식에게조차 관심이 없는 사내."

테오가 누구의 앞에서도, 단 한 번도 인정한 적이 없던 말이었다. 이브노아를 사랑했다고, 세상 무엇보다도 더.

모든 사람이 테오가 이브노아를 긴 세월 인내심 깊게 보살폈다는 것을 알았지만 그 안에 든 감정이 무엇인지는 알려 하지 않았다. 돈 때문이 아니겠는가? 작위 때문이 아니었겠는가? 테오는 그들이 그런 생각을 하도록 내버려두었다. 그들은 알 자격이 없었다. 백치를 진정으로 사랑하는 사내 따위 세상에 존재할 리가 없다고 생각하는 그들은. 왜 그런 자들에게 그의 가장 소중한 부분을 설명하겠는가? 왜 그들에게 진심을 단 한 조각이라도 보여주겠는가?

그러나 조슈아는 달랐다. 조슈아는 알고 있었다. 알고 있다는 걸 테오도 알았다. 그래서 더 참을 수가 없었다. 태어나는 순간 모든 것을 가진 아이가 하나밖에 가진 게 없는 사내에게 보여주는 동정심을, 남들 앞에서 감싸려는 듯한 태도를. 떠올리기만 해도 분하고 창피해서 얼굴이 붉어졌다. 그 별것 아닌 배려가 테오의 진심을 오히려 시시한 가십거리처럼 폭로하는 듯했다.

그래서 더 깊이 숨기려 했다. 감추고, 가장하며, 불가능한 초연함을 흉내내려 했다. 하지만 이제는 끝났다. 테오는 테이블을 짚으며 몸을 앞으로 내밀었다.

"이제 내가 왜 널 미워하는지 알겠지?"

조슈아는 뻔뻔스럽게 고개를 저었다.

"모르겠는데."

"이브가 마신 잔은 네 것이었어."

"물론 그랬죠."

"네가 잔을 넘겨주지 않았더라면…… 이브는 아직도……."

조슈아가 박명을 향해 고개를 획 돌렸다. 눈 아래 발갛게 부푼 줄이 또렷이 드러났다.

"그래, 그 잔을 가져가지 않았더라면 이브가 아니라 내가 죽었겠죠. 당신이 그전부터 원했던 대로."

방의 공기가 뜨거웠다. 테오는 조슈아를 삼킬 듯 노려보았다. 발톱이 있었다면 찢어버렸을 것처럼 노려보았다. 조슈아는 어지러워진 눈을 바로 뜨기 힘들어 억지로 힘을 주면서 말했다.

"그날 숨이 멎기 전에 이브가 내게 뭐라고 말했는지 알아요?"

그조차 듣지 못했다고 생각하던 말을 입 밖에 내는 순간 눈물이 주르륵 떨어졌다.

"테오를 용서하니까…… 그에게 안아달라고 해……."

억지로 외면했던 진실을 열두 살의 조슈아가 이미 알고 있었다. 봉인돼 있던 날카로운 유릿조각처럼 마음을 찢고 나왔다. 테오의 몸이 뻣뻣하게 굳어졌다.

"거짓말 마. 이브가 그런 말을 했다고? 네가 안고 있었던…… 그때?"

조슈아는 더 대답하지 않았다.

"그럴 리 없어. 이브가…… 어째서 그런 말을 하겠어? 그녀는······."

"알 수 없었을 것이다, 그 말이죠?"

조슈아가 눈을 쳐들었다. 테오는 하려던 말을 멈춰버렸다.

"누구를 용서해야 할지, 잔에 독을 바른 사람이 누구인지, 이브가 알았을 리 없었다는 말이죠. 안 그래요?"

조슈아의 젖은 눈에 냉소가 되돌아왔다. 그는 손등으로 속눈썹에 맺힌 눈물을, 이마의 땀을, 그리고 가면을 씻어냈다. 테오는 그 모습을 똑똑히 보았다. 깨달음이 왔다. 그와 함께 하얗게 마른 그의 입술에 경련이 일어났다.

진짜처럼 행동하는 인형이 아니었다. 진짜였다. 조슈아가 연기한 것은 자기 자신이었다. '나'를 연기하는 것은 남을 연기하는 것과 비교할 수 없을 만큼 어렵다. 무엇보다 '나'는 관찰되지 않는다. 자신의 옆얼굴을 목격할 수 없듯이. 그런 '나'를 연기로 창조한다는 것은 상상하기 어려운 경지였다.

테오의 입에서 본능적으로 한마디가 튀어나왔다.

"왜 왔지?"

애니스탄이 보냈다고 한 말은 의미가 없었다.

"왜 왔을 것 같나요?"

테오는 대답하는 대신 어둠을 향해 얼굴을 돌렸다. 이윽고 시선이 되돌아왔을 때 그는 웃고 있었다.

"그 대답은 조금 후에 해주지. 어쨌든 놀랐어. 날 놀라게

자신이 자신을 연기하다

할 작정이었다면 성공했어."

"우리가 장난을 칠 시절은 오래전에 지나갔죠."

"그래, 네가 하이아칸에서 배우였다고 들었지. 아니, 그런 거야 어찌됐든 좋아. 다만 하나는 말해두겠는데…… 난 이 일을 꾸미면서 네가 어떻게 받아들일까 종종 궁금했지. 그리고 결론도 내렸거든."

테오는 조슈아의 대답을 기다리는 듯하다가 곧 말을 이었다.

"좋아할 것 같더라고."

조슈아는 표정을 흐트러뜨리지 않았다.

"왜 그렇게 생각했죠?"

"넌 어차피 네 자리 같은 것쯤 우습게 생각했잖아? 네 부모도, 누나도 별것 아니었지. 작위 따위 누가 받든 상관없었지. 네가 관심 있어 하는 건 너 자신, 하나뿐이니까. 그래서 네가 좋아하는 걸로 만들어준 거잖아. 죽도록 실컷 빠져 있으라고. 스스로를 다각도에서 관찰하려면 자신이 하나 더 있는 것이 제일 편리하지. 타인이 된 자신이니 얼마든지 질리도록 관찰할 수 있겠지. 이게 너를 위한 최적의 장난감이 아니란 말이야? 더구나 네가 하기 싫어하는 의무도 모조리 대신해주고. 이보다 좋은 것은 다시없지."

"그렇게 생각했다면 날 죽이려 하지 말았어야죠. 내가 정말로 만족하고 멋대로 살도록 놔두려면."

테오는 순간 웃음을 걷었다.

"내가 왜 네가 좋아할 일을 하겠나? 앞서 말했지만 난 너를 증오해. 네가 좋아할 것을 만들어주고, 네 손에서 빼앗아버리면 이보다 만족스러울 일은 다시없지."

꿈속에서 아홉 살의 모습으로 마주보았던 조슈아가 떠올랐다. 이제 둘은 어느새 엇비슷해진 눈높이로 다시 마주보고 있었다. 기억이 서서히 처음으로 돌아갔다. 최초의 분노가 탄생했던 곳으로.

열 살에 뿌리째 뽑혀 온 풀처럼 제 영역이라고는 없는 곳에서 견디던 때, 테오는 스스로에게 말해주었다. 너는 정원사라고. 너만의 비밀스러운 정원을 가꾸고 있다고. 그 정원의 가시덩굴은 위험하고 까다롭지만 꾸준히 돌봐주면 정원사에게만 보이는 작고 황홀한 꽃들이 피어난다고.

그만의 장미 정원.

꼬불꼬불 얽힌 가지를 맨손으로 풀어내다 가시가 박히면 입으로 뽑아내고, 찔린 손의 핏방울을 빨아 삼키면서도 이곳은 그만의 후원, 혼자 가꾸고 혼자 바라보는 정원이라고 믿었다. 그런데 어느 날 한 아이가, 드넓은 비취반지 성의 정원을 다 가진 아이가, 그만의 장미 정원에 쳐들어와 태연히 향기를 마시며 놀라 우뚝 선 그를 오히려 측은하다는 듯 내려다보고 있었다.

자신이 자신을 연기하다

세계는 본래 불공평하지만, 복수할 권리만큼은 아니니까. 빈손에도 증오심만은 담을 수가 있다.

어린애라고? 사람들은 조슈아를 다섯 살로, 일곱 살로, 아홉 살로 보곤 했지만 테오가 보기에 조슈아는 한 번도 그런 나이였던 적이 없었다. 징그러울 정도로, 아니 잔혹할 정도로 잘나서 일찍부터 온 세상을 내려다보았으니까. 테오가 원하는 모든 것을 가졌으면서 그저 오연하게 짓밟고 서서 관심조차 없었으니까.

그랬기에 거리낌 없이 그 아이의 정원을 망쳐주고자 했다. 그만의 치졸한 방법으로, 어차피 테오에게 허락된 무기는 그런 것뿐이기에. 가느다란 바늘로 은밀히 뿌리를 찌르고 줄기를 갉아내고 꽃눈을 꺾어낸다. 너의 타고난 찬란함에 증오의 재를 뿌리고 사람들이 너를 의심하듯, 너 자신조차 너를 의심해서, 마침내 두려움 때문에 빛조차 시들도록.

그의 증오는 조슈아의 영혼에 결국 낙인을 남겼다. 그걸 볼 때면 웃음을 참기가 힘들었다. 거미줄처럼 가느다란 굴레로 은밀히 옥죄어지고도 의연한 체하려는 모습이 애처로워서, 애처롭고 처참해서 마음에 들었다.

"그러니 말해봐. 너도 실은 좋았지? 네가 죽지만 않는다면 귀찮은 일은 복제품한테 맡기고 그대로 도망쳐 배우 나부랭이나 하면서 살 궁리도 해봤겠지. 어때?"

조슈아는 망설이지 않고 대꾸했다.

"그랬죠."

테오는 조슈아를 빤히 보다가 웃음을 터뜨렸다.

"하, 하하, 역시…… 너란 녀석은 내 생각보다 훨씬 더 미쳤구나."

"그랬죠."

조슈아는 두 번째로 같은 대답을 하며 이마에 엉겨 붙은 머리카락을 넘겼다.

"페리윙클섬에 가보고서야 그런 생각을 포기할 수가 있었어요."

"왜, 거기 사람들이 너를 받아주지 않던가? 비취반지 성으로 돌아오지 않으면 있을 데가 없겠다 싶었나?"

"그래줬다면 마음 편했을 텐데. 그들은 나를 돌아온 왕자처럼 여기더군요. 나를 환영하고, 나를 위해 뭐든지 하려 하고, 내가 그들의 소원을 들어줬으면 하고 찾아오고."

테오의 한쪽 뺨이 실룩거렸다.

"대접을 잘 받았더니 죽기가 아까워졌나 보군."

"그래요. 아니, 그래야 했어요. 오랫동안 죽음을 한 겹 휘장 너머에 있는 듯 가깝게 느껴왔으니까. 술잔 하나로 나와 누나의 길이 갈린 날부터."

그날 조슈아는 죽지 않고 살아남았다. 우연히 집어 든 한

장의 카드가 앞면이었느냐 뒷면이었느냐에 따라 갈린 듯한 운명이었다. 그후로 죽음은 늘 그의 걸음을 따라다녔다. 유령의 모습으로, 목을 움켜쥔 살인자의 손으로, 몸을 차지한 교활한 마법사가 되어 그의 등뒤에 달라붙어 있었다.

왜 아슬아슬한 줄 위를 걷고자 했던가. 왜 피투성이 그림자에 한 발을 담갔던가. 마치 우연히 살아남았기에 필연적인 죽음을 찾아다닌 것 같았다. 누나의 목숨과 바꾼 생존에 집착하다니, 비록 모든 인간의 본능일지라도 추악해서 고개를 돌리고 싶었기에. 그건 빼앗은 보석이니까, 자랑스레 달고 다닐 순 없다고.

조슈아를 그런 지경으로 몰아간 장본인은 비웃음을 머금은 말간 눈으로 조슈아를 쏘아보았다. 조슈아는 고개를 흔들고는 테오를 봤다.

"하지만 그리 쉽게 죽어선 안 된다는 걸 알았어요. 그들이 나를 사랑하기 때문에. 아무 조건 없이 받아들이고 존중하고 따르기 때문에. 그렇게 하는 이유가 내가 존경할 만한 사람이어서도 아니고, 내가 과거에 그들을 위해 뭔가를 했기 때문도 아니고, 오직 하나, 내가 조슈아 폰 아르님이기 때문이라는 것을 알았으므로."

"핏줄 덕택에 받은 대접이 그리 자랑스러웠나?"

"자신의 능력이나 행동과 무관한 대접을 받는데 기분이 좋고 마음이 편할 것 같은가요?"

"네가 늘 받고 있는 게 그거 아닌가? 어떤 업적도 없는 네게 온 집안이 기대를 걸고 있는데, 중요한 사람은 너뿐이라고 하는데, 그걸 당연하게 여겨왔으면서 새삼스럽게 아니라고? 심지어 넌 이 집안에서 대대로 쓸모가 없다는 데모닉이지. 집안에 아무 기여를 못 할 가능성이 열 중 열이잖아. 안 그래?"

테오는 마음속에 있던 말을 거침없이 쏟아내며 웃으려 했으나 조슈아가 보기에 그 얼굴은 기묘하게 일그러져 있을 뿐이었다. 오로지 열패감만이 고스란히 드러났다. 조슈아는 화를 내지 않았다.

"페리윙클섬에 가보기 전의 나라면 지금 당신이 하는 말을 이해할 수도 없었겠죠. 예전에는 당신이 말하는 일들이 특권이라는 느낌조차 받지 못하며 살아왔으니까. 당연히 누렸다기보다는 가치조차 못 느꼈다는 쪽이 맞겠죠. 테오 형이 한 말대로 난 나 자신 말고는 관심이 없었어요. 내게 소공작 조슈아 폰 아르님이라는 이름은 원한 적도 없는데 떠안겨진 선물이자 차라리 짐이었고 선택권만 있었다면 배우인 나를 택하고 뒤도 돌아보지 않았을 텐데, 그런 나를, 평생 처음 본 페리윙클 사람들이 진짜로 사랑하고 있음을 알았을 때 나는 너무나 불편해졌죠. 그들한테 뭘 해줘야 할지 몰랐어요. 해줘야 할 것만 같은데, 할 줄 아는 것이 없더군요. 그런 사랑에 값할

자신이 자신을 연기하다

만한 것은 단 하나도 할 줄 몰랐어요."

테오는 여전히 경멸하는 표정을 지었지만 반박하는 말은
나오지 않았다.

"섬을 떠날 때쯤 깨달았어요. 그들이 날 사랑하는 이유는
내가 소공작 조슈아 폰 아르님이기 때문이죠. 다른 누군가가
나와 똑같은 모습으로, 똑같은 능력을 갖고, 똑같은 행동을
한다고 해서 페리윙클 사람들이 그를 사랑하는 일은 있을 수
가 없는 거죠. 그런 그들에게 내가 해야만 하는 일은 단 한 가
지, 소공작 조슈아 폰 아르님으로 있어주는 것뿐임을. 결코
내가 아닌 누군가를 그들이 소공작 조슈아 폰 아르님이라고
믿고 사랑하는 일은 없게끔 해주어야 한다는 것을. 난 그들에
게 진실을 줘야만 할 의무가 있었어요. 그리고 동시에 그들뿐
아니라 과거로부터 나를 사랑해준 모든 사람들에게 같은 의
무가 있음을 알았죠. 나의 부모, 나의 친구들, 그 모든 사람들
과 마침내 세상에게도. 그래서 난 돌아와 내 자리를 되찾아야
만 할 당위를 얻었어요."

박명이 아침이 되어갔다. 몇 달 동안 쫓고 쫓기며, 두 사람
이 이렇듯 이야기할 날이 오리라는 생각은 하지 못했다. 대화
의 시절은 끝이 나고 죽고 죽이는 일만이 남은 줄 알았다. 그
러나 그들은 마주앉아 같이 아침을 맞고 있었다.

"그들을 위해 뭔가를 하는 것은 먼 미래에, 공작이 된 후의

일일 테지만."

"넌 공작이 될 수 없을걸."

테오가 불쑥 말했다. 조슈아는 고개를 끄덕였다.

"그럴 수도 있겠죠."

"화나지 않은 체하는 모습이 측은할 지경이야."

"화나지 않았어요."

테오는 놀라는 시늉을 했다.

"정말이냐? 내가 네가 마실 잔에 독을 바르고, 네 복제품을 만들고, 너를 죽이려고 암살자를 고용하고, 실제로 몇 번이나 죽일 뻔했는데도? 쓸데없이 인격자 노릇하려 애쓰지 마. 네가 백 년 동안 수도원에 들어갔다가 나왔더라도 용서할 만한 일들이 아니잖아? 내 앞에서는 더구나 가식적일 필요가 없는 거고."

"그런 일들을 용서한다는 말은 안 했어요."

조슈아는 희미한 미소를 지었다.

"내가 당신과 이렇듯 담담히 얘기할 수 있는 건, 내가 상상한 최악의 일이 사실이 아님을 알았기 때문일 뿐이니까."

"호, 그게 뭔지 궁금한데 그래. 만일 그 상상이 사실이었으면 어쩔 참이었는데?"

불쑥, 테오와 이브노아가 아기를 데리고 비취반지 성으로 돌아왔던 날이 떠올랐다. 그때 느꼈던 기묘한 위화감, 답답함

자신이 자신을 연기하다

의 정체가 문득 뚜렷해졌다. 그날 조슈아는 이브노아가 이제 그의 누나만이 아니라 테오의 아내이며 어린 프란츠의 어머니라는 사실을 이해하려고 노력하고 있었다. 동시에 가까스로 참고 있었다. 불합리한 분한 마음을.

누나는 변치 않지만 다시는 옛 시절과 같지 않을 것이며, 조슈아는 받아들여야 했다. 왜냐하면 조슈아는 테오만큼 누나를 사랑하지 않았으니까. 천진하기에 사납기도 했던, 마치 봄날의 폭풍 같던 이브노아를 휴식도 없이 감싸고 돌보고 받아주던 테오가 없었더라면 이브노아가 슬픔도 외로움도 질투도 모르는 행복한 다섯 살로 살다가 떠나지는 못했을 것이기에. 그런 테오에게 다른 사람에게 쓸 인내심은 한 조각도 남지 않았더라도 어쩔 수 없는 일이었기에.

그래서 지금껏 용서했다. 수없이, 거의 모든 것을. 조슈아가 살아오며 가장 많이 용서했던 상대였다. 조슈아가 몰랐겠는가, 테오의 증오심을. 만나본 적도 없던 귀족들의 욕망과 야심을 아홉 살에 읽어내던 데모닉 조슈아가.

장마철 책장에 스미는 습기처럼 조금씩 그의 세계를 눅진하게 짓누르는 악의를 알면서도 이 정도는 참아야 한다고 생각했다. 아직 어린아이였으면서 상대가 대등하게 걸어오는 싸움마저 긍정해버렸다. 그건 당연하다. 자신은 데모닉이니까. 그러면서 저도 모르게 아이의 모습을 떨치고 빨리 자라려

했다. 버텨내어야 했기에.

그랬던 테오가 누나를 배신했더라면, 조슈아는 테오를 용서하지 못하는 것과 함께 자신도 용서하지 못했을 것이다. 고작 그런 자를 믿고 도망쳤다니. 아니, 너는 믿고 싶었던 것뿐이겠지. 왜냐하면 도망치고 싶었으니까.

그걸 깨달은 날의 혐오감이 입술에서 떨어지는 순간, 목 깊은 곳이 꽉 막혔다. 연기력조차 소용없이 거칠어진 목소리가 튀어나왔다.

"이 순간 당신을 죽였을지도 모르죠."

테오는 폭소를 터뜨렸다.

"그렇게 말하니 뭔지 더욱 궁금하군. 그럼 나도 말해볼까? 난 너란 놈에 대해 착각 같은 거 하지 않기 때문에 너처럼 인격자 노릇 따윈 안 해. 내가 바보로 보였겠지? 자기 죄를 일일이 직접 확인해주고, 또 그걸 놓고 너와 한가하게 토론이나 하고 앉아 있다니 말이야. 난 목적 없는 놀이에는 관심이 없어. 데모닉께서 보시기에는 버러지만도 못한 머리일지 몰라도 나름대로 쉬지 않고 쓰고 있거든."

조슈아는 문득 가슴 한쪽이 아릿해졌다. 이유는 몰랐다.

"무슨 뜻이죠?"

"네가 보기에 내가 체념한 범죄자처럼 보이나?"

테오는 손을 들어 맞은편 책장 아래 문갑을 가리켰다.

"저 속에는 내가 예전에 준비해둔 샴페인이 들어 있거든. 아라종 백포도가 가장 잘 익었다던 960년에 봉한 최고급이지. 축배를 들 잔도 두 개 준비해놨어. 함께 잔을 들 친구가 와줘야 할 시각인데."

테오는 이를 드러내며 웃었다. 흡사 맹수가 웃는 듯한 표정이었다. 아니, 맹수는 웃을 수가 없다.

"난 네가 오기 전에 무대를 완성하려고 무척 애썼어. 고작한 명의 관객을 위해서 이만저만 수고를 한 게 아니지. 게다가 네가 예정보다 빨리 오리란 얘기가 들려와서 정말 바빴다고. 슬슬 구경하러 가보는 게 어때? 지금쯤이면 막도 올랐을 테고, 아마 클라이맥스에 달하지 않았을까 싶군. 더 늦으면막 내리는 것밖에 못 볼걸."

가슴이 점차 빨리 뛰었다. 손으로 누르지 않고는 참기 힘들 정도였다. 불안감 때문만이 아니었다. 다른 심장을 하나 더품고 있는 기분이었다. 최악의 상황에 처해 어쩔 수 없는 죄를 저지르려는 누군가의 심장을.

테오는 조슈아의 변한 표정을 보며 소리 없이, 그러나 온얼굴을 움직여 웃었다.

"그 옷, 잘 어울리는데. 상복으로 아주 멋져."

조슈아는 벌떡 일어나 복도로 뛰어나갔다.

애니스탄은 통나무집 곳곳의 낡아 벌어진 이음새로 들어오는 빛을 바라보고 있었다. 밖에는 아침이 왔는지도 모른다. 멍하니 빛을 보며 그런 생각을 했다. 아침이라는 단어가 한없이 낯설었다.

머리는 늘 그렇듯 마비된 상태였다. 새벽녘에 애니스탄은 자신이 무엇을 하는지도 모르면서 실험 한 가지를 마쳤다. 실험대에 엎어진 위험한 용액을 닦을 생각도 않고, 짚을 채운 침대에 주저앉아 햇살을 지켜보았다. 새어 드는 틈새가 많았기에 바닥에 떨어진 빛은 일종의 무늬를 이루었다.

애니스탄은 그 모양이 순무 뿌리를 닮았다고 생각했다. 그가 순무를 본 것이 언제였더라. 접시 위에 올라온 것 말고, 잎 달린 줄기도 있고 흙도 묻어 있는 순무 단 말이다. 까마득한 옛날에 그런 것을 본 것 같기도 했는데 어디였는지 도통 생각이 나지 않았다.

애니스탄의 귀에는 낮게 재잘대는 소음이 끊임없이 들렸다. 환청도, 새소리도 아니었다. 멀리 떨어진 곳에서 이루어지고 있는 대화였다. 느리게 이어지는 말소리 사이에 여러 가지 소리가 끼어들었다. 찻잔이 받침에 놓이는 소리, 물을 따르는 소리, 가끔 들리는 웃음, 커튼을 흔드는 바람.

귀를 기울이고 있다고 생각했지만 언제부터인가 대화를 이해하지 못하게 되었다. 하긴, 대화는 의미가 없었다. 무슨 이

자신이 자신을 연기하다

야기를 하는 도중이든, '그건 그렇고 오늘 오찬 모임에 너도 나오는 것이 어떠냐?'라고 말하는 도중이라도 상관없는 것이다.

"아버지 친구분들의 모임이잖아요."

"요즘은 아들딸을 데려오는 친구들도 있지. 대화를 지켜보기만 하더라도 도움이 될 테니까. 지난번에 케르네스트 경이 열여덟 살 먹은 아들을 데려왔는데 그 아이가 다음번에는 너도 나와서 이야기를 나눠보면 좋겠다고 하더구나."

"어머니 생신 때 만난 적이 있는 사람이군요. 별다른 얘기는 못 했었는데."

"요즘 그 또래 아이들이 저들끼리 사교 모임을 갖기도 한다더군. 그들끼리 모이는 작은 살롱도 몇 군데 있다는데 그중 하나를 케르네스트 경의 맏딸이 주도하는 모양이다. 살롱들이 흔히 그렇듯 약간의 경쟁도 있겠지. 켈티카뿐 아니라 남부에도 비슷한 모임이 있다고 하고. 아직은 아이들끼리의 놀이 정도지만 그런 모임이 장차 인맥으로 발전하기도 하는 게지."

"아버지도 아시잖아요. 제가 그런 데서 호감을 줄 만한 사람은 아닌걸요."

"언제까지나 그럴 수는 없지 않느냐. 케르네스트 경의 초청을 받아들이지 않더라도 향후 어느 쪽이든 가볼 필요는 있을 것이야. 우리 가문이 유독 동안東岸 사람들과 교류가 없는 편인데 앞으로는 바꿔나갈 필요도 있겠지."

열 살도 되기 전에 신왕국 아노마라드를 세울 계략을 짜던 아들에게 이보다 새삼스러운 이야기가 또 있을까. 말하고 있는 공작도 모를 리 없었다. 그러나 아들은 고개를 끄덕였다. 프란츠는 웃으며 찻잔을 집어 들었다.

너에게 명령한다. 단도를 잡아라.

창밖에 솟은 살구나무 가지에 새들이 모여 앉아 지저귀었다. 공작의 눈길이 창가로 갔다. 새로 채운 찻잔을 든 채였다. 김이 오르고 있었다.

옷자락 틈에서 사그락, 소리가 났다.

그를 찔러라. 깊숙이. 그를 죽여라.

문이 거칠게 열렸다. 발소리가 났다. 그러나 아버지의 옆얼굴을 바라보는 소년의 귀에는 들리지 않았다. 모든 소리가 지워지고 단 한 가지 목소리만이 또렷하게, 반복해서 들렸다. 그의 부서진 곳을 통해 들어와 그를 지배하려는 자의 목소리. 자신의 자유를, 의지력을, 거칠게 빼앗아 내던지는 목소리. 정체성을 부인하도록 강요하는 목소리.

목소리가 커진다.

죽여라.

죽여라.

소년이 일어선 것과 아버지의 시선이 돌아온 것은 동시였다. 찻잔 속에서 파도가 일어났다. 이어 넘치며 흩뿌려졌다. 참나무 테이블을 적시고 남은 것은 양탄자가 삼켰다. 누군가가 유령처럼 나타나 공작을 밀쳐내고 소년을 보았다. 둘의 눈이 마주쳤다. 두 쌍의 검은 눈동자가 바르르 떨렸다.

있어서는 안 될 눈동자였다.

마주쳐서는 안 될 얼굴이었다.

단도는 아직 주머니에서 나오지 못했다. 명령은 여전히 귓가에서 울려 퍼지고 있었다. 그러나 소년은 명령을 뿌리쳤다. 처음으로 명령보다 강한 감정에 사로잡혔다. 소리도 빛도 그의 세계에는 없었다. 그는 부서졌다. 부서진 곳을 통해 자신의 일부가, 아니 중요한 모든 것이 흘러나간다. 곧 아무것도 남지 않을 것이다. 그는 껍질뿐이다. 껍질조차 먼지로 변할 것이다……

그는 이 세상에 존재하지 않는 사람이다.

단도가 올라갔다. 내리 찔렀다.

960년산 샴페인은 테오와 나이가 같았다. 흔들지 않아서인지 거품은 거의 나오지 않았다. 목에 청색이 들어간 자신의 잔만 꺼내어 절반 따랐다. 잔을 부딪쳐줄 사람은 없지만 그런 것 때문에 성공을 만끽하지 못할 그가 아니었다.

그는 성공했는가?

온갖 무너진 계획들에도 불구하고 테오는 긍정했다. 그는 최초의 목표에 도달했다. 나머지는 나중에 생긴 부산물에 지나지 않았다. 달리다 보니 났던 오솔길일 뿐이었다. 야심보다 앞섰던 것은 무엇인가? 증오다. 그는 증오의 끝에 도달했다.

테오는 조슈아가 성에 도달하기 전에 없애버리려고 많은 노력을 했다. 그러나 무의식과 욕망의 세계에서는 다시 마주칠 이 순간을 기다리고 있었던 같았다. 보여주고 싶었으니까. 데모닉 조슈아와 똑같지만 테오스티드 다 모로의 꼭두각시에 불과한 인형을.

그러니 흡족해해도 된다.

잔을 들려다 말고 일어선 테오는 창가로 다가가 숲을 내려다보았다. 그의 방은 남향이 아니었다. 서쪽으로 난 창 너머로 정교하게 다듬어진 격자 정원이 절반, 그리고 나무가 자연스럽게 우거진 울새의 숲이 보였다.

이곳에서 보이지는 않아도 숲 구석 어딘가에 애니스탄이 있을 것이다. 이제 그와 축배를 들어주지는 않겠지만. 애니스탄이 시골 장원에 있다가 그의 설득에 못 이겨 비취반지 성으로 돌아와주었을 때, 테오는 샴페인과 잔 두 개를 문갑에 넣는 모습을 보여주었다. 성공했을 때 너와 내가 들 축배라고.

그때까지는 애니스탄도 꽤 멀쩡했는데.

자신이 자신을 연기하다

다른 사람들이 모두 그랬듯 친구도 그를 떠나갔다. 성공의 순간 그는 혼자였다. 혼자라도 상관없다. 그의 입가에 미소가 떠올랐다. 미소는 너털웃음으로 바뀌었다. 자기보다 어찌지 못할 녀석은 없고, 자기보다 위로하고 싶은 녀석도 없다. 테오스티드 다 모로는 성가신 욕심쟁이이고, 만족할 줄 몰랐고, 능력 이상의 것을 얻으려 하다가 퉁겨났지만, 울지도 않고 오히려 자신에게 웃는 자였다.

테오는 방으로 돌아섰다. 그리고 멈췄다.

"테오, 안녕?"

그가 앉아 있던 맞은편, 줄곧 뚫어져라 바라보던 의자에 앉아 있었다. 그 자리를 바라보며 했던 생각 그대로, 고개를 갸우뚱하게 기울이고 한쪽 팔만 팔걸이에 얹은 채 앉아 있었다. 연한 분홍빛 드레스가 의자 다리를 덮고 테이블 밑까지 펼쳐져 있었다. 다섯 해 전에 입었던 그대로, 핏자국만 없이.

"뭐해?"

"……생각."

걸음이 떨어졌다. 생각보다 놀라지 않았다. 늘 이런 날을 떠올려왔기 때문일지도 모른다. 어쩌면 처음이 아닐지도 모른다. 기억하지 못할 뿐인지도 모른다.

"무슨 생각?"

드레스 밑의 발이 조심성 없이 오르내리고 있었다. 테오는 의자로 다가가 앉았다. 헤어졌던 아내의 얼굴을 구석구석 뜯어보았다. 예전과 다름없는, 정말로 변치 않은 얼굴이다. 복숭앗빛 뺨에 박힌 그림 같은 보조개, 아이들처럼 살짝 올라간 코끝 아래 짧은 인중과 작은 입술. 여섯 살 소녀였을 때 반했고, 십 수 년을 한결같이 보아도 싫증나지 않던 요정 같은 소녀. 백치라 사랑할 수 없을 거라고 말하는 사람들은 아무것도 모른다. 사랑을 열네 해 동안 가장할 수 있다고 믿는 사람들은 어리석다. 사랑은 감출 수가 없다. 모조품을 만들 수도 없다.

"이브."

"응?"

"묻고 싶은 게 있어."

"응."

"그때, 그날…… 전날 밤에 말이야. 너한테 무슨 일이 일어나도 놀라지 말라고…… 그랬잖아."

"응."

이브노아의 까만 눈이 테오를 빤히 보고 있었다. 테오가 해주는 이야기는 무엇이든 재미있다고 믿고 있던 때처럼. 그 눈을 보는 테오도 아무때나 깔깔 웃으며 뛰어오르던 이브노아의 손을 잡고 비취반지 성의 복도를 조용히 걷던 소년으로 돌아갔다.

"다음날 무슨 일이 있을지 알고 있었던 거야?"

이브노아는 고개를 흔들었다.

"아니."

"그럼 왜 그런 말 했어?"

"테오가 날 잡을까 봐."

"조수아의 잔을…… 마시는 너를? 그래서 그때 날 보며 미
소 지었던 거야? 널 잡지 말라고?"

이브노아의 얼굴에 그때와 같은 미소가 피어올랐다. 테오
는 그 미소를 보느라 넋을 놓았다.

"테오가 잡았으면 난 못 죽었을 거야. 테오와 헤어지기 싫
었으니까."

움직임이 멈췄다. 바람이 들어와 머리카락만 날렸다.

"난 테오가 조수아를 죽이려고 하는 줄은 몰랐어. 하지만,
내가 죽을 줄은 알고 있었어. 어떤 식으로 그렇게 될지는 그
때 가서야 알았지만."

생전이라면 하지 못했을 또렷한 설명이었다. 테오는 숨을
거칠게 내쉬었다.

"죽을 줄 알고 있었다고? 어떻게?"

"아주 옛날에 누군가가 속삭여줬어. 그냥 목소리였어. 그날
내가 죽게 될 거라고. 그래서 아, 그렇구나, 하고 생각했어."

테오의 얼굴이 하얗게 굳어졌다.

"왜…… 나한테 말하지 않았어? 그런 말을 그냥 그렇게 받

아들였다고? 네가 피를 쏟던 모습을…… 내가 몇 번이나 꿈에서 본 줄 알아? 얼마나 자주 소스라쳐 깬 줄 알아? 그런데 넌 그렇게 담담하게 죽을 수가 있는 거야?"

"응. 왜냐면……."

이브노아가 다시 웃는데 이번에는 백치의 웃음이 아니었다.

"그 목소리는 내가 죽으면 조슈아가 안 죽는다고 했거든. 내 동생 조슈아가 열두 살에 죽게 돼 있는데, 내가 죽으면 그 앤 괜찮을 거라고 했거든. 그래서 이해할 수가 있었어."

"난 이해 못 해. 난 조슈아보다, 세상 누구보다 네가 소중한데, 어떻게 네 마음대로 그렇게……."

"목소리가 그랬어. 엄마가 조슈아를 갖고서 많이 아팠던 날, 엄마 옆에 누워 있던 내게, 저 애는 살아서 태어나지 못한다고. 조슈아는 태어나기 전에, 그리고 태어나서 한 번 더 죽을 운명이라고. 하지만 내가 원한다면 바꿀 수가 있대. 그래서 꼭 그러자고 했어. 그래서 엄마 뱃속의 조슈아한테도 얘기해줬어. 백치도, 죽음도, 데모닉의 광기도, 다 내가 갖는다고. 너에게는 하나도 주지 않는다고. 그 애도 두 살까지는 기억하고 있었는데, 이제는 못 하는 것 같아."

테오의 입술이 떨렸다.

"그런 말 난 못 믿어. 어떻게 그런 일이 있을 수가 있지? 어째서 한 사람의 삶이 다른 누구를 위한 것이 된단 말이야!"

자신이 자신을 연기하다

고개를 젓던 테오가 테이블을 내리쳤다. 잔에서 술이 튀어올랐다가 떨어졌다. 이브노아는 빙그레 웃었다.

"믿지 않아도 좋아. 하지만 난 그렇게 믿을래. 내 동생을 내가 지켰다고. 그리고 당신도……."

"나를?"

"응, 그때 당신이 내 잔을 빼앗았으면, 당신은 지금까지 살지 못했을 테니까. 그러니 내 미소가 당신을 지켰다고……."

이브노아의 눈가에서 눈물이 반짝였다. 테오는 더 무어라 말할 수가 없었다. 본능처럼 손을 내밀어 눈물을 닦아주었을 뿐이었다. 이브의 입술이 약하게 경련했다.

"나, 목이 말라."

테오는 자신이 마시려 했던 샴페인을 집어주려다 말고 웃었다. 웃으면서 목이 메었다.

"너 이거 맛이 없다고 했잖아."

"이젠 괜찮아."

테오의 잔을 받아든 이브노아가 건배하듯 잔을 살짝 올렸다. 테오는 자리에서 일어나 애니스탄에게 주려 했던 녹색 목의 잔을 가져왔다. 거기에 샴페인을 따랐다.

잔을 부딪쳤다.

이브노아가 자기 잔을 입가로 가져갔다. 노란 술이 흘러들어갔다. 이제는 도로 뱉는 일도, 피를 토하는 일도 없이.

테오도 잔을 입에 댔다. 한 모금 마시고서 물었다.

"그럼 나, 한 가지만 더 물을게."

이브노아의 눈에 다시 눈물이 맺혀 있었다. 눈물이 맺힌 채로 미소 지었다.

"응."

"그때 조슈아의 품에 안겨서…… 나를 용서한다고…… 말했어?"

조금 전에 이 말을 하며 조슈아가 울던 때까지도 아무렇지 않았던 테오였다. 그런데 갑자기 눈물이 쏟아졌다. 뺨이 흥건하도록 흘렀다. 자신이 언제 마지막으로 울었는지 기억이 나지 않았다.

"응."

가슴속에 온기가 돌았다. 무척 따뜻했다. 테오는 잔을 내려놓고 이브노아에게 손을 내밀었다. 테이블 앞으로 몸을 굽히자 분홍빛 치맛자락이 보였다. 거기에 빨간 핏자국이 나타났다. 하나, 둘, 흡사 꽃잎이 떨어져 내리는 것 같았다.

"당신을 용서해."

둘은 서로를 껴안았다. 껴안았다고 믿었다. 테이블 위의 잔이 밀려 넘어졌다. 떨어지는 소리는 듣지 못했다.

자신이 자신을 연기하다

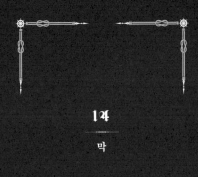

14
막

OUTGROW

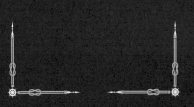

나비 고치

여름이 불타 없어지고
황금 재가 들판에 남았다.
사람들은 재를 거두어
빵과 술을 빚는다.
여름으로 배를 채워야
겨울에 얼어죽지 않는다.

⁋

성 입구로 뛰어들어가며 막시민은 히스파니에와 마주쳤다.
노인의 얼굴이 벌겋게 상기되어 있었다. 급히 달려온 것이 분명했다. 막시민이 소리쳤다.

"왜 이제야 오는 건데!"

1층 전실은 수많은 시종이며 하인들로 소란스러웠다. 저들끼리 떠들고 우왕좌왕하느라 막시민 일행에게 어떻게 왔느냐고 묻는 사람도 없었다. 홀을 가로질러 계단 앞에서 늙은 집사와 마주쳤다. 집사는 히스파니에의 얼굴을 보더니 대성통곡을 터뜨릴 기세로 팔을 붙잡아 끌었다.

"어서 올라가보십쇼!"

리체는 뒤따라가며 하인들 사이로 퍼지는 속삭임을 들었다. 칼에 찔렸대…… 방이 피범벅이라는 거야…… 돌아가실 것 같대…… 쉿…… 그게 누구라고 말하기가…… 들어오지 못하게…….

막시민과 히스파니에는 계단과 복도를 메운 사람들을 밀쳐내며 달렸다. 상대가 누구든, 아니 누구인지 쳐다보지도 않았다. 팔을 싸맨 리체는 사람들을 얼른 뚫지 못해 조금 늦게 따라왔다. 공작의 방에 다다르니 한층 많은 사람이 입구를 메우고 있었다. 공작의 가신인 기사들이 엄중히 문 앞을 지키고 섰고, 하녀장만이 대야와 수건을 직접 들고 급히 들어갔다. 창을 든 기사들이 문 앞을 막자 히스파니에가 말했다.

"난 공작의 숙부 되는 히스파니에 폰 아르님이오."

히스파니에가 비취반지 성에 들어와 그 이름을 댄 것은 실로 수십 년 만이었다. 창이 걷히고 세 사람은 안으로 들어갔다.

가장 먼저 눈에 띈 것은 피였다.

눈이 닿는 곳마다 테이블도, 의자도, 양탄자도 피범벅이었다. 공작의 심복인 에드멜 남작, 말론 경, 비서 헤슬, 경무장한 호위 기사 세 사람과 하녀장 등이 차 테이블 옆을 둘러싸고 있었다. 히스파니에가 다가가자 에드멜 남작이 목례를 하고 자리를 내주었다. 막시민은 옆 사람을 밀쳐내다시피 하고 다가들어 아래를 보았다.

바닥에 조슈아가 누워 있었다.

사방에 낭자한 핏자국에 비해 검은 옷을 입은 조슈아는 언뜻 괜찮은 듯 보이기까지 했다. 오히려 곁에 앉은 아르님 공작 쪽이 다친 것처럼 보일 정도였다. 아들을 안아 눕힌 공작의 가운은 피투성이였다.

그러나 자세히 보니 검은 셔츠 전체가 핏덩어리였다. 왼손 소매를 타고 흐른 피가 테이블 아래 샘처럼 번지고 있었다. 가슴에서는 아직도 출혈이 멈추지 않았다. 의사는 도착하지 않은 모양이었다. 모여든 자들이 할 수 있는 일이라고는 수건으로 지혈을 하려 애쓰는 것뿐이었다. 새빨갛게 젖은 수건이 대야에 몇 장이나 쌓여 있었으나 아직도 가슴에 갈아댄 수건이 벌겋게 젖어들었다.

조슈아는 창백했다. 감은 눈꺼풀까지도. 드러난 피부는 곳곳이 파르스름해졌고 입술은 푸르다 못해 보랏빛이었다.

"……."

등뒤에 서 있던 리체는 막시민이 손으로 자기 입을 막는 것을 보았다. 손바닥 틈으로 얕고 빠른 숨이 새어 나왔다. 무슨 일이 일어나도 가장 먼저 평정을 찾는 그가 자신을 주체하지 못해 아무 말도, 아무 행동도 하지 못했다.

히스파니에가 앉아 조슈아의 손목을 조심스럽게 잡았다. 맥박과 호흡을 확인하고, 입안을 살펴보고, 피투성이 셔츠를 찢어내어 상처에 수건을 여러 장 겹친 뒤 단단히 막아 눌렀다. 그러는 동안 노인의 이마에도 진땀이 흘렀다.

아르님 공작과 눈이 마주쳤을 때 히스파니에가 말했다.

"이대로는 쇼크가 오겠는데."

숙부를 마주보는 공작은 뭐라 말하기 힘든 표정이었다.

"……피를 너무 많이 흘렸습니다."

"끝까지…… 최선을 다해야지."

공작은 고개를 끄덕일 정도로도 마음을 추스르지 못했다. 고개를 돌리며 눈을 한차례 감았을 뿐이었다.

"의사가 왔습니다."

등뒤에서 들린 소리에 여러 사람이 비켜났다. 리체는 그제야 조슈아의 모습을 보았다. 손이 떨려 자세를 가다듬을 수가 없었다. 피 때문에 머리가 어지럽고 숨이 막혔다.

"비켜주십시오."

의사와 조수들이 리체를 비롯한 사람들을 밀어냈다. 조슈아의 머리맡에 앉은 막시민은 누가 끌어내지 않는 한 비킬 기세가 아니었다.

리체는 숨을 몰아쉬려 애썼으나 잘되지 않았다. 눈물까지 앞을 가리고 나니 모든 것이 엉망이었다. 뒷걸음질로 물러나 아무 의자에나 주저앉았다. 시간이 뒤죽박죽으로 흘러갔다. 들것이 들어오고 몇 사람이 더 들어왔다가 나갔다. 이윽고 얇은 시트를 덮은 들것이 방 밖으로 나갔다. 몰려든 고용인들이 그 모습을 볼 수 없도록 하인장이 미리 복도를 비워놓았다. 공작과 히스파니에를 비롯한 사람들도 들것 뒤를 따라 나갔다.

리체는 따라 나가려고 일어섰다. 그런데 한쪽에서 부르는 소리가 났다. 돌아보니 나이든 시녀였다.

"아가씨는 아르모리크 경의 친구분 되시나요?"

"네……."

"이쪽으로 오세요."

시녀는 리체를 손짓으로 불러 다른 문 앞으로 데려갔다. 이 문도 공작의 방 앞이 그랬듯 무장한 가신들이 지키고 있었다. 시녀가 다가가자 그들이 길을 열어주었다. 우물쭈물 하고 있는 리체를 돌아본 시녀가 재촉했다.

"이리 들어와요."

머뭇거렸지만 거절할 수도 없었다. 안으로 들어서자 조금 전보다 우아한 방이 나타났다. 섬세한 붓꽃 무늬 벽지와 푸른 샹들리에로 장식된 거실을 가로질러 침실에 들어섰다. 침대 위에 의식이 없는 사람이 누워 있었다. 푸른빛 도는 조끼에 튄 핏자국이 눈에 띄었다. 벽 쪽으로 돌린 옆얼굴을 언뜻 보는 순간 리체는 저도 모르게 비명을 올렸다.

"아!"

시녀가 주의를 주기도 전에 침대 곁에 앉아 있던 사람이 시녀를 향해 손을 내저었다. 괜찮다는 의미였다. 흰 실내복 차림의 부인이었는데 그녀의 옷에도 핏방울이 묻어 있었다.

"놀랐겠구나."

낮게 가라앉은 목소리였다. 리체는 저도 모르게 문 앞까지 물러서 있었다. 겨우 부인 쪽을 보며 입을 여는데 목소리가 갈라져 나왔다.

"아, 아뇨…… 아니, 네……."

"괜찮단다."

부인은 금빛 머리를 틀어 올렸는데 얼굴이 눈에 익었다. 많이는 아니랄까, 하지만 닮았다.

"난 조슈아의 어머니란다. 조슈아의 친구라고 했지?"

이 부인이 아르님 공작부인이라는 생각이 떠오르자 리체는 몸 둘 바를 몰랐다. 소공작에게 반말을 하며 여행했더라도 성에서 만난 공작부인의 무게감은 전혀 달랐다.

결국 시녀가 주의를 주었다.

"무엇하시나요. 이름을 말씀드리지 않고."

"리, 리체 아브릴……입니다."

"그래, 조슈아와 함께 여행을 했니?"

"네."

"팔을 다쳤구나. 어린 아가씨가 그런 험한 일을 당하도록 힘든 여행을 하다니."

보호받으며 자란 귀족 아가씨가 아닌 리체는 대꾸하지 못하고 머뭇거렸다. 공작부인은 걱정스러운 눈으로 리체를 보다가 말했다.

"내 아들을 많이 도와주었겠구나. 고맙다."

문득 조슈아가 사경을 헤매고 있는데 어째서 공작부인이 이곳에 있을까 싶었다. 그때 공작부인이 고개를 돌려 침대에 누운 사람을 내려다보았다.

"난 예전에 남매를 키웠는데 조슈아 하나만 남았지. 그런데 이제 다시 두 아이의 어머니가 됐구나."

리체는 눈만 깜빡거렸다. 공작부인의 말을 얼른 이해할 수가 없었다. 저도 모르게 질문이 나왔다.

"저…… 둘 다 아들로 생각하신다는 말씀이신가요? 저기, 외, 외람되지만 이해가 가지 않는데요."

시녀가 리체의 소맷자락을 톡 쳤다. 상심한 공작부인에게 위로가 될까 하여 데려온 아이가 예의를 몰라서는 곤란했다. 그러나 리체는 한번 말을 꺼내면 쉽게 삼키는 성격이 못 되었다.

"저희는 지금까지 저어, 저기 누워 있는 사람…… 아니, 인형을 없애야 한다고 생각하며 왔거든요. 세상에 같은 사람이 둘일 수는 없으니까…… 조슈아를 위해서 그렇게 해야 한다고 생각했어요. 마법사도 그렇게 말해줬고요. 저기, 제 말이 무례하게 들렸다면 사죄드리겠어요. 하지만……."

"아니. 네 말도 맞구나."

공작부인은 다시 침대 쪽에 눈길을 주었다.

"같은 사람이 둘이라면 본인들은 얼마나 고통스럽겠느냐. 네가 조슈아를 도와주려 했던 마음은 나도 이해한다. 네 친구는 너와 함께 여행한 아이이지 여기 누운 이 아이가 아니니 말이다."

리체는 여전히 두려운 눈빛으로 침대를 곁눈질했다. '인형'이 그곳에 누워 있었다. 그들이 없애야 한다고 생각했던 존재다. 조슈아와 똑같은 모습, 똑같은 성격, 똑같은 기억을 가졌다는 것을 알고 있었지만 내심은 그런 생각과 거리가 멀었던 것 같았다. 인형은 그녀의 머릿속에서도 '괴물'에 불과했다.

하지만 괴물의 모습인 것보다 정말로 같은 모습인 것이 실은 더 두려웠다. 리체는 조금 전에 목숨이 경각에 달린 조슈아를 보았다. 그런데 또 다른 조슈아가 이곳에 조용히, 잠든 것처럼 누워 있었다. 그녀의 기억이 거짓이라고 말하는 것처럼.

"하지만, 나는 어머니란다."

공작부인의 어조는 슬픔에 잠겨 있었으나 침착했다.

"두 아이 중 하나만이 진짜라고 한다면, 그래서 진짜인 아이만을 사랑하기로 한다면 다른 한 명은 어머니 없는 아이가 되고 말지 않느냐. 자식이 어떤 모진 일을 하더라도 마지막까지 품어주는 사람이 어머니가 아니냐. 그런 어머니조차 등을 돌리고 나면 그 아이는 얼마나 가슴이 찢어질까?"

리체는 무슨 표정을 지어야 할지 몰랐다.

"하지만……."

"나도 받아들이기 힘들었다. 어째서 이런 일이 가능한지도 알지 못한다. 하지만 네가 보고 있다시피, 이 아이는 네가 알고 있을 조슈아와 똑같단다. 난 이 아이와 몇 달을 함께 보냈으니 잘 알고 있다."

어머니는 자식이 둘이 되고, 열이 되더라도 똑같이 사랑할까? 한 명을 기르는 부모와 두 명, 열 명을 기르는 부모가 자식 각각에게 품는 애정의 깊이는 다를까? 열 명을 기르면 줄 수 있는 사랑도 10분의 1밖에 되지 않는 것일까? 아니면 열 배의 사랑이 저절로 솟아나게 될까?

"솔직히, 저는 속았다는 생각밖에 못 할 것 같아요."

공작부인이 고개를 저었다.

"두 아이가 진실로 같다는 것을 이해한다면, 너도 나처럼 어찌할 바를 모르게 될 게야. 몇 달 동안 나와 저 아이가 함께한 시간이며 정을 간단히 없이할 수 있겠니? 너 또한 네가 아는 조슈아와 보낸 몇 달을 쉽사리 없이하겠니? 만약 그럴 수 있다면 그 아이와 이 아이 중 한 명을 택할 까닭도 없지 않겠니? 같은 시간을 두 번 겪는 이는 없단다. 네가 그 아이와 함께하고, 내가 이 아이와 함께한 몇 달은 이미 존재한 거란다. 우리 모두 자신이 겪은 시간을 가볍게 여기지 못하지."

그러나 리체가 아는 조슈아는 하나뿐이었다. 리체는 눈물이 글썽해져서 호소했다.

"하지만요, 저기, 지금 조슈아는 오래 살기가 힘들 수도 있는데, 어머니께서 함께 있어주지 않으면……."

"안다. 하지만 이 아이가 깨어났을 때 어머니조차 자신을 버렸음을 알고 괴로워할 것을 생각하면 난 이 아이를 떠날 수가 없구나. 그 아이의 곁에는 아버지와 모든 사람이 있으니 난 이 아이를 지키련다. 둘 다 의식을 잃었고, 숨이 약해지고 있단다. 어쩌면 나는 곧 두 아이를 모두 잃겠구나."

이해할 것 같다가도, 조슈아를 생각하면 다시 뒤죽박죽이 되고 마는 마음이었다. 리체는 대답하지 못한 채 시선을 피했다. 어느 쪽이 이기심이고 이타심인지, 애정이고 매정함인지, 이제는 구별할 수가 없었다.

　문득 한 가지 사실이 떠올랐다.

　"그럼 조슈아를 찌른 사람은……."

　공작부인이 고개를 끄덕였다.

　"이 아이가 찔렀지."

　리체는 자신이 없어졌다. 이 일은 그녀의 이해 범위를 넘어섰다. 한 가지만은 분명했다. 리체와 함께 시간을 보낸 사람, 그녀의 친구는 여기 누워 있는 인형이 아니었다. 머리맡을 지켜야 한다면, 만일 임종을 지켜야 한다 해도 이쪽이 아니었다. 리체는 머뭇머뭇 인사를 하고 도망치듯이 방에서 나왔다.

　문 앞에서 리체는 어린 남자아이와 마주쳤다. 금발에 무신경한 표정을 한 네댓 살의 아이였다. 놀란 기색이 없는 얼굴이 기억에 남았다. 아이는 리체를 쳐다보지도 않고 방으로 들어갔다.

　하루가 흘렀다.

　눈을 뜬 사람은 없었다.

　성에 정적이 감돌았다. 숲은 비었고 문은 닫혔다. 새소리조차 죽어버렸다. 실은 새는 여전히 지저귀었을지도 모른다. 그러나 들은 사람이 없었다.

　8월 23일, 하늘은 무감각하게 맑았다.

"할아버지."

통나무 뼈대에 판자를 이어 붙여 곳곳에 틈이 생긴 벽, 묵은 쓰레기로 가득찬 벽난로, 높이를 맞추려고 다리만 수선한 낡은 탁자, 비가 새지 않나 싶은 천장. 오랫동안 돌보지 않았고 조금 더 지나면 자연스레 숲의 일부가 되었을 집이었다.

문틈으로 들어온 빛 속에서 먼지가 뱅뱅 돌았다. 언뜻 무대에서 주연배우를 비추는 각광脚光 같았다. 주연배우는 자리에 없으니 헛되이 마룻바닥만 밝히고 있었다.

막시민은 빛 속에 손을 넣어보았다가 빼버렸다. 그리고 다시 분필을 집어 들었다.

"그 자국이 여기부터, 여기까지거든요. 이렇게."

마룻바닥에 분필이 그어져나갔다. 직선으로, 한 번 꺾이고 다시 직선으로, 그런 식으로 길쭉한 육각형이 그려졌다. 들여다보고 있던 히스파니에가 고개를 갸웃거렸다.

"흐음."

"이게 뭘 것 같아요?"

히스파니에는 웅크리고 앉았던 바닥에서 일어나 도형을 굽어봤다. 먼지가 후르르 날렸다.

"관이로구나."

막시민은 분필을 든 채 자기가 그려놓은 것을 물끄러미 보고 있다가 분필을 놓아버렸다. 두 손을 머리 뒤로 올렸다. 등 뒤에 잡동사니가 쌓여 있어서 드러눕지는 못했지만 그러고 싶을 정도로 피로한 얼굴이었다.

"관치곤 이상하죠."

"그래."

히스파니에가 다시 자리에 앉으며 말했다.

"좀 작단 말이지."

이 낡은 집에서 최근까지 누군가가 지냈던 것은 분명했다. 하인들에게 물어보았지만 묘하게도 정확히 아는 사람이 없었다. 울새의 숲은 넓었다. 이런 통나무집이나 오두막이 십여 개도 넘게 있다고 했다. 소공작이 어려서 놀던 놀이터이기도 했고, 여름에 더위를 피할 겸 소풍 삼아 자러 가는 곳이기도 했다. 물론 지금은 다 비어 있었다. 그중에도 이곳은 특히 낡은 편이라 하인들도 언제 들여다봤는지 기억나지 않는다는 대답뿐이었다.

이런 일을 알 만한 자는 숲지기뿐이었다. 오전에 만나봤지만 그는 우물우물 말을 흐리기만 했다.

"아니, 그게, 가끔 공작님 일가 친지분들 말고도 가신 되는 분들이 가족을 데려오거나 하는 일도 있고, 그걸 일일이 어쩌고저쩌고 참견하는 것도 내 주제에 맞질 않아서."

히스파니에는 숲지기가 저렇게 말을 해도 이곳을 차지했

던 자가 공작이 묵인할 만한 인물이 아니었더라면 조용히 있지 않았을 거라고 말했다. 비록 숲이 넓긴 하지만 어디까지나 이곳은 공작의 사유지였고 정기적으로 돌아보아야 하는 곳이었다. 낯선 자의 침입을 몇 날이고 방치할 만한 곳이 아니었다.

군이 숲지기를 문책할 필요도 없었다. 막시민은 이곳에 누가 있었을지 대강 짐작하고 있었다. 하인들의 말을 들어보니 테오스티드 다 모로의 친구라는 자가 오랫동안 저택에 머물렀다고 했다. 누군가는 그자가 단순히 모로의 고향 친구라고 했고, 다른 하인은 사람이 좋은 것 같더라고 했으며, 또 다른 사람은 신경질적인 사람이었다고 말해주었다. 은둔하다시피해서 얼굴도 못 보았다는 사람도 있었다. 결정적인 이야기를 해준 사람은 부엌일을 하는 젊은 하녀였다.

"마법사였어요. 틀림없어요. 식품 창고에 함부로 드나드는 건 요리장님이 엄하게 금지하고 있는데 그 사람은 수시로 들어와서 뭔가를 가져갔거든요. 난 그 사람이 갖고 간 게 마법 재료란 걸 알아요. 우리 고모할머니가 그런 걸 배워서, 마법사들이 창고에다가 뭘 모아두는지 알거든요."

확실히 재료를 가져다 야식을 만들어 먹은 것 같지는 않았다. 마법사가 가버린 낡은 집에는 용도 모를 쓰레기가 가득했다. 바삭바삭 말라 정체를 모를 풀과 꽃, 고기였는지 가죽이었는지 모를 덩어리들, 냄새가 이상한 물이 든 단지들, 썩어서 악취를 풍기는 짐승과 곤충의 일부, 사람의 것일지도 모르는 뼛조각, 약품에 푹 젖은 천 조각과 실타래, 각종 흙. 그러나 화분에 심은 것은 모조리 말라 꼬부라졌고 값진 유리로 만든 것들은 전부 부서져 있었다.

마법사였고 이름이 '애니'였다는 그가 무슨 실험을 했는지는 중요하지 않았다. 마법사가 직접 설명을 해주었다 해도 어차피 알아듣지 못했을 것이다. 막시민은 이자가 인형을 만든 자이며, 따라서 본체를 갖고 있었으리라고 추측했다. 이곳까지 온 이유였던 본체, 그걸 부수지 못했으니 목적은 달성된 것이 아니었다. 조슈아가 자리를 되찾았다 해도, 인형을 손에 넣었다 해도.

그리고 테오가 사라졌다 해도.

자기 방에 쓰러져 있는 테오가 발견된 것은 그들이 성에 도착한 날 늦은 오후였다. 그전에는 누구 할 것 없이 조슈아에게 정신이 쏠려 나타나지 않는 테오는 아무도 떠올리지 못했다. 하인이나 시종은 물론이고 심지어 막시민조차 테오가 도망치기 전에 붙잡아야 한다는 사실을 잊고 있었다. 사경을 헤매는 조슈아 곁에 있자니 아무 생각도 나지 않았다.

테오는 의자에서 몸을 일으키다가 숨이 끊어진 듯했다. 테이블을 껴안다시피 하며 쓰러진 모습이 그랬다. 바닥에는 잔

두 개가 나뒹굴고 있었다. 술병도 가까이 놓여 있었다. 술이 남은 양을 보면 고작 두 잔 남짓 따른 듯했다. 잔 속에 남았을 술은 모두 양탄자가 빨아들였기 때문에 독이 있었는지 아닌지는 알아낼 수 없었다. 남은 술에는 적어도 독이 없었다.

잔이 두 개인 것으로 보아 누군가가 함께 있었을 텐데 누구인지 알 길이 없었다. 그날은 다들 경황이 없어서 테오의 방에 낯선 자가 들어갔더라도 기억할 사람이 없었다. 테오에게는 개인 비서가 한 명 있었다고 하는데 그자 역시 간 곳이 없었다.

사람들은 자살이 아니겠냐고 했다. 그럴 법했다. 조슈아가 돌아왔으니, 이렇게 죽지 않았더라도 테오의 음모는 끝이 났다. 인형의 존재가 드러난 이상 변명의 여지는 없었을 것이다.

그러나 막시민은 그렇게 생각할 수가 없었다.

그날 누군가가 인형을 조종한 것은 분명했다. 아르닙 공작은 인형과 대화하다가 태도가 조금 이상해진다 싶었을 때 갑자기 조슈아가 나타나 자신을 밀쳤다고 했다. 기척조차 없이 눈 깜짝할 사이에 나타나는 바람에 미리 들어와 있었나 착각이 들었을 정도라 했다. 다음 순간 인형은 단도를 빼어 조슈아의 가슴을 찔렀다. 순식간에 벌어진 일이었다. 노련한 무인인 공작조차 가로막을 기회를 잡지 못했을 정도로.

인형이 본래 찌르려고 한 사람이 조슈아였을까? 그럴 리 없다. 인형이 그 자리에서 조슈아를 만나게 되리라고 예상했을 리 없다. 몰랐는데 단도를 준비했다는 것은 이상하다. 막시민은 인형이 본래 찌르려던 사람은 다른 사람, 다시 말해 공작이 아니었을까 추리해보았다. 그러나 그 말을 공작에게 하지는 않았다.

자신의 추리를 믿는다면 테오는 '애니'라는 마법사를 통해 인형을 조종해서 공작을 죽이려 한 셈이 된다. 그 계획은 상당한 의미가 있었을 것이다. 겉보기에 그 사건은 소공작이 아버지인 공작을 죽인 모양새가 되었을 테고, 그렇게 되면 패륜아로 낙인찍힌 소공작도 파멸하는 것은 자명한 수순이었다. 공작과 소공작이 사라져버리고 나면 아르님 가문을 차지할 사람은 누구일까? 아르님 핏줄을 이은 테오의 아들밖에 없다.

완벽한 무대가 마련되어 조종당한 인형이 공작을 찌르려는 순간 조슈아가 뛰어들어 막았고, 자신과 똑같은 얼굴을 본 인형이 공황 상태가 되어 조슈아를 찔렀다. 이것이 막시민이 생각하는 사건의 전말이었다. 결과적으로 굳이 그날 새벽에 들어갔기 때문에 조슈아는 아버지를 살린 셈이 되었다. 그러나 자신은 구해내지 못했으니 칭찬은 못 하겠다고 생각했다. 절대로 그러진 않을 테다. 목숨을 함부로 내던지지 말라고 그토록 말했는데.

조슈아가 순식간에 나타났다는 공작의 설명은 조슈아가 짧은 강령을 이용해서 빠르게 움직여 공작을 보호했기 때문일 것이다. 얼마 전부터 조슈아는 그런 일을 할 수 있게 되었다. 해전에서 샐러리맨이 나타났을 때 할아버지를 구한 것도 같은 방법이었다. 집중하는 순간이 필요해서 자유자재로 쓰긴 어렵고 잠깐밖에 유지되지 않는다고 했지만. 조슈아 말로는 페리윙클에서 어느 소녀에게 배웠다고 했다.

이런 계획을 세운 테오가 어째서 자살을 했을까? 진짜 조슈아가 나타났기 때문에? 공작 암살이 실패했음을 알아서? 그럴 리 없다. 사람들이 우왕좌왕하는 오전 내내 테오는 달아날 시간이 충분히 있었다. 아무도 그를 찾으려고도, 잡으려고도 하지 않았다. 그 증거로 애니라는 마법사는 사라지지 않았는가? 또 비서도 달아나버렸다. 그런데 왜 테오만이 도망치지 않고 죽었을까?

추리는 여기서 막혔다. 정보가 부족했다. 인형을 만든 자가 테오라는 사실을 듣고 나서 공작을 비롯한 사람들은 어쨌든 테오가 죽은 걸로 만사가 잘됐다고 여기는 눈치였다. 막시민은 그럴 수 없었다. 테오가 죽은 것과 연관이 있든 없든 마법사는 달아났고 본체 또한 사라졌다. 그리고 또 하나, 아나로즈가 부탁한 무구의 조각 역시 찾지 못했다.

테오가 죽은 이상 모든 일의 열쇠를 쥔 자는 마법사 '애니'일 수밖에 없었다. 히스파니에와 아르님 공작은 각자 심복들에게 수색을 명령해놓았다. 그날 아침 인형을 조종하던 순간까지 비취반지 성에 있었을 테니 어렵지 않게 뒤쫓을 줄 알았는데, 예상과 달리 마법사의 행방은 지금껏 묘연했다. 다른 동료가 있어 숨겨주기라도 한 것일까. 그렇지 않고서야 이렇듯 흔적 없이 사라질 수가 있을까.

"이 먼지 자국 속에 놓여 있었을 관이 본체였겠죠. 그런데 마법사란 자는 인형은 내버려두고 본체만 가져가버렸단 말이죠."

"그 결과 인형이 깨어나지 못하게 되지 않았느냐."

인형은 여전히 다른 침실에서 잠들어 있었다. 공작부인 외에는 돌아봐주는 사람 하나 없이.

"듣기로 본체와 인형이 멀어지면 연결이 약해진다고 하더란 말이죠. 본체를 놔뒀어도 우리가 얌전히 보관해주진 않았겠지만, 인형과 떨어뜨려놓는 것도 결과적으로 마찬가지일지도 모르는데. 인형을 데려갈 수 없는 상황이었다 치더라도 본체를 가져가버리다니. 마법사는 자기가 만든 인형에 애착도 없었던 걸까."

"저대로 인형이 깨어나지 못하리라고 생각하느냐?"

"마법이야 잘 모르지만 본체가 돌아오지 않는 한은 그렇지 않을까요."

히스파니에는 동의의 뜻으로 고개를 끄덕였다. 막시민은 한숨을 쉬고 발끝으로 분필 자국을 문지르다가 천장을 올려다

보았다. 낡아빠진 서까래가 곧 떨어지기라도 할 모양새였다.

"조슈아 자식은…… 먼저 저택에 들어가서 대체 뭘 했을까요."

히스파니에는 이미 다 조사해본 잡동사니 더미를 괜스레 뒤적이다가 돌아서서 문을 열어놓았다. 막시민은 문밖을 멍하니 바라봤다. 햇살은 적당하고, 숲은 산책하기 좋았다. 정말로 아름다운 성이었다. 빌어먹을 멋진 날씨였다.

"어머니한테 가서 사실을 다 밝히겠다더니, 리체와 내가 갑자기 나타나는 것보다 혼자 가는 게 나을 거라고 하더니, 다른 곳도 아니고 자기집이니까, 그게 당연할 거라고 생각했는데, 대체 무슨 짓을 하다가 저런 꼴이나 보여주고……."

히스파니에는 대답하지 않았다.

지루하게 긴 8월 24일이었다.

한번 만나보려면 반년 전에 예약해야 한다는 소문으로 유명한 의사 루이제 스트롬이 불려온 날은 8월 25일이었다.

아침부터 비가 부슬부슬 내렸다. 공작이 보내준 마차 안에서 스트롬은 한마디도 하지 않고 창밖만 보았다. 함께 앉았던 공작의 비서 헤슬이 침묵이 불편한 나머지 날씨 얘기를 몇 마디 건넸지만 고갯짓으로 겨우 답했을 정도였다.

마차가 성 앞에 섰다. 입구에는 시종들과 더불어 히스파니에가 나와 있었다. 줄곧 쌀쌀맞던 스트롬은 마차에서 내리자 마자 그를 껴안고 비주를 세 번 나누었다.

"루이제, 어려운 걸음 했어."

"히스파니에 님이 아니었으면 오지도 않았어요."

"알고 있어. 잘 와줬어."

루이제 스트롬은 마흔을 넘긴 자그마한 체구의 여자였다. 장식 없는 검은 튜닉을 걸치고 머리를 짧게 깎은 겉모습만으로는 특별함을 찾아보기 힘들었다. 마법과 의술을 동시에 사용해서 못 고치는 환자가 없다던 그녀가 갑작스레 콧대로 악명이 높아진 지 네댓 해쯤 되었다. 대부분의 사람들은 몸값 높여보려고 저런다고 욕을 했지만 히스파니에처럼 가까운 이들은 이유를 알고 있었다.

스트롬은 곧 조슈아의 침실로 안내되었다. 침실 앞에서 그녀는 공작을 만났지만 결례가 되지 않을 정도의 예만 갖췄다. 공작은 사전에 이야기를 들은지라 개의치 않고 문을 열어주도록 했다.

조슈아는 침대에 누워 있었다.

지난 사흘 동안 왕궁에서 보내온 시의를 비롯해서 수십 명의 의사가 왔다가 떠났다. 올 때는 어떻게든 차도를 보이려 애쓰던 그들 모두가 떠나며 같은 말을 했다. 의미 없는 말뿐이었다. 모두 떠나자 잠든 것처럼 눈을 감은 소공작만이 남았다. 푸른 기 도는 창백한 얼굴로, 여전한 보랏빛 입술을 하고서.

"상처를 봅시다."

시종이 조심스럽게 이불을 젖혔다. 조슈아의 상체는 맨몸이었다. 가슴 중앙에서 왼쪽 아래에 손가락 두 마디가량 되는 상처가 있었다. 폭이 넓은 단도로 찌른 자국이었다.

상처를 바라보던 스트롬이 고개를 들었다.

"얼마나 깊이 찔렸죠?"

침대 맞은편에 앉아 있던 소년이 손가락을 벌려 한 뼘 조금 안 되는 길이를 만들어 보였다. 스트롬은 그 소년을 보더니 불쑥 말했다.

"안경을 썼네."

그러더니 자기도 안경을 꺼내어 썼다. 막시민은 당혹스러운 표정이 되었다.

"관통상은 아니고?"

히스파니에가 대답했다.

"비스듬히 들어갔지."

"갈비뼈 부러졌고?"

"그래."

"그대로 사흘이랬죠?"

스트롬은 조슈아의 몸에 손을 댈 생각도 하지 않고 잘라 말했다.

"죽었어야 되네."

막시민은 의사를 한 대 갈겨주고 싶은 것을 눌러 참으며 말했다.

"그래, 그런데 왜 살아 있는지 궁금해서 부른 거잖아."

"그 말 맞네. 왜 살아 있지?"

리체가 막시민의 소매를 붙들었다. 스트롬은 냉담하게 팔짱을 끼며 히스파니에를 올려다보았다.

"지혈은 어떻게 된 거죠? 쉽사리 지혈이 될 상처가 아닌데."

"어느 순간 저절로 멈췄네."

스트롬은 조슈아의 상처를 다시 보았다. 한참 동안 그러고 있다가 이윽고 턱을 괴었다. 본래 작은 체구가 점점 의자에 묻혀 들어갔다. 그 모습을 보던 히스파니에는 손을 내저어 다른 사람들을 물러가게 했다. 이윽고 침대 곁에는 히스파니에와 막시민, 리체, 그리고 아르님 공작만이 남았다.

그러는 동안 한마디도 않던 스트롬이 그 자세 그대로 불쑥 말했다.

"나쁜 영감님 같으니. 이런 줄 알고 일부러 나 불렀죠?"

"그래."

"나 아직 제대로 못 하는데. 몇 년은 더 해야 돼요."

"어차피 너 말고 할 줄 아는 사람도 없다."

"아니에요. 더 잘하는 사람 있는데. 불러올 방법이 없을 뿐이지."

그러더니 주위를 둘러보고 불평했다.

"사람이 몇이야. 너무 많은 것 아니에요?"

"여기서 너 하는 것 보고 배울 만한 사람은 아무도 없어."

"글쎄. 저 안경 쓴 녀석 똑똑해 보이는데."

막시민의 표정이 뜨악해졌고 히스파니에가 소리 없이 웃음을 터뜨렸다.

"그런 녀석 아니니 걱정 말아라."

스트롬은 고개를 끄덕거렸다.

"보기보다 멍청하단 말이군요."

"……."

평소 같으면 가만히 있을 리 없건만 막시민은 입을 다물었다. 사흘 동안 제대로 잠을 자지 못해 막시민의 상태도 말이 아니었다.

스트롬은 자리에서 일어났다. 눈을 감고 잠시 서 있었다. 주위 사람이 지루해질 정도의 시간이 흐르고 눈을 뜬 그녀는 조슈아의 오른손을 두 손으로 감싸쥐었다. 그런 채로 침대 아래 바닥에 무릎을 꿇고 앉았다. 앉은키가 작아 조슈아의 손이 침대 아래까지 내려왔다.

"이제부터 조용히 해주세요."

스트롬은 눈을 감고 조슈아의 손에 이마를 댄 채 기도를 하 듯 고개를 숙였다. 오랫동안 미동조차 없었다.

조금 열어놓은 창밖에서 빗소리가 자작자작 울렸다. 한결 서늘해진 바람이 새어 들어왔다.

갈비뼈가 부러졌을 정도의 치명상, 반시간이 넘는 출혈, 청색증, 느리게 뛰던 맥박과 떨어진 체온, 어느 모로 보나 몇 시간 안에 숨이 끊어졌어야 할 조슈아가 살아 있다. 사흘 동 안 그 상태 그대로 오직 혼수상태에 빠져서. 다녀간 모든 의 사들이 말했듯 그런 상태로 살아 있기란 불가능했다. 마치 조 슈아의 몸속에서만 시간이 멈춘 것 같았다. 끊어지려는 생명 줄을 누군가가 움켜쥐고 놓아주지 않는 것만 같았다.

잠든 듯 깨어나지 않는 조슈아의 얼굴은 곧 무대에 서기 위 해 특별한 분장을 한 것처럼 보였다. 〈일 드 모르비앙의 결혼 식〉에서 시체의 빛깔을 눈가에 칠했던 것처럼. 청색증으로 파르스름해진 목과 대조적으로 창백한 눈꺼풀을 하고, 불러 도 듣지 않고 손을 잡아도 깨지 않았다. 혼자만이 노래하고, 연기하고, 단 한 명의 관객도 필요 없는 무대에 빠져 돌아오 지 않았다.

빗소리가 차츰 잦아들 즈음이었다.

"아!"

스트롬이 눈을 번쩍 떴다. 동시에 잡고 있던 조슈아의 손을 툭 떨어뜨렸다. 히스파니에가 물었다.

"왜 그러나?"

스트롬은 얼굴이 창백해져서 대꾸 없이 멍해져 있었다. 이마에서 땀이 비 오듯 흘렀다. 답답해죽을 지경이 된 막시민이 어깨를 잡아 흔들고 싶은 것을 겨우 참으며 간절한 시선을 보냈다. 이윽고 스트롬이 고개를 한차례 흔들며 한숨을 토했다.

"아…… 이거 힘들겠는데……."

"힘들다니?"

"힘들다니요?"

막시민과 리체가 동시에 반문을 쏟아냈다. 스트롬은 천장을 보고 있다가 겨우 표정을 되찾았다. 그러더니 눈을 홉뜨며 히스파니에를 홱 돌아보았다.

"왜 말 안 했어요?"

"무얼?"

"소공작이 영매란 거! 이거 보통이 아니잖아. 꽉 막혀 있다고요. 미리 말을 했어야 할 것 아니에요."

격한 어조는 아니었지만 또박또박 나오는 말에서 흥분이 묻어났다. 히스파니에 대신 막시민이 말했다.

"그래, 그 자식 영매 맞는데 그게 무슨 상관이야?"

"그것도 모르고 소공작의 정신에 직접 '소통'을 시도했단 말이다. 그래, 비유하자면 문이 열려 있을 줄 알고 바로 들어가려고 하다가 꽉 닫아 걸린 쇠문에 쾅, 하고 부딪힌 거라고. 젠장, 머리 깨지는 줄 알았잖아."

"대체 뭐가 막고 있다는 거야?"

'소통'이 무엇인지도 몰랐지만, 그렇게 물을 수밖에 없었다. 스트롬의 목소리가 높아졌다.

"뭐긴 뭐야, 유령들이지!"

막시민과 리체는 당황해서 얼굴을 마주보았다. 히스파니에가 그들을 보았다.

"조슈아가 영매가 맞느냐?"

막시민이 고개를 끄덕이고 리체가 덧붙였다.

"네, 강령도 몇 번이나 했었어요."

"강령이라고? 확실한 거냐? 어떤 식이었지?"

리체는 머뭇거리다가 말을 이었다.

"그게…… 제일 심각했을 때 기준으로 구십 몇 명이더라……."

스트롬은 눈이 튀어나올 것 같은 표정이 되었다.

"구십? 맙소사."

막시민이 말을 받았다.

"구십 몇인가 들어왔을 때 심령 폭풍인가 뭔가를 일으켜서 사방 백여 걸음 이내의 사람들을 다 날려버렸어."

"맞다, 유령의 힘을 빌려서 저를 치료한 적도 있어요."

"강력한 유령한테 얼마간 의식을 뺏기기까지 했고."

"늘 쫓아다니는 숫자만 해도 수십은 될걸요. 막시민, 그 약속 어쩌고 사람들이라던가, 몇 명이었지?"

"내가 어떻게 알아."

"참, 그리고 붙박이로 쫓아다니는 유령도 있어요. 우리하고도 얘기하고 그랬는데. 그것도 자주."

"대화만 했냐. 직접 보기까지 했잖냐."

"아참, 유령선에서 만나봤지."

둘 사이에 오가는 이야기를 듣고 있던 히스파니에와 스트롬은 점차 벌어지는 입을 다물지 못했다.

"이거, 이렇게 위험한 곳에 부르다니 히스파니에 영감님 아주, 아주 나쁘시네. 솔직히 조금 전에 소공작의 의식 세계에 나가지 말려들 뻔해서 이만저만 놀란 게 아니에요. 소공작은 강력한 영매여서 유령들을 꽉 끌어 잡고 있는데 소통을 통해 내 정신이 비집고 들어가려 하니까 나까지 끌어당겼단 말이에요. 아까 내가 뿌리치고 나오지 못했으면 어떻게 되는 줄 알아요?"

리체가 눈을 동그랗게 뜨고 물었다.

"어떻게 되는데요?"

"산 채로 유령이 돼버려. 내 몸은 혼 빠진 시체가 되고. 즉석에서 영육분리靈肉分離를 시켜주시는 셈이지. 소공작은 완전

괴물이야. 산 사람의 혼까지 빨아들여 삼킨다고."

줄곧 말이 없던 아르님 공작이 입을 열었다.

"이 아이 뒤에 유령이 따르는 것은 사실이오. 알다시피 그 아이는 데모닉이고, 따라서 이 세상에서 가장 강한 영매일 거요."

아르님 공작이 친인 외의 사람 앞에서 조슈아를 '데모닉'이라고 말하는 것은 처음 있는 일이었다.

"그런 힘이 조슈아의 정신을 끊임없이 위협하고 있으니 나는 늘 불안하게 여겼소. 그 아이가 유령과 대화하는 것을 볼 때마다 마음이 불편했소이다. 내 기색을 알고 조슈아는 점차 내게 그런 모습을 보이지 않게 되었지. 지금 두 사람의 이야기를 들으니 그렇게 숨겼던 힘이 자라나 어디까지 갔는지 잘 알 수가 있었소. 하지만……."

공작의 얼굴에 고통이 나타났다.

"내 생각에는 지금 조슈아가 살아 있는 까닭이 오히려 유령들 덕택이 아닐까 싶소. 유령들이 죽어야 할 그 아이의 몸을 억지로 붙들고 있는 것이 아닐까. 강력한 영매인 조슈아를 잃고 싶지 않은 그들이 조슈아가 편히 죽도록 내버려두지 않는 것이 아닐까."

막시민은 무례함도 잊고 저도 모르게 내뱉었다.

"편히 죽다니, 그건 맞지 않다고 봅니다. 편한 죽음 따위 있을 리가 없습니다."

아르님 공작은 막시민을 보았다. 화를 내지는 않았다.

"그러면 너는 조슈아가 저대로 영영 살아도 좋다고 여기느냐?"

"그건……."

스트롬이 말을 막았다.

"그 이야기는 끝날 수 없는 논쟁입니다. 저와 같이 영혼의 상처를 다루려는 의사들 사이에서 끊임없이 갑론을박이 오가는 문제죠. 영혼이 아픈 사람들 가운데는 몸은 건강한 경우가 많이 있어요. 그런 이들에게 소위 '편한 죽음'을 주는 것이 옳은지, 살릴 수 있는 한 살리는 것이 도리이자 예의인지, 결론이 나지 않는 이야기죠."

막시민이 고개를 돌려 스트롬을 보았다. 분노와 슬픔과 피로가 뒤범벅된 얼굴이었다.

"그래, 당신 의사 아니었어? 영혼을 다룬다고? 그런 건 상관없어. 어째서 소통이니 뭐니 이상한 것만 한다고 그러는 거야? 대체 살려낼 수가 있는 거야, 없는 거야? 이러다가 죽어버리는 거야, 아니면 이대로 영영 살게 되는 거야? 대답 좀 해봐. 답답해서 내가 숨이 넘어갈 지경이야. 이 자식이 자기가 죽는 걸 별로 심각하게 생각 안 한다는 건 알아. 하지만 난 절대로 그렇게 생각할 수가 없단 말이야!"

"살려내는 건 내가 아냐."

스트롬의 눈은 차분했다.

"그럼 유령들한테 맡기자고?"

"유령들이 소공작을 살려놓고 있다는 공작 각하의 말씀은 옳아."

스트롬은 아르님 공작을 바라보았다.

"소공작의 상세는 사흘 전, 상처에서 피가 멎는 것과 함께 진행을 멈췄습니다. 계속됐더라면 약 반시간 안에 숨이 끊어졌겠죠. 이미 모든 신호가 죽음을 가리키고 있습니다. 쇼크도 시작됐고요. 이 상태로 사흘이나 살아 있을 수 있는 사람은 이 세상에 없습니다."

스트롬은 소공작을 진찰했다고 하기 어려웠다. 맥박 한번 재지 않았다. 그런데도 술술 말이 이어졌다.

"사람이 죽으려면 몸의 각 기관이 움직임을 멈춰야 합니다. 그런데 지금 손상된 장기를 비롯해서 모든 곳이 억지로 돌아가는 중입니다. 누군가가, 다시 말해 유령들이 소공작의 몸을 대신 움직이고 있는 겁니다. 다만 소공작의 강력한 의식만은 그들의 힘으로 되살릴 수 없기에 깨어나지 않는 것입니다. 그러나 잠든 의식으로도 이만한 유령들의 존재를 받아들일 수가 있는 소공작입니다."

"그러면 대체 어떻게 해야 해요?"

리체가 물었다. 스트롬은 조슈아의 얼굴을 다시 내려다보며 말했다.

"의식이 깨어나야 해."

"그것만으로 돼요? 몸은 이미……."

"확실하지는 않지만, 어쩌면 이대로 치유가 될지도 몰라. 어떻게든 장기들이 제 기능을 하고 있다는 건 자가 치유 기능도 돌아간다는 뜻이니까."

막시민은 벌떡 일어나려다가 말고 물었다.

"그 말, 정말이겠지?"

"다그치지 마, 보기보다 멍청하다는 친구. 난 가장 낙관적인 결말을 얘기한 거니까."

스트롬은 안경을 올리며 막시민과 눈을 마주치더니 알 듯 말 듯한 미소를 지었다.

"하지만 거짓말은 안 했어."

리체가 기쁜 나머지 저도 모르게 소리를 질렀다.

"켈스, 고마워요!"

다들 같은 심정이었던 까닭에 켈스가 누구냐고 묻는 사람은 없었다. 아르님 공작이 급히 물었다.

"의식만 깨어나면 된다는 뜻이오?"

"긴 시간이 걸리겠지만, 따지고 보면 그렇습니다. 그런데 그게 어쩌면 제일 어려운 일이 될지도 모르겠는데요."

스트롬은 안경을 벗어서 집어넣었다.

"전 처음엔 소공작의 의식을 직접 건드려 잠을 깨우려 했습니다. 하지만 유령들이 겹겹이 싸고 있어서 그게 불가능하다는 걸 알았죠. 얼마 동안은 유령들이 일하도록 내버려두는 쪽이 나을 겁니다. 몸의 회복 상태를 수시로 관찰하도록 하고요. 어쩌면 몇 달, 또는 몇 년이 걸릴지도 모릅니다. 죽을 사람이 살아나는 건데 그 정도는 걸리는 거죠. 그런 식으로 몸이 회복이 된 다음에⋯⋯."

스트롬의 눈이 다시 막시민을 향했다.

"너, 소공작의 친구지?"

막시민도 안경을 벗어 닦으며 말했다.

"그럼 원수겠냐고."

"자, 난 소공작과 아는 사이가 아냐. 오늘 처음 봤다고. 당연히 소공작의 영혼은 나를 알지 못해. 소통을 통해 억지로 비집고 들어갈 수는 있지만 모르는 사람이니 대화하려 하지 않겠지. 그래, 핵심은 대화야. 소공작의 영혼이 깨어나려면 대화를 이끌어내야 해. 다시 말해 계속해서 말을 걸어야 해. 아는 사람이. 가족이나 친구가."

리체가 물었다.

"아무 말이나 해요?"

"아무 말이나 할 수도 있지만 소공작이 대답하고 싶어질 만한 화제라면 더 좋겠지. 화가 나게 해보는 건 어때? 아니라고 당장 외치고 싶어질 만한 이야기라든가."

스트롬은 자리에서 일어났다. 그리고 말없이 듣고만 있던 히스파니에를 향해 말했다.

"자, 영감님. 숙제를 내겠어요. 소공작의 몸이 일정 이상 회복되거든 이 자리에 모인 사람들이 정해놓고 하루에 몇 시간씩 말을 걸도록 해요. 여기 남아 계신 분들이 소공작에게 가장 가까운 사람들이 틀림없을 테니까. 미리 말해두지만, 쳐다보고 있는 것만으로는 안 됩니다. 말을 걸라고요! 참, 그리고 육신의 회복은 저절로 될 때까지 의술로 거들지 않는 쪽이 좋아요. 유령들의 마음이란 알 수 없는 거니까. 그들이 일하지 않고 떠나버리면, 소공작은 그 순간 죽는 겁니다."

스트롬은 막시민과 리체, 아르님 공작, 히스파니에의 얼굴을 차례로 훑어보았다. 그리고 그들의 얼굴에 나타난 표정에 만족한 듯 덧붙였다.

"아니지. 반시간쯤 걸리겠네요."

감춘 자, 찾으려는 자

내가 감춘 편지 속에

진심을 적어두었어

그 편지를 읽어줘

찾기 쉽진 않을 거야

마치 한낮의 별처럼

밤의 검은 오솔길처럼

언젠가 편지를 찾거든

아주 천천히 읽어줘

우리가 만난 날로부터

오늘 헤어지기까지

내가 하고 싶었던 말들

하고 싶지 않았던 말들

모두 적어 접어놓았어

풀로 봉하지도 않았어

자물쇠를 걸지도 않았어

그저 옷깃으로 감추어

네 심장과 함께 두었어.

11월 첫날, 아침부터 첫눈이 내렸다.

무심코 창을 열었다가 눈을 본 이엔은 묘한 기분으로 고개를 젖혔다. 올려다보니 눈은 빙글빙글 돌며 내리고 있었다.

"에취!"

코에 눈이 들어갔는지 재채기가 나왔다. 창가에서 물러서며 덧창을 닫을까 하다가 잠시 내버려두었다. 책 몇 권을 챙겨 내려갈 준비를 했다. 그동안 창틀에는 눈이 한 켜 쌓이고 있었다.

식당으로 내려와보니 먼저 온 아이들의 머리가 다들 조금씩 젖어 있었다. 눈을 맞으러 나갔던 것이리라. 이엔은 조금 우울해졌다. 이런 날 같이 산책하자고 끌고 나갈 친구들은 그녀의 곁에서 사라져버렸다. 늦여름과 함께.

감상적인 기분에 이끌려 섭섭해할 문제가 아니란 것쯤은 알고 있었다. 하지만 란지에도 하일저도 없는 교정은 쓸쓸했다. 란지에가 떠나며 그녀에게 맡긴 민중의 벗 학생들이 남아 있었지만 오랫동안 어울렸던 친구들에 비할 수는 없었다.

이엔도 곧 졸업하게 된다. 뒷일을 맡길 사람은 정해두었다. 어쩐지 홀가분하다는 기분마저 들었다. 란지에가 안다면 잔소리를 할지도 모른다. 하지만 대답할 말은 준비해놨다. 여름에 떠나놓고 겨울이 되도록 편지 한 통 보내주지 않은 주제에 무슨 할말이 있냐!

"이엔 선배, 같이 앉아도 되죠?"

생각을 읽기라도 한 것처럼 나타난 후배의 미소 띤 얼굴에 이엔도 어색한 미소를 지었다. 귀족 학생들의 자리에 함께 앉을 수 있는 유일한 후배, 리어리드 남작의 아들인 패트릭이다. 이엔이 떠난 뒤 그로메 학교의 민중의 벗 학생들을 이끌어 갈 사람이기도 했다.

"앉아."

잠시 후 음식이 날려져 왔다. 시중을 드는 하인과 따로 조리되어 나오는 질 좋은 식사도 귀족 학생들만의 특권이었다.

"네 친구들은 어쩌고?"

"저쪽에요."

패트릭은 아버지부터가 민중의 벗에 줄을 대고 있어서 자

감춘 자, 찾으려는 자

연스럽게 합류한 경우였다. 성미가 쾌활한 편인 그는 민중의 벗과 관계없는 친구들도 많았다. 그들에게 자기 정체를 들키지 않고 요령껏 어울리는 데도 능숙했다. 란지에도 패트릭의 이런 처세에 감탄한 일이 있었다.

"싸웠니?"

"아뇨. 선배랑 얘기나 할까 하고요."

"애들 괜히 오해해."

"선배가 남자애들한테 관심 없는 건 전교생이 다 알아요."

패트릭이 짓궂은 미소를 입가에 올렸다.

"그거 말고."

"백작 가문에 줄 대려고 저런다는 소문요? 걱정 마세요. 저희 아버지, 일찌감치 선배 아버님 눈 밖에 났잖아요. 워낙 낚시나 좋아하는 한량이시라서. 요샌 또 폴로에 빠지셨다던데."

"생각이 있으시겠지."

둘 다 리어리드 남작이 왜 그러는지 알고 있었으나 듣는 사람이 있는 곳에서 말할 생각은 없었다.

"우울하신 것 같더라고요."

패트릭이 불쑥 한 말에 이엔은 문득 자기 얼굴을 생각했다. 어떤 표정을 짓고 있었을까.

"눈도 오는데."

"눈이 뭘."

마음에 없는 소리가 나왔다. 패트릭이 씩 웃었다.

"학교 그만둔 선배님들 생각이 나시나 봐요."

"얘가 왜 남의 마음은 넘겨짚고 난리야."

입맛도 없어 포크로 완두콩을 찍는 일에 열중하고 있는데 식사를 다 한 패트릭이 일어나며 말했다.

"졸업하시더라도 가끔은 학교에 나오세요."

"응."

건성 대답하는데 바로 대꾸가 날아왔다.

"누구처럼 소식도 없어서 신경쓰이게 하시지 말고요."

"이 녀석이……."

패트릭은 재빨리 도망쳐 가버렸다. 이엔은 자기 접시를 내려다보았다. 찍다 못해 뭉그러진 완두콩 옆에 음식이 절반 가까이 남아 있었다. 딴생각에 줄곧 잠겨 있었구나 싶었다. 맞은편에 사람을 두고도.

오후 수업을 듣고 기숙사로 돌아오는데 하인이 소포 하나와 손님 한 분이 와 있다고 말해주었다. 갑자기 가슴이 뛰었다. 서둘러 계단을 올라가 문을 밀고 들어갔다.

"아마란스 양, 안녕하세요."

실비엣 드 아르장송이었다. 스스로 의식할 수 있을 정도로 어깨에 힘이 빠졌다. 목소리도 그리 친절하게 나오지 않았다.

"웬일이에요."

책상 위에 책을 대충 던지고 기지개를 켜며 차 테이블로 갔다. 맞은편에 앉아 기다리고 있는 실비엣은 언제나 그렇듯 단정한 숙녀의 모습이었다. 오늘은 은회색 담비 털로 만든 모자에 숄을 두르고 왔다. 무척 비싼 것일 텐데, 아르장송 자작가에 저런 것을 간단히 살 만한 돈이 있던가 하고 무심히 생각했다.

"올 때마다 이렇게 냉대하시면 이런 겨울날 먼 곳까지 걸음하는 제 마음도 추워진답니다."

오지 않으면 될 것 아니냐고 대꾸하고 싶었지만 참았다.

"미안해요. 수업이 지루해서 짜증이 났었어요."

"이해해요. 공부는 정말 힘들겠어요. 전 엄두도 못 내는데."

늘 그렇듯 쉽게도 다정스러운 말이 나온다. 이러니 그만 와줬으면 좋겠다는 이야기를 대놓고 하기도 어렵다.

"날 공부시키러 왔으면서 그런 말 하면 어떡해요."

이엔의 말대로였다. 실비엣은 아마란스 백작부인의 부탁으로 이엔에게 사교계의 소문과 인맥, 예의범절에 관해 이야기하러 오는 것이었다. 그런 것에 조금도 관심이 없는 이엔으로서는 수업보다 지루한 공부일 수밖에 없었다.

"조금만 흥미를 가지시면 공부는커녕 여흥거리에 불과한 이야기랍니다."

"노력해볼게요."

어머니한테 들어갈 이야기가 신경 쓰일 수밖에 없는 이엔은 그렇게 말했다.

하인이 다과를 내어오고, 반시간가량 지루한 사교계 이야기가 이어졌다. 이엔이 그나마 졸지 않는 건 이런 소문도 알아놓으면 나중에 민중의 벗에서 하는 일에 보탬이 되리라는 생각 때문이었다. 그렇게 흘러가던 이야기가 아르님 소공작에 이르자 이엔은 문득 긴장했다.

"아직도 잠든 채 그대로라고 해요. 과연 깨어날 수나 있는지 모르겠어요."

실비엣이 전해준 대로라면 귀족들은 조슈아가 두 명이 되었다는 이야기를 모르는 듯했다. 하인 등을 통해 소문이 쉽게 퍼질 법한데도 이런 상태인 것을 보면 역시 믿어지기에는 너무 황당한 이야기였던 모양이었다.

"만일 소공작이 깨어나지 못한다면 공작 가문은 누가 물려받게 되는지 호사가들의 논쟁이 자못 심하답니다. 요즘은 어딜 가든 꼭 한 번은 나오는 관심사지요. 돌아가신 따님의 아드님이 있지만, 사위가 석연치 않은 이유로 자살을 한 터라 후계잣감으로 보는 사람은 드물어요. 이런 까닭에 새삼 방계 혈족에게까지 이야기가 뻗어나가는 중이지요."

이엔이 대꾸했다.

"거참 곤란하겠네요."

실비엣은 고개를 끄덕이고 문제의 방계 혈족들에 대한 이야기를 해나갔다. 현재 상태로는 누가 승계 순위가 높고, 누가 성실해서 평판이 좋으며, 또 다른 누가 요즘 들어 방탕한 생활을 접고 태도가 달라졌다는 이야기들을.

이엔의 머릿속에는 다른 생각이 꼬리를 물었다. 나이트워크를 통해 입수한 정보에 따르면 조슈아 폰 아르님을 찌른 사람은 문제의 복제 인형이었다. 그날은 모로가 공작을 도모하기로 했다는 날이기도 했다. 란지에와 이엔이 망명의회의 지령을 받아 세웠던 계획의 내용을 돌이켜볼 때, 현재 소공작의 상태에 이엔도 책임이 없다고 보긴 어려웠다.

본래 이보다 더한 상태를 염두에 두었던 것인데도, 이엔은 조슈아의 소문에 약간 가책을 느꼈다. 눈이 와서 마음이 싱숭생숭해진 탓일지도 모른다.

다른 생각을 하다 보니 어느새 실비엣이 이야기를 맺는 중이었다.

"그럼 아마란스 양, 다음번에 또 찾아뵙게 되길 바랍니다."

"네, 고마워요."

실비엣은 나무랄 데 없는 태도로 인사를 하고 떠났다. 이엔은 긴장이 풀어져서 의자에 잠시 늘어졌다. 오늘은 어쩐지 피곤했다.

한참을 그러고 있다가 몸을 일으켰다. 이제 이엔에게도 재미있는 일이 일어나도 좋을 시각이었다. 하루 종일 따분한 일 뿐이었으니까. 무얼 할까, 생각을 하다가 소포가 왔다는 데 생각이 미쳤다. 벌떡 일어나 두리번거리자 입구 옆에 비스듬히 세워놓은 납작하고 네모진 물건이 눈에 띄었다. 그림일까?

끈을 끄르려다 보니 이미 포장 한쪽이 찢어져 너덜거렸다. 운반하다가 하인이 실수를 저지른 모양이었다. 그런 일을 일일이 책하는 성격이 아니었으므로 무시하고 포장을 벗겼다.

나온 것은 예상대로 네모진 틀에 붙인 그림이었다. 그림을 본 이엔은 종일 우울했던 기분이 확 날아가는 것을 느꼈다. 저절로 탄성이 나왔다.

"와아!"

그림 속에는 금빛 머리의 아리따운 소녀가 어설픈 미소를 머금고 있었다. 이엔은 그 미소의 가치를 알았다. 얼마나 보기 힘든 것인지. 파리한 뺨에도 홍조가 감돌았다. 가느다란 목과 어깨, 숱이 적은 눈썹. 살짝 도드라진 광대뼈 위로 광채를 품은 눈동자가 누군가를 보고 있었다. 그림 그린 사람을 보고 웃은 것일까? 그랬다면 그린 이는 몹시 행복했을 것이다.

란지에의 동생 란즈미를 만나본 지도 벌써 반년이 되어갔다. 란지에와 함께 종종 찾아가곤 했던 것도 옛일이 되었다. 이엔이 농담 삼아 누이동생 자기한테 시집보내라고 했을 때 란지에가 지은 표정도 기억났다. 그때가 정말 즐거웠는데.

이엔은 란즈미를 돌봐주는 세보 남매와도 금방 터놓고 지냈다. 디앙코르드가 란즈미를 아끼는 것을 란지에도, 이엔도 알고 있었다. 아직은 누이동생을 귀여워하는 마음에 가까울지 모르지만, 어느 쪽이든 디앙코르드는 정말로 헌신적이었다. 그림 속 란즈미의 미소를 잡아낼 수 있을 정도로.

디앙코르드가 이엔에게 그림을 왜 보냈을지 금방 상상이 갔다. 란지에에게 보여주고 싶어서 그렸을 텐데, 란지에와 연락이 닿지 않았을 것이다. 지금 이엔이 그렇듯이. 이엔이 보관하고 있다가 란지에에게 주었으면 하는 것이 틀림없었다. 물론 이엔에게 보여주고 싶은 마음도 있었을 것이다. 쪽지 하나 동봉되어 있지 않았지만 물어볼 필요도 없는 일이었다.

이엔은 기쁜 마음에 한참 동안 그림을 들여다보며 어디에 걸어둘까 궁리해보았다. 그러다가 곧 사람들의 눈길을 끌 일이 떠올라 아쉽게 벽장 속에 넣을 수밖에 없었다. 나중에 란지에가 찾아왔을 때 이 그림을 보여줄 생각을 하니 저절로 웃음이 나왔다.

비취반지 성에도 같은 눈발이 날렸다. 조슈아의 침대 곁에 앉아 있던 리체는 격자 유리창 밖을 내다보다가 들창을 조금 밀어 열었다. 차가운 바람이 뺨의 열기를 식혔다. 벽난로는 여전히 기세 좋게 타오르고 있었다. 머리맡 테이블에 놓은 은

쟁반 위의 찻잔과 다과 접시가 바람에 달각거렸다.

리체가 비취반지 성에 머무른 지도 두 달을 넘어 석 달째에 접어들었다. 나무랄 데 없이 안락한 나날이었다. 좋은 방과 좋은 옷, 좋은 음식, 돌봐주는 시녀까지 딸린 생활을 박봉에 시달리던 재봉사이자 소녀 급사였던 리체가 꿈속에서라도 그려봤을 리 없었다. 리체가 고향에 두고 온 가족들을 염려하자 공작부인 엘자가 직접 블루코럴섬에 연락을 취해 리체의 가족이 편히 살 수 있게 조치해주었다. 그밖에도 필요한 것은 무엇이든 들어주겠다고 했다.

그럴듯한 배경도, 귀족 가문에 어울리는 교양도 없는 리체였지만 소공작의 친구인지라 성안의 모든 사람들이 조심스럽게 대했다. 부족한 것은 없었다. 예전의 그녀였더라면 앞으로 백 년 동안만 이렇게 살았으면 좋겠다고 생각했을 것이다.

"휴……."

비취반지 성에서 지내게 된 까닭은 의사 루이제 스트롬이 낸 숙제 때문이었다. 의술과 의료 마법을 차례로 익히고 이제 영혼 치유사의 길을 공부하고 있다는, 그래서 무척 바쁘다는 스트롬은 소공작이 누구의 말에 답할지 모르니 되도록 가까운 사람들이 모두 곁에 있어주라고 당부했다. 공작 부부는 당연히 리체와 막시민이 있어주기를 바랐다. 조슈아를 위한 일을 거절할 막시민이 아니었고, 리체도 같은 마음으로 남게 되었다.

조용한 생활이었다. 나날이 비슷하다 보니 지난 몇 개월 동안 셋이 블루코럴섬에서부터 칼라이소, 카드릴섬, 페리윙클섬 등을 좌충우돌 돌아다닌 일들이 꿈이었나 싶기도 했다. 조슈아는 전설 속의 잠자는 공주처럼 오래오래 이곳에 잠들어 있었고, 리체와 막시민 또한 쭉 그 곁에서 지내온 것만 같았다. 옛날부터, 친구로서.

아니, 실은 그렇지 않았다. 리체가 조슈아를 안 것은 고작 올해 초였다. 그것도 처음엔 배우 막스 카르디를 우연히 보게 된 급사였을 뿐이다. 그사이에 무슨 일이 일어났기에 이 자리에 있게 됐을까.

많은 일이 있기는 했다. 그중 조슈아에게 솔직하게 말하지 않은 일이 몇 가지 있었다. 지금 말한대도 듣지 못하는 걸까? 아니면 다 듣고 있는데 대답만 하지 못하는 걸까?

리체가 무릎에 턱을 괴고 조슈아의 얼굴을 들여다보고 있는데 막시민이 들어왔다.

"어이."

인사 대신 그렇게 말하더니 의자 하나를 들고 와서 곁에 앉았다. 잠시 동안 둘 다 조슈아만 바라보고 있었다.

"이 자식, 실은 안 자면서 자는 체하는 거 아닐까."

"그거 굉장히 힘들겠는데."

"그렇지, 얼마나 힘들면 입술이 다 새파랗겠냐."

"보라색인데."

"그거나 그거나. 그런 색깔이야 재봉사나 구별하는 거지."

전 같으면 반론했겠지만 왠지 귀찮았다. 리체는 조슈아의 얼굴을 뜯어보며 말했다.

"눈도 안 뜨고 버티느라 고생 많겠다. 저대로 두 달이라니, 아무나 해낼 일은 아니네."

"잊었냐. 저 자식 배우잖냐."

다시 얼마간 침묵이 흘렀다.

"자면서 무슨 생각 하고 있을까. 꿈이라도 꾸고 있을까?"

"전에 말한 적이 있는 그 세계에 있지 않을까."

"어디 말이야?"

그 이야기를 할 때 리체는 곁에 없었다. 막시민이 기억을 더듬었다.

"그 뭐냐…… 절벽 꼭대기의 풀밭이라나. 주위에 계곡도 있고, 하늘도 있고. 그런 세계라더라고. 마음속 세계 같은 건가 봐. 유령들도 오고, 켈스도 온다던데."

"꿈하고 다른 거야?"

"모르겠어. 다른지 같은지."

"심심하진 않겠네."

또 말이 끊겼다. 한참 뒤에 막시민이 어딘가 달라진 어조로

감춘 자, 찾으려는 자

입을 열었다.

"그치, 죽었을까."

누구 말이야, 라고 물으려다 리체는 말을 삼켰다. 누구를 말하는지 곧 깨달은 까닭이었다.

"죽었겠지……."

지금은 다 나았지만 팔이 문득 가려워졌다. 샐러리맨, 그자가 배와 함께 가라앉는 모습을 두 눈으로 똑똑히 본 두 사람이었다. 해전이 끝난 뒤 히스파니에가 주변 해역을 수색했을 때도 시체는 발견되지 않았다. 아마 쇠사슬을 풀지 못하고 배와 함께 가라앉았기 때문이겠지만. 그게 가장 논리적인 답인데도 마음속 한구석에 미진한 기분이 남았다. 왜일까.

"정말 그렇게 생각하냐?"

막시민이 불쑥 말하자 리체는 정색을 했다.

"그러면 그런 데서 살아날 방법이라도 있다는 거야?"

"없지. 없는데……."

막시민은 도로 조슈아의 얼굴을 내려다보다가 낮게 한숨을 내쉬었다.

"그자하고 죽는다는 말이 어울리지가 않잖냐."

"……."

막시민이 한 말은 리체의 심정을 정확히 표현해주었다. 죽었을 수밖에 없는데 죽었을 것 같지가 않다. 그자가 과연 죽기는 하는 걸까?

막시민이 곧 고개를 저으며 말했다.

"그때 네가 찌른 검에 상처가 나는 걸 보면 사람은 맞는 거지."

"그런가."

"근데 너 그때, 왜 그렇게 갑자기 대담해졌냐? 사실 나 깜짝 놀랐다."

검술을 꽤 익혔던 리체인지라 그때 찌른 검도 제대로 들어갔다. 생각해보면 그렇게 무시무시했던 상대에게 어떻게 검을 댈 용기가 났는지 몰랐다.

아니, 알고는 있다.

"조슈아."

리체가 갑자기 조슈아를 부르자 막시민도 그쪽을 봤다. 리체가 이어 말했다.

"그리고 막시민. 너희 둘한테 안 했던 얘기가 있어."

"뭔데?"

둘을 불렀지만 대꾸하는 사람은 하나뿐이었다. 리체는 조슈아 쪽을 보고 있었다. 그가 들어야만 할 이야기였다.

"그때 내가 샐러리맨이라는 남자를 찌를 수 있었던 건 정말, 정말로 화가 나서였어."

조슈아는 대답하지 않았다. 막시민도 마찬가지였다.

"참을 수가 없더라고. 갑자기…… 그자의 머리카락과 턱을 보는데 지난 일이 생각났어. 칼라이소에서 탈출하려 했을 때……."

"너 그때 심하게 다쳤지."

리체는 고개를 끄덕거렸다.

"그래, 그것도 있지만…… 그때 내가 그자 손에 붙들려서 말을 타고 왔잖아."

얘기를 꺼내기 시작하자 오한이 찾아왔다. 리체는 몸을 부르르 떨었다.

"정신을 차리고 보니까 말 위였는데, 올려다보니 그자의 얼굴이 보였어. 가면을 써서 코 아래만 보였지만, 다시 본대도 알아볼 수 있을 거야. 그 금발과 턱선…… 그걸 보면서 얘기를 들었지. 그래서였을 거야. 다시 떠오른 까닭이. 그때 그자가 해준 얘기 때문에……."

난롯불도 소용이 없었다. 리체는 가슴을 누르며 진정하려 했지만 잘되지 않았다. 입가가 일그러지며 목소리가 떨려 나왔다.

"이네스…… 말야."

"조슈아와 공연했던?"

"응……."

급기야 눈물이 고여서 흘러내렸다. 막시민은 어찌할 바를 몰라 미간만 찌푸리고 있다가 은쟁반 위에 얹힌 냅킨을 집어 건네주었다. 리체는 손수건이라도 되는 것처럼 냅킨으로 얼굴을 감싸고 가만히 있다가 말했다.

"그날, 네가 조슈아를 데려와서 피날레를 못 했잖아. 그런데 피날레 때 커튼 뒤에 누가 서 있었던 기억나?"

"나는 것 같다."

"대역 배우가 아니냐고 네가 말했지. 그게 아니었어. 그 사람은 이네스였어. 조슈아의 의상을 대신 걸치고. 피날레 무대를 망치고 싶지 않았던 거야."

"그랬어?"

"그래. 그랬는데……"

흐느낌을 멈추느라 힘이 들었다. 겨우 말이 새어 나왔다.

"샐러리맨…… 그자는 거기 선 이네스가 조슈아인 줄 알았지…….."

열어놓았던 들창으로 찬바람이 들어와 누워 있는 조슈아의, 그리고 막시민의 머리카락을 날렸다. 막시민은 아무 대꾸도 못 한 채 굳어져 있었다. 이네스의 얼굴이 어렴풋이 기억났다. 깡마르고 조용하고 침착한 소녀였다. 대화를 한 일이 있던가? 고작 몇 마디 정도.

막시민도 간접적인 책임이 없지 않았다. 피날레 직전에 조슈아를 데려간 사람이 그였으니까. 그러나 그 말을 바꾸면,

301

감춘 자, 찾으려는 자

조슈아를 내버려두었더라면 이네스가 아닌 조슈아가 죽었을 것이란 말이 된다. 그렇게 따지면 막시민은 현명한 판단을 내린 셈도 되는 것이다.

다만 이네스가 그 자리를 대신하려 했고, 그래서 죽어버렸다.

막시민은 조슈아를 내려다보았다.

"조군 너, 들었냐."

그렇게 보아서일까, 조슈아의 입술이 조금 움직인 느낌이 들었다. 몇 개월 동안 줄곧 본 얼굴이니 조금만 바뀌어도 알아볼 수 있었다. 한참 동안 냅킨에 얼굴을 묻고 있던 리체도 조슈아를 바라보았다.

"조슈아, 지금까지 너한테 이 얘기를 못 한 건 네가 네 문제만으로도 너무 버거워 보여서였어. 몇 번인가 생각했지만, 하려고도 했지만, 나중에…… 네가 조금 더 마음의 짐을 던 후에 얘기하는 게 낫지 않을까 했어. 분명히 너는 힘들어할 테니까……. 이제는 마음이 편해졌니? 이네스를 위해 울 수 있을 만큼?"

대답은 없었다. 막시민은 착잡한 표정이 되어 자리에서 일어났다.

"바람 좀 쐬어야겠다."

막시민이 나가고 다시 혼자 남은 리체는 눈물을 닦고 냅킨에 코까지 풀었다. 눈물 콧물 얼룩져 엉망이 된 얼굴로 밖에 나가긴 싫었다. 냅킨을 놓고 다시 조슈아의 얼굴을 들여다보았다. 말을 꺼냈던 탓일까, 그 무렵의 일들이 떠올랐다.

"조슈아, 그때 무인도에서 너 코르네드 강령하던 때 말이야."

"그때 이네스 얘기 하려고 했는데…… 네 얼굴 보니까 도저히 말을 꺼낼 수가 없었어."

조슈아는 대답하지 않는다. 죽은 듯 잠든 듯 말이 없다. 기분이 이상했다. 해야 할 말이 있는 듯 느껴졌다. 이런 상황이 아니라면 결코 꺼내지 않았을 말일지도 모른다. 영영 감춰뒀을지도 모른다. 그녀의 말을 듣는지 아닌지 모를 상황, 그리고 비취반지 성에서 너무나 편하게 보낸 두 달 때문에 해보았던 상상, 그런 것들이 마음을 건드려놓지 않았더라면.

솔직해질 수 있을 것 같았다. 단 한 번만.

"칼라이소에 있었을 때 얘기야."

들창 밖으로 내리던 눈이 짙어졌다.

"그때 네가 내 마음을 베었는데, 너무 얕게 스쳐서 흔적도 없이 아문 것 같아."

밤에도 눈이 내렸다. 아르님 공작의 서재 테이블에는 코냑 한 병이 놓여 있었다. 이미 절반가량 비어 있었다.

의자와 양탄자는 새것으로 바뀌었다. 몇 달 전 처참했던 혈흔은 사라졌다. 그러나 그곳에 마주앉은 두 사람의 마음속에서는 아니었다.

"이브가 죽었던 날, 내가 했던 말을 기억하나?"

히스파니에는 자기 잔에 새로 따른 술을 단숨에 비웠다. 아르님 공작, 프란츠는 술잔만 내려다보고 있었다.

"옳은 충고를 주셨지요."

"아니야, 그때 한 이야기를 떠올릴 때마다 난 부끄럽네."

노인이 자기 잔에 직접 술을 따랐다. 그들이 앉은 테이블 주위에만 불이 밝혀져 있었다. 서재의 다른 곳은 캄캄했다.

"그 애가 죽든 말든, 실패하든 말든, 내버려두지 않겠다고 했지. 내 입으로 말이야. 그 결과를 보게나."

프란츠는 잔을 집어 들고 매만지다가 내려놓았다. 낮은 한숨과 함께 말이 흘러나왔다.

"조슈아는 죽지도, 실패하지도 않았습니다."

"그럴지도 모르지. 그러나 이 밤은 길고, 긴 잠은 고통스럽네. 젊은이의 긴 잠은."

다시 집어 든 술잔이 프란츠의 입술에 닿았다가 떨어졌다.

"우린 암살자를 찾아냈습니다."

"그래, 우린 달아나지 않았고 마침내 찾아냈어. 내가 했던 말대로 조슈아를 숨기지 않고 내놓아, 암살자가 이빨을 드러내도록 했네. 그 대신 난 그 이빨로부터 조슈아를 지켰어야 했어. 그걸 할 수 있다고 믿었기에 무대 위에 조슈아를 내버려두었네. 도박이었지. 우리는 성공했는가? 우리 손에는 판돈이 남아 있는가? 허허허허……."

프란츠가 내려놓은 술잔도 비어 있었다. 창 너머의 바람이 윙윙 소리를 냈다.

"숙부님께서는 데모닉의 폭풍 같은 운을 믿으라 하셨지요……. 전 그 운이 조슈아를 지금처럼 살려냈다고 생각합니다. 전 계속 믿겠습니다. 숙부님께서 말씀하신 조슈아의 운을. 그 아이가 공작이 되고, 심지어 데모닉다운 공작이 되리라 믿고 지켜보겠습니다."

히스파니에는 말이 없었다. 프란츠는 술병을 당겨 두 잔에 술을 따랐다.

"숙부님께서 성에 남아주셔서 얼마나 고마운지 모릅니다. 이브가 죽었을 때, 숙부님께서는 남아주지 않으셨지요."

"조슈아에게 내가 필요할지도 모른다는 생각으로 남아 있는 것뿐이야. 조슈아가 깨어나면 즉시 떠날 것이고."

"압니다. 하지만 돌아가신 아버지께서 그러셨듯 저도 숙부님과 이렇듯 마주앉아 뭔가를 의논하면 이상할 정도로 안심이 됩니다. 조슈아까지 생각하면 저희는 삼 대에 걸쳐 숙부님의 덕을 보는 셈입니다."

히스파니에가 불쑥 미간을 찡그리더니 말했다.

"그중 네가 제일 낫다. 적어도 마주앉아 이런 걸 마셔주니

감춘 자, 찾으려는 자

까."

히스파니에의 형, 프리드리크는 생전에 포도로 빚은 술을 마시지 못했다. 알레르기가 있었던 것이다. 프란츠는 씁쓸하게 웃었다.

"그동안 많은 것을 이루셨습니다. 가문을 떠날 때 결심하신 대로 페리윙클을 지켜내셨고, 키우셨습니다. 켈티카 만에 숙부님의 배가 나타나지 않았더라면 조슈아는 여기까지 오지도 못했겠지요. 숙부님께서 옛 국왕에게 그랬듯 체첼 국왕을 경계하시는 마음은 압니다. 그러나 우리가 언제까지나 페리윙클을 숨길 수는 없을 겁니다."

히스파니에는 고개를 저으며 어두운 서재 구석을 바라보았다.

"조슈아가 페리윙클에 갔었지. 사람들은 그 애를 사랑해. 그 애는 좋은 공작이 될 게야."

"숙부님께서 그 애를 위해 미리 자리를 마련해두신 덕택이지요. 지금 페리윙클의 공작은 숙부님이라 해도 과언이 아닐 겁니다."

"그런 말 마라. 넌 형님과의 약속대로 가문을 잘 지켜내었어. 공화국 시절에조차 말이야. 네 말대로 조슈아가 공작이 될 무렵에는 가문도 페리윙클과의 관계를 감추지 못하겠지. 그러나 아직은 때가 아니야. 나는 좀더 숨어 있는 편이 좋아.

때가 오기까지 국왕과 맞설 힘을 길러두어야지. 너와 내가 힘껏 하는 거야. 너는 켈티카에서, 나는 바다에서. 아르모리크 경 조슈아를 위해서, 그 아이가 깨어나 역대 두 번째 데모닉 공작이 될 그날을 위해서."

잔을 마주친 두 사람의 입가에 씁쓸한 미소가 떠올랐다. 희망은 아주 먼 곳에 있었다. 그러나 영영 오지 않을 것 같지는 않았다.

감춘 자, 찾으려는 자

마법사가 되어야 하는 이유

우리가 서로를 미워하고 사랑하고
매우 지쳐 풀밭에 앉아 마주보았다.
수십 해가 뜨고 지도록 나눈 말이
낱말로 흩으면 하늘의 별만치 될 텐데
그 말 속에 별 한번 담지 못했다.

너와 나 사이에 떨어진 별만이 뒹군다.
태초의 불이 식어 차갑고 무거워졌다.

죽은 별들의 뼈가 녹아 산맥이 되면
거기에서 새로운 불이 태어나줄까?

꽃불이 타고 날며 산의 심장을 데울 때

마침내 먼 별의 누군가가 우리를 보며

저기 새 별이 태어났다고 가리켜줄까?

～

12월 초, 사흘 동안 내리던 눈이 그쳤다.

비취반지 성과 정원, 숲에는 두 뼘에 가까운 눈이 쌓였다. 방문객이 거의 없었으므로 줄곧 내린 눈은 정원과 마찻길 위에 두툼한 이불처럼 덮여 있었다.

이른 아침 어느 순간, 현관에 한 사람이 서 있었다.

정문을 지나 긴 찰피나무 길을 통과하지 않고는 다다르지 못할 곳인데 아무데도 발자국이 없었다. 그는 방금 성에서 나온 것일까? 아니면 오면서 남긴 발자국이 없어질 정도로 오랫동안 그 자리에 서 있었던 것일까?

둘 다 아니었다.

"어떻게 오셨습니까?"

입구를 막은 하인이 묻자 대꾸가 이러했다.

"걸어왔다."

"그게 아니라, 어떤 일로 오셨는지?"

"중요한 일로."

마법사가 되어야 하는 이유

"그러니까 누굴 만나러 오셨냐고요."

"넌 하인 노릇하면서 너희 집 주인이 누군지도 모르냐?"

하인은 화가 나는 것을 누르며 다시 말했다.

"공작님을 뵈려면 미리 약속을 하셔야……."

"공작이 날 만나기 위해 한 달 전에 약속을 해야 될 판이야. 헛소리 말고 빨리 안내나 해라."

몇 달째 성의 분위기가 가라앉아 있어 다툼 없이 문제를 처리하려 했던 하인도 이쯤 되니 참을 수가 없었다.

"대체 당신은 누구요!"

모자가 붙은 검정 망토를 뒤집어쓴 사내는 손으로 자기 가슴을 한차례 치더니 외쳤다.

"난 방문자다! 정확히 말하면, '네가 지키고 있는 성을 눈 내리는 12월 5일 오후 4시에 혼자서 방문한 방문자'다. 이만하면 매우 자세한 설명이 됐겠지? 내가 이렇게 친절한 설명을 해주는 건 한 해에 한 번이면 충분해. 그러니 더 궁금한 게 있으면 내년에 다시 물어봐라. 올해도 얼마 안 남았으니까."

말을 맺은 '방문자'는 하인을 한 손으로 밀어젖히고 휘적휘적 안으로 들어섰다. 하인은 깜짝 놀랐다. 깡말라 보이는 사내의 손이 몸집 큰 자신을 정말로 밀어낼 줄은 몰랐는데, 마치 밀가루 과자처럼 간단히 밀려가고 말았다. 하인이 휘청거리다가 정신을 차려 '아니 거기!' 하고 외치려던 순간이었다.

맞은편 왼쪽 계단에서 히스파니에가 나타났다.

"저기, 어르신……."

도움을 청하려 한 하인은 끝까지 말할 수가 없었다. 히스파니에가 입구로 들어선 '방문자'를 보자마자 도망쳐버렸던 것이다.

도망친 사람은 히스파니에만이 아니었다. 문제의 방문자가 2층으로 올라가자마자 마주친 사람은 복도를 걷고 있던 막시민이었다. 막시민은 방문자를 보자마자 이렇게 외쳤다.

"앗!"

외마디 외침만을 남긴 채 막시민도 후다닥 도망쳤다. 뒤따라온 하인들—이제 네댓 명으로 늘어난—은 그 광경에 아연해져서 저들끼리 소곤댔다.

"이게 어찌된 일이야."

"혹시 고리대금업자 아냐?"

"어르신께서 빚을 지셨단 말이야?"

"그건 좀 이상하지만……."

마지막으로 조슈아의 방에서 나오던 리체가 방문자와 마주쳤다. 그녀도 놀라 소리를 질렀다.

"어머!"

그러나 리체는 도망치지 않았다. 방문자는 허리에 손을 얹더니 눈을 가늘게 떴다.

"스승과 제자가 연달아 도망가는 걸 봤다. 도망갈 짓이면 처음부터 저지르지를 말 것이지. 그런데 넌 왜 도망 안 가냐?"

리체는 자랑스레 턱을 올리더니 손가락을 세워 흔들어 보였다.

"그거야 저는 아저씨한테 지은 죄가 없으니 그렇죠."

"과연 그럴까?"

방문자는 더더욱 눈을 가늘게 떴다. 리체의 표정이 약간 불안해졌다. 저 사람이라면 어디서든 죄를 털어낼 수 있을 것 같다. 아마 뱀 껍질에서 털을 뽑아 목도리를 만들 수도 있을 것이고…….

하지만 이번엔 그런 게 아니었다.

"내 아름다운 배는 어찌됐냐!"

리체는 재빨리 가까운 계단을 타고 도망쳐버렸다.

비취반지 성은 넓었지만 세 명의 도망자가 숨기엔 충분하지 않았던 모양이었다. 잠시 후 모두 잡혀온 셋은 작은 거실에서 방문자, 다시 말해 자칭 '위대한 은둔 대마법사' 앨베리크 쥬스피앙과 대면했다.

망토를 벗자 쥬스피앙은 흰 로브 차림이었는데 지난번보다 장식이 많고 실루엣도 근사해서 당장 파티에 나간대도 그럴

듯할 모습이었다. 혹시 공작 가문에 온다고 의외로 신경을 쓴 걸까? 그러나 볼품없이 깡마른 몸이나 이십 대인지 사십 대인지 모를 얼굴은 예전과 다를 바 없었다.

"우선 바이올린 너."

쥬스피앙의 손이 히스파니에를 가리키자 노인은 창밖을 내다보며 딴전을 피웠다.

"그 문제는 지난번에 저 안경 쓰고 지저분한 놈과 거래를 했으니 일단 넘어가고."

히스파니에는 막시민에게 눈빛으로 질문을 보냈다. 막시민은 대꾸하기가 복잡해서 무시했다.

"그다음, 학교 갈 놈."

"누가 안 간댔나."

"왜 아직 안 가고 있냐!"

"아 좀 바빴다고."

"당장 가라. 다음해에 입학해."

쥬스피앙은 어깨를 으쓱하더니 리체를 봤다.

"다음, 너. 내 배."

제일 큰 문제, 그것도 해결할 길도 없는 문제를 덮어쓰게 된 리체는 항변했다.

"왜 제가 배를 책임져야 돼요?"

"그거야 원래 책임져야 할 놈이 내 말을 알아듣지도 못할

마법사가 되어야 하는 이유

상태니까 그렇지!"

막시민이 미심쩍은 표정으로 쥬스피앙을 보았다.

"당신, 조슈아가 어떻게 됐는지 알고 있는 겁니까?"

"이 세상에 내가 모르는 일이 어디 있냐?"

간단히도 대꾸하더니 쥬스피앙은 팔짱을 꼈다.

"채무자가 셋이라. 내가 본래 외출을 즐기지도 않는데, 내소박하고 안락하며 영감을 주는 거처를 벗어나 이런 먼 곳까지 오도록 만들다니, 그것만으로도 벌써 참을 수가 없도다. 자, 배 문제부터 따져보자고. 내 배는 어디 있냐? 지금 나하고 약속한 날짜로부터 몇 개월이 지났는지 알고나 있냐? 페리윙클까지만 갔다가 온다고 해서 돌아올 때 쓸 금까지 줘서 보냈는데, 멋대로 켈티카까지 와버린데다가 도로 갖고 오지도 않고, 어떻게 됐다고 보고도 안 하고, 시치미 뚝 떼고 있으면 무사할 성싶었냐!"

쥬스피앙은 리체를 봤고, 막시민까지 정말로 아무 책임이 없다는 것처럼 리체를 쳐다봤다. 리체는 복합적인 이유로 발끈했다.

"그게 그러니까…… 역시 아저씨가 이럴 줄 알고 무서워서 연락도 못 한 거잖아요!"

"그게 변명이 될 것 같냐! 당장 내 눈앞에 멀쩡한 배를 내놓기 전엔 용서 못 해!"

"그거 봐요! 변명하러 찾아갔거나 여기서 이러고 있었거나 결과는 똑같잖아!"

"그 말은 내 배를 못 내놓게 됐다, 그 뜻인데!"

"물론……."

리체는 대답이 궁해져서 말을 그쳤다. 쥬스피앙의 눈이 막시민에게 갔다.

"너, 내 배에 대해 말해봐."

"어라, 불똥이 튀네."

리체가 막시민을 쿡 찔렀다. 어차피 대답해야 한다면 막시민이 하는 편이 나았다. 전부터 늘 그랬다. 예를 들어 칼라이소 항구 앞바다에서 왜 표류하고 있는지 설명해야 했던 때라든가.

"모름지기 배란 튼튼한 게 제일인데, 당신 배는 처음부터 문제가 많았단 말입니다. 우리가 그 배를 몇 번이나 고쳤는지 알아요? 난데없이 하늘에서 뚝 떨어져버리지를 않나, 날아가야 할 때 안 날아가지를 않나, 바다 한가운데에서 항해 불능이 되지를 않나……."

막시민이 든 예는 차례로 '금을 더 넣는 걸 깜빡해서', '항해 실력이 없다 보니 배 곳곳이 망가져서', '갤리의 공격으로 밑창에 구멍이 뚫려서'였으나 이유들은 자연스럽게 생략되었다. 쥬스피앙이 손을 홰홰 내저으며 말을 끊었다.

마법사가 되어야 하는 이유

"그래서 어떻게 됐다는 거야!"

"가라앉았죠, 뭐."

뻔뻔스럽게 툭 튀어나온 말에 리체까지 황당한 표정이 되었다. 쥬스피앙은 자리에서 벌떡 일어나려다가 겨우 자제하고는 소리쳤다.

"너희 놈들이 감히 내 배를 바다에 빠뜨려? 그러고도 살아남을 것 같으냐? 내 피땀 어린 노고의 결정체, 가나폴리의 마법을 재현한 유일무이한 비행선, 미의 극치라고 할 만한 아름다운 외장, 최고급 재료만 사용해서 튼튼할 수밖에 없는 내 배가! 그리고!"

쥬스피앙은 손가락을 내밀어 막시민을 가리켰다.

"너!"

"아, 왜 또 나냐고······."

"금 도가니는 어디 있냐? 설마 배와 함께 가라앉았다고 말할 셈은 아니겠지?"

핵심을 찔린 막시민은 기침을 하는 체하며 상황을 넘어가 보려 했으나 쥬스피앙은 속지 않았다.

"그 정도 금쯤이야 내게 별것도 아니다만, 배가 가라앉았다는 말이 사실이라는 증거로 금을 내놔보라는 말이다. 너희가 멀쩡히 살아 있는 걸 보면 누군가가 구조를 해줬다는 뜻인데, 구조될 때 설마 금을 내버리고 왔을 리 없겠지?"

리체는 그제야 생각난 사람의 표정을 지었다.

"그리고 보니 금은 어떻게 됐지?"

"너도 안 꺼냈냐?"

"모르겠는데."

"이놈들이!"

얘기가 이쯤 되자 듣고만 있던 히스파니에가 점잖게 입을 열었다.

"쥬스피앙 씨, 당신이 찾는 배가 미의 극치호를 말하는 거요?"

쥬스피앙이 막시민을 곁눈질하더니 은근한 목소리로 물었다.

"네가 이름을 그렇게 지었냐?"

"나일 리가 없잖아!"

"그럼 세자르 딸, 너냐?"

"절대 아니에요!"

쥬스피앙은 흐음, 하고 고개를 갸웃거렸다.

"하여간 그 배가 맞긴 한 모양이지. 히스파니에, 네가 내 배의 행방을 알고 있냐?"

"내가 갖고 있소만."

쥬스피앙이 바이올린 때나 지금이나 똑같은 도둑놈들이라며 펄펄 뛰려는 찰나 히스파니에가 말을 이었다.

"그 배는 좀 망가지긴 했지만 고치면 멀쩡해질 거요. 금이라, 내 선원들이 금 얘기를 하더군. 그래서 건드리지 말고 잘 넣어두라고 했소. 내 명령을 어길 사람들이 아니니 그들이 금에 손댔을 일은 없을 거요."

뜻밖으로 희소식만 이어지자 쥬스피앙은 인상을 썼다.

"수상해. 속셈이 있는 게 틀림없어. 꼬마 도둑 시절부터 데모닉이란 자들은 믿을 수가 없어."

"바로 봤소."

히스파니에가 싱긋 웃어 보였다. 이럴 때 그의 얼굴은 조슈아와 비슷한 데가 있었다.

"빨리 말해!"

"그보다 당신이 먼저 말하는 게 어떻소? 여기까지 온 속셈 말이오."

"속셈은 무슨……."

"하늘을 나는 배가 귀하지 않다고야 말 못 하겠지만, 한번 만들어낸 물건을 또 못 만들 당신도 아니고, 설마 배를 되찾겠다고 이 먼 곳까지 어려운 걸음을 하시진 않았으리라고 믿소만, 내 믿음이 틀렸소?"

쥬스피앙은 부인하는 대신 표정을 달리했다.

"또 거래를 하려고 드는군. 내 카드를 보고 싶다 이건데, 네놈 카드부터 먼저 내놔봐."

"내 카드는 이미 내놨소."

"설마 내 배를 말하는 건 아니겠지?"

"바로 맞혔소. 조금 전에 막시민이 한 말을 들으셨잖소? 그 배는 바다에 가라앉았소. 난 단지 지나가다 주운 사람일 뿐이라오."

쥬스피앙이 벌떡 일어났다. 옆에서 리체는 긴장되어 죽을 지경이었다. 이 성은 꽤 크고 튼튼하니까 지붕을 날리기는 어려울지도 모르지만……

"요 교활한 꼬마 도둑놈!"

그렇게 외치고 무슨 짓이든 벌이리라고 기대했는데 아무 일도 일어나지 않았다. 쥬스피앙은 선 채로 팔짱을 끼더니 한쪽 입술을 올리며 괴이한 미소를 지었다.

"눈치가 빨라. 꼬마 때나 늙은 지금이나. 역시 내 조수를 시켰어야 했는데. 좋다. 난 명쾌한 걸 좋아하지. 지금 여기에 조수아 폰 아르님을 복제한 인형이 있다고 알고 있다."

리체가 말했다.

"그 인형, 잠든 지 오랜데. 깨지도 않아요."

"그게 중요한 게 아냐. 내가 원하는 건……"

쥬스피앙은 설득보다는 명령에 가까운 어조로 말을 맺었다.

"인형을 내게 다오."

"그건 불가능합니다."

즉시 튀어나온 막시민의 대답이었다. 쥬스피앙은 화를 내

마법사가 되어야 하는 이유

는 대신 말했다.

"이유나 말해봐."

"그 결정을 내릴 사람은 여기 없으니까요."

막시민은 조슈아의 방 쪽을 흘긋 보았다.

"그 인형을 만든 자는 사라졌고, 의뢰한 자는 죽었죠. 그렇다면 인형에 대한 권리가 복제된 당사자인 조슈아 말고 달리 누구한테 있겠습니까? 안 그래요? 조슈아가 깨어나 이 문제에 대해 의견을 말해주지 않는 한, 우리 멋대로 당신한테 인형을 넘겨드릴 순 없는 노릇입니다."

리체가 말했다.

"또, 공작부인께서는 인형을 또 다른 자식으로 여긴다고 하셨어요. 쉽게 내주실 리가 없다고요."

막시민이 다시 말했다.

"게다가 마법사의 손에 넘겼다가 인형이 어떻게 될지도 모를 노릇이고. 설마 쪼개보기라도 하려는 건……."

그 순간 쥬스피앙이 막시민의 뒤통수를 한 대 때렸는데, 얼마나 빠른지 맞고 나서야 맞았다는 사실을 알았을 정도였다.

"이놈이 훌륭하고 인격적인 마법사인 나를 뭐로 보고……. 그래. 너도 알다시피 난 가나폴리의 마법을 재현하는 일에 관심이 많지. 하지만 그때도 분명히 말했다. 산 자를 복제하는 일 따위, 정신이 제대로 박힌 마법사라면 해선 안 될 일이라고. 따라서 앞으로도 내 손으로 그걸 만들어낼 일은 없다. 더구나 너희한테 인형이 조슈아와 똑같은 질서 속에 있다고 설명해준 사람은 어디의 누구라고 생각하는 거냐! 내가 마법이라면 산 사람도 잡아먹는 또라이로 보이냐?"

막시민이 고개를 끄덕거렸다.

"그러고 보니 그 얘기 누가 해줬나 깜빡했네."

"평소 모습에서 연상이 안 되는 얘기라서……."

쥬스피앙은 둘이 뭐라고 하든 개의치 않았다.

"난 단지 관찰을 하고 싶을 뿐이야."

리체가 물었다.

"관찰을 해서 뭘 하시게요?"

"복제된 인형이 끝까지 인간과 같은지 알고 싶다."

그것만이라면 나쁜 의도를 가졌다고 볼 일은 아니었다. 만에 하나 조슈아와 인형이 둘 다 깨어난다면, 둘이 같은 성에서 생활하는 모습은 상상하기 어려웠다. 인형을 죽이는 것 또한 전처럼 간단한 문제로 느껴지지 않았다. 그러니 인형을 다른 곳으로 보내는 것은 하나의 대안이 될 법했다. 쥬스피앙이 인격적인 마법사라는 가정하에, 또 전부터 소원이었더던 데모닉 조수를 두는 셈 치고…….

거기까지 생각하던 막시민의 표정이 갑자기 굳어졌다.

"당신, 혹시……."

쥬스피앙이 막시민을 쳐다봤다.

"혹시 뭐?"

"인형을 본체 없이 살게 만들 방법을 찾아낼 셈인 건 아닙니까?"

"……."

대답이 나오지 않자 리체도 놀란 얼굴로 쥬스피앙을 바라보았다. 막시민의 지적은 핵심을 찔렀다. 쥬스피앙의 얼굴에서 농담기가 사라졌다.

"그 정도 도전을 모르는 체한다면 마법사라고도 할 수 없지."

"안 됩니다!"

막시민이 벌떡 일어섰다. 쥬스피앙이 냉소를 지었다.

"왜 네가 화를 내나? 권리는 네게 없다면서?"

"누구든 허락할 리가 없잖습니까! 질서와 인과율을 말해줬던 사람은 누굽니까? 계속해서 똑같은 조슈아가 이 세상에 둘 존재하도록 할 셈인가요?"

"그럼 넌 인형이 저대로 영영 깨어나지 않길 바라는 거냐? 만약 깨어난다면 죽여 없애기라도 할 참이었나?"

"누가 그런……."

막시민은 말을 멈췄다. 분명 이율배반적이었지만, '그렇다'라고 대꾸할 수는 없었다.

"인형은 이미 존재해. 내가 소공작을 잘 안다고 단언하긴 어렵겠지만 지난번에 만나본 바로 이것 하나만은 분명하다. 그는 인형을 죽일 생각이 없을 것이야. 자, 다들 인형이 깨어나지 않기만을 바라면서 벌벌 떨고 있을 참인가? 깨어난 뒤의 일을 생각하는 것이 당연하지 않나?"

"……."

막시민은 쥬스피앙을 쏘아볼 뿐 대구할 말을 찾지 못했다. 막시민이 그런 모습을 보이는 것도 드문 일이었다.

막시민도 쥬스피앙의 지적이 현실적이라는 사실을 모르지 않았다. 그가 조수아와 함께 인형의 본체를 찾아다니던 때는 본체를 부수면 인형이 파괴될 것이니 뒷일을 생각할 필요를 느끼지 않았다. 아니, 실은 그때 느꼈어야 했다. 인간과 크게 다를 바 없는 존재인 인형을 죽이는 문제에 대해서. 그것은 살인인가?

그런 생각을 일부러 피했는지, 지금은 생각이 나지 않았다. 그때 인형은 조수아의 자리를 빼앗은 적이었다. 조수아가 잃어버린 유일성을 되찾기 위해 없애지 않으면 안 될 존재였다. 그걸로 모든 당위가 성립되었다. 자연스럽게 그들은 인형의 죽음을 전제하고 나아갔다. 그렇게 여기까지 왔다.

지금은 달라졌다. 조수아의 자리에 겹쳐 서며 유일성을 빼앗았던 인형은 조수아와 분리되었다. 사람들은 둘이 따로 존재한다는 사실을 알게 되었다. 비록 모든 사람이 알게 되진 않았다 하더라도, 어쨌든 조슈아는 자기 자리를 되찾았다. 이제부터 둘의 삶은 각각 다른 방향으로 흘러가야 했다.

따지고 보면 본체도 파괴된 것이나 다름없었다. 그들이 직접 부수지는 않았으나 마법사 애니라는 자가 가지고 떠나는 바람에 연결이 끊어졌고, 그 결과 인형은 가사 상태에 빠졌다. 어째서 죽지 않았을까? 본체가 없어도 인형은 일정 정도의 생명력을 갖는 것일까? 본체가 어딘가에 존재하기만 한다면 죽지는 않는 걸까? 아니면 인형을 살려놓은 것도 유령들인가? 복제된 인형도 영매였다면 가능성이 없지만은 않았다.

어쨌든 인형이 죽지 않은 까닭에 문제는 복잡해졌다. 조슈아가 자기 자리를 되찾는다는 것은, 스스로를 진짜로 느껴온 가짜가 자기 자리인 줄 알았던 곳에서 쫓겨난다는 것을 뜻했다. 인형이 만일 깨어난다면 그 사실을 어떻게 받아들일까? 둘은 알아서 따로따로 살아갈 수 있을까? 인형은 조슈아가 자기 자리를 빼앗아갔다고 느끼지 않을까?

둘은 얼굴만 같은 쌍둥이가 아니었다. 어느 시점까지 동일한 기억을 갖고 있는, 그래서 영원히 자리가 겹칠 수밖에 없는 존재였다.

주변 사람들의 시각도 마찬가지였다. 한때나마 둘이 바뀌치기되었음을 아는 사람, 진짜만 기억하는 사람, 가짜만 알고 있을 사람, 모두 입장이 달랐다. 심지어 같은 입장인 사람들조차 때로 결론이 달랐다. 단적으로 아르님 공작은 비교적 일찍 인형의 존재를 추측했고, 지금도 조슈아만을 아들로 여기는 듯했다. 그러나 공작부인은 인형과 보낸 시간에도 의미를 두었고, 애정을 거두지 못했다.

언젠가 조슈아가 깨어나면 그가 밀려났던 공백 기간 동안 가짜와 만났던 사람들 앞에서 어리둥절할 일이 생길 것이다. 그들에게 인형의 존재를 설명해주지 않는 한 그들이 알던 조슈아는 없는 사람이 된다.

이 문제는 막시민 자신에게도 고스란히 남았다. 콜제티 극장에서 조슈아를 구해내던 순간부터 지금까지, 그 추억은 막시민과 조슈아만의 것이었다. 그러나 인형은 막시민을 알고 있었다. 코츠볼트에서 양젖 서리를 하고, 개에게 물렸을 때 풍차간에 불을 질렀던 기억을 고스란히 갖고 있는 것이다. 막시민이 그를 외면한다면 그는 가장 소중한 친구가 자신을 버렸다고 느낄 것이다. 조슈아가 그런 취급을 당했을 때와 똑같은 감정을 품을 것이다.

이런 생각을 하면 전처럼 인형을 죽어야 할 존재로 여기는 것은 불가능해졌다. 그렇다고 그대로 살게 놔둬도 좋은 걸까? 막시민 자신은 조슈아만의 친구일까, 아니면 인형의 친구도 되는 것일까? 그는 두 조슈아의 친구 노릇을 동시에 해낼 수 있는 걸까?

"빌어먹을 놈. 친구도 이렇게 헷갈리는데 결혼이라도 했으면 어쩔 뻔했어."

갑자기 튀어나온 말에 리체가 영문 모를 표정이 됐다. 막시민은 리체를 돌아보며 이어 말했다.

"리체 넌 좋겠다. 가짜와 깨끗이 모르는 사이여서."

그제야 이해한 리체가 어깨를 으쓱했다.

"그때까지 나한텐 쓸데없이 복잡한 옷을 주문하는 양심 없는 인간이었을 뿐이지."

"그것참 아름다운 기억으로 남아 있겠군."

조슈아는 일찌감치 이 문제를 생각해보았을까? 적어도 막시민에게 말을 해준 적은 없다. 그러나 아무 생각도 하지 않았을 리 없다는, 확신에 가까운 예감이 들었다. 조슈아는 인형의 미래를 어떻게 바라봤을까?

"지금 별의별 생각을 다 해봤는데 말이죠."

막시민이 입을 열자 쥬스피앙이 고개를 끄덕였다.

"내 말이 무슨 뜻인지 알았나?"

"알긴 했는데, 그렇다 해도 과연 인형이 독자적으로 살아갈 수 있게 해줘도 되는가 하는 점만은 확신이 없습니다. 왠지 그래서는 안 될 것 같은 기분이라서. 가능한가 하는 문제는 빼고라도."

"그런 걸 근거 없는 공포라고 부르지."

"근거가 없다고 하는 걸 보니 당신은 극복한 모양인데 비결이 있으면 말해보시죠."

"비결은……."

쥬스피앙이 엄숙하게 말을 이었다.

"마법사가 되는 거야. 얼른 네냐플에 가라."

"왜 얘기가 갑자기 그리로 튀는 건데요!"

"네가 나의 침착하고 냉정한 판단력을 부러워하니까 비결을 말해준 건데 무슨 잔소리야!"

"당신이야말로 잔소리 말고 똑같은 두 명이 어떤 식으로 살아야 가장 좋을지 의견이나 말해봐요!"

자기가 인형을 데려가면 서로 만날 일도 없고 간단히 해결되지 않느냐고 대꾸할 줄 알았는데 뜻밖으로 쥬스피앙은 얼른 대답하지 않았다. 막시민이 다시 말했다.

"당신이 성공해서 인형이 본체 없이 존재하게 된다면 정말로 둘의 차이는 뭐냐 말입니다. 기억이 조금 다른 것밖에 없는데……."

"이것 봐. 그 기억의 차이가 바로 핵심이야."

쥬스피앙의 표정이 다시 진지해졌다.

"예전에 네놈이 내게 와서 도와달라고 행패를 부리던 때, 나한테 말하지 않았냐? 진짜와 인형의 차이가 아주 작은 기억에 있다고. 데모닉이기 때문에 기억이 누락될 수 없는데 그게 누락되어 둘은 다른 존재가 됐고, 그래서 그걸로 진짜와 가짜를 구별했다고. 네놈 의견이었던가? 그때 나는 그게 재미있는 문제라고만 생각하고 결론을 내리지 못했는데 말이야."

"그런데?"

"그후로 줄곧 생각해본 결과 나름대로 결론을 내봤다. 물론 '질서'의 문제를 내 멋대로 확언하기란 어렵지만, 기억의 문제가 아주 중요한 것 같다. 만약에 전에 말한 누락된 기억을 '질서'가 차이로 본다면 둘은 어쩌면 시작부터 동일한 존재가 아닌 거야. 그런데 그후로도 둘은 각각 새로운 기억을 쌓아가지 않았나?"

"그야 그렇죠."

"그것까지 합치면 둘은 점점 더 다른 존재가 되어간 건데, 그래도 그전까지는 서로가 만나지 못한 채 자신만이 진짜라고 여겼을 거란 말이야. 그런데 이제 둘이 마주쳐 하나가 다른 하나를 칼로 찌르기까지 했으니 '자아의식'마저도 깨어진 거지. 자신 속에 속하지 않은 자신, 자아 외곽의 자신이 존재한다는 걸 안 거니까."

리체가 천장으로 눈을 굴렸다.

"뭔 말인지 어렵네요."

"바꿔 말하면 자기동일성이 흐트러졌다는 거야. 자, 사람들은 누구나 살면서 변하지 않냐? 어린애였던 너와 지금의 너는 다르고, 늙은이가 된 너도 다르지. 그렇다고 그게 각각 다른 사람이라고 생각해? 아니잖아? 그들을 모두 같은 자신이라고 인식할 수 있는 이유, 그게 자기동일성이야. 그런데 평범한 사람들도 가끔씩 기억을 잃어버리거나, 너무 옛 일이라 잊어버리거나 하는 일이 있어서 자기가 모르는 자기 얘기를 누가 해주면 그게 딴 사람의 얘기인 것처럼 느끼곤 한단 말이야. 결국 기억을 하느냐 마느냐의 문제지. 그런 관점에서 이 두 명을 보면, 과거에는 둘이 하나였어. 그런데 어느 순간 거의 동일한 기억을 갖고 갈라졌어. 그리고 그후에 각각 다른 경험을 하며 다른 기억을 쌓았어. 그러다가 마주치게 됐을 때, 그들은 자신이 둘로 갈라진 듯한 기분이 들지 않았겠냐."

"그래서요?"

"그런데 그런 상태로 앞으로 삼십 년쯤 살다가 다시 만나면 어떨까?"

"네?"

리체가 되묻는 가운데 막시민이 미간에 주름을 잡았다.

"당신 말은, 그러면 조슈아와 저 인형이 헤어져서 각자 다른 삼십 년의 기억을 쌓아 새로운 자아의식인지 뭔지를 만들고 나면 각자 다른 사람이 된 거다, 그런 뜻입니까? 초반 시작이 같은 것쯤은 기억의 양으로 눌러서 해결하자?"

"지금 기대할 수 있는 건 그것뿐이란 거지."

리체가 물었다.

"그럼 '질서'는 어떻게 되는데요?"

"내가 어떻게 '질서'가 내릴 결론을 대신 말할 수 있겠나? 하지만 '질서'란 칼로 자르듯 깔끔한 것만은 아니야. 우리가 느끼지 못하는 사이에 같아지거나 달라지는 것도 있지. 계절이 바뀔 때 정확히 어느 순간부터 여름이고, 또 가을이 되고, 겨울이 되는지 자를 수가 있냐? 몇 월 며칠 몇 시부터 봄, 그 전까지는 겨울, 이럴 수가 있느냐 이 말이야."

"그래서 둘이 떨어져 지내는 것이 해답이다, 그런 뜻이에요?"

쥬스피앙은 팔짱을 꼈다.

"그러니 내가 데려가겠다는 거지."

"조슈아한테 허락받아야 된다니까요."

"아, 상관없어. 그까짓 시간쯤 못 기다리겠냐?"

그동안 줄곧 듣고만 있던 히스파니에가 입을 열었다.

"맞는 말일 수도 있지만 여전히 어려움은 남소이다. 비록 본인들이 극복한다고 쳐도 주변 사람들 역시 문제를 지고 있지 않소."

"어떤 문제?"

"선택의 문제."

막시민이 다시 말했다.

"그래. 그렇게 기억의 양으로 해결할 수 있는 문제라면 말이지, 만약 그 삼십 년 동안 내가 두 조슈아를 한 번도 만나지 않고 지낸다 칩시다. 그러면 내 입장에서 둘에 대한 기억의 차이는 고작 몇 개월일 뿐이니까, 그때쯤엔 둘 다 똑같게 느껴져도 이상하지 않겠군요? 어느 쪽을 만나도 내 친구 조슈아이고…… 이렇게 되는 게 맞는단 말입니까?"

이번엔 리체가 말했다.

"그런데 둘은 각각 다르게 살았을 거 아니에요? 그럼 그때 가서 우리는 둘 중 마음에 드는 사람으로 선택하면 되는 건가요? 내 마음에 들게 살아온 쪽으로? 그렇게 택해서 이쪽은 내 친구고, 저쪽은 아니고, 이렇게 편리하게? 선택의 여지가 있어서 참 좋네요. 난감해라."

쥬스피앙은 세 사람의 얼굴을 둘러보더니 선언했다.

"그래, 맞았어. 그거라고."

"그거라뇨?"

"그렇게 해야 한다고. 우리 모두는 선택을 해야 해. 세상만사가 선택이 아닌가? 무슨 이유로 한쪽을 선택하는가? 잔인하게 들릴지 몰라도 그건 취향일 수밖에 없어. 기억 조금이 다른 걸로 한쪽을 선택하는 놈도 있고, 누군가가 인위적인 힘을 가했다는 것 때문에 다른 쪽을 택하기도 하고, 삼십 년 뒤에는 너한테 잘해주는 놈을 선택해도 그만이고. 이유야 어쨌든 좋아. 마음 끄는 곳으로. 아주 조금일지라도 마음이 더 가는 쪽으로 갈 밖에."

리체가 중얼거렸다.

"전 마법사가 아니라서 그런지 아저씨처럼 '침착하고 냉정하게' 판단하지는 못하겠네요. 선택받지 못한 쪽의 입장을 생각해보라고요. 얼마나 잔인해요?"

쥬스피앙은 훗, 하고 코웃음을 쳤다.

"이것 봐. 널 사랑하는 사내가 둘 있다면, 선택받지 못한 사내가 상심할까 봐 언제까지나 망설일 테냐? 그래도 이 문제에서는 세 번째 답이 있긴 하군. 결혼할 것도 아니고, 그냥 둘 다 친구로 삼아. 그러면 되는 거다!"

쥬스피앙의 자신만만한 표정에도 불구하고 세 사람은 여전히 한숨을 쉬었다. 막시민이 말했다.

"해결 방법을 알겠구만."

"또 뭔데?"

"마법사가 되는 거. 마법사가 되면 당신처럼 명쾌하게 선택하고 나머지는 깨끗이 잊어버릴 수 있는 모양이니까."

쥬스피앙은 당연하다는 표정이었다.

"그러기에 내가 처음에 말했잖아. 마법사가 되라고."

더이상 할말이 없었다. 잠시 후 리체가 머뭇거리다가 물었다.

"정말 기다리실 거예요? 여기서?"

"인형도 관찰하고, 아르님 공작한테 대마법사를 대접할 드문 기회도 주고, 네놈들의 정신세계도 알아볼 겸 오늘처럼 토론도 하고, 겨울잠 자는 셈 치고 이곳에 계셔줄 생각이다. 참, 딸애부터 불러와야겠어. 안경 쓴 놈 너 네냐플 보내야 되니까 그 애가 시험공부 좀 시킬 거다."

막시민은 깜짝 놀랐다.

"그런 건 계약에 없는 내용이잖아!"

쥬스피앙이 눈을 가늘게 떴다.

"그럼 시험을 망쳐서 학교에 안 가면 된다는 네 녀석의 안이한 계략을 내가 손 빨면서 보고만 있을 줄 알았냐?"

"누가 가정교사 필요하댔어? 혼자서 얼마든지 할 수 있으니 염려 놓고 넘겨짚지 마셔."

"네놈이 천사처럼 상냥하고 예쁘고 똑똑하고 성실한 내 딸의 지도를 감히 거절해? 다른 놈들 같으면 그런 선생 밑에서 배우겠다고 절을 하며 따라다닐 텐데!"

막시민은 잠시 움찔하더니 곧 외쳤다.

"그딴 거 난 알 바 아냐! 이 집 주인한테 당신 받아주지 말라고 말해줘야겠어!"

"훗, 난 언제든 내가 있고 싶은 곳에서 산다. 그게 어디였든 누가 날 쫓아낼 수 있다고 생각하면 오산이야."

켈티카에서 첫손 꼽히는 귀족의 성에서 부르지도 않은 식객이 되겠다는 말을 잘도 하고, 심지어 한 명 더 늘리겠다고 당당하게 궁리할 배짱이 그냥 생길 리는 만무했다. 쥬스피앙은 혼란에 빠진 막시민을 내버려두고 히스파니에를 향해 말했다.

"하여간 방이나 치워놓으라고 해. 우리 티치엘 것까지 두 개. 백 년에 한 번도 맞이하기 힘든 희귀한 손님인 나를 정성스레 대접하고 싶은 간곡한 바람을 뿌리칠 생각은 없지만, 난 기본적으로 고상한 성품이라 소박하고 자연스러운 꾸밈새를 좋아해. 하긴 어떻게 생긴 방이든 내가 알아서 고쳐 쓸 테니까 별 상관은 없고. 그리고 공작의 서재에는 재미있는 책이 좀 있으려나?"

기타와 바이올린

여름과 함께 죽은 자가
지옥에서 겨울잠을 잔다.
그를 지상으로 부르려면
나비 날개가 필요하니…….

눈앞의 잎이 흔들거렸다.

아니, 그의 발이 휘청대는지도 모른다. 아니면 세상이 다 흔들리는지도 모른다. 그의 머릿속 세계만이 불안정하게 흔들리는지도 모른다.

덜컹, 덜컹.

어쨌든 무언가가 흔들리고 있었다. 그는 그것이 무엇인지 알지 못했다.

시골 영지 마그란은 아침 정적 속에 있었다. 비탈 아래로 눈 자국이 드문드문한 지붕들이 이어졌다. 바람이 강한 이곳에서는 겨울에도 흔한 풍경이었으나, 이번엔 정말로 눈이 녹기 시작하여 생긴 얼룩이었다. 아직 2월이니 잠깐 지나가는 날씨일 수도 있지만 그날만은 봄인가 싶을 정도로 볕이 따사로웠다. 바람도 잠시 잤다.

그는 비탈을 내려갔다. 여전히 모든 것이 흔들리는 채로.

그의 발은 이 근처 길을 잘 알고 있었다. 비탈이 끝나는 곳에서 자연스럽게 꺾어져 우물 쪽으로 향했다. 우물에서 물을 떠 마시고 성문 쪽으로 다가갔다. 일찌감치 시장을 열 준비를 하는 사람들이 보였다. 그는 걸음을 멈췄다. 다가가선 안 된다는 기분이 들었다. 여기가 어딘지 기억해내려 했을 때, 누군가가 그의 어깨를 쳤다.

"아니, 이게 누구야? 애니 아냐?"

애니스탄은 마주선 사람의 얼굴을 보았다. 경비병 콕스씨. 기계적으로 이름이 떠오르고 그는 꾸벅 인사했다.

"갑작스레 떠나고 나서 소식도 없더니. 다들 궁금해했는데. 그건 그렇고 얼굴이 왜 그래? 몸이 안 좋아? 안색이 딱 병자네."

"……네."

애니스탄은 자신이 이리로 온 까닭을 몰랐다. 돌아와야겠다고 생각한 적은 없었다. 이곳 아니라 어디라도, 꼭 가려 한 곳은 없었다. 오래전에 영주의 마법사로 잠시 지냈던 마그란…… 아니, 그리 오래전도 아니다. 고작 반년쯤일까.

"린다가 애니 소식 궁금하다고, 알아볼 방법 없겠느냐고 종종 묻곤 했는데."

그렇게 말하고 있었지만 콕스의 얼굴에는 미심쩍은 빛이 감돌았다. 그가 기억하는 애니스탄과 너무 달라진 모습 때문이었다. 같은 사람이라고 믿기 힘들 정도였다. 겸손하고 싹싹하던, 그래서 영지 사람들 모두가 좋아했던 젊은 마법사 애니스탄이 무슨 일을 겪었기에 저렇게 변했을까.

안타깝기도 했지만 지나치게 고생한 사람을 보면 왠지 접근하기 꺼려진달까, 콕스의 기분도 그와 비슷했다. 다시 만나 잠깐은 반가웠을지 몰라도 깊은 사정까지 알고 싶지는 않았다. 예전과 같은 모습이었다면 식사는 했느냐고 물었을 법도 한데 그런 말도 나오지 않았다.

"한데, 돌아온 거야?"

애니스탄은 눈동자를 이리저리 굴리다가 고개를 저었다. 콕스의 탐색하는 눈길이 이윽고 애니스탄이 쥐고 있는 밧줄

기타와 바이올린

에 이르렀다. 밧줄 끝을 따라가다가 거기에 매인 수상한 물건을 본 그는 이마에 주름을 잡았다.

"갖고 다니는 건 뭐야?"

긴 육각형 상자였다. 겉에 다른 색이 칠해져 있었지만 한눈에 보아도 관이었다. 다만 크기가 작았다. 이미 오랫동안 갖고 다닌 듯 모서리가 잔뜩 닳아 있었다. 바닥에는 새로 판자를 댄 흔적이 있었다.

"……."

애니스탄이 대답하지 않자 콕스는 슬슬 물러나더니 자기 자리로 돌아갔다. 구설수에 오를 법한 일에 더 상관하기 싫던 것이다. 보통 사람다운 반응이었다.

세상 사람들의 눈을 피하기란 어렵다. 애니스탄이 겨울을 났던 곳도 사람들의 발이 전혀 닿지 않는 곳은 아니었다. 그가 이렇듯 관을 끌고 은신처를 나서게 된 까닭도 그래서였다. 네냐플 학교에서 약초 채집을 한다고 여남은 명이나 보내서 산을 훑고 있었다. 졸업하고 갓 연구생이 된 친구들이 학생 두엇씩을 데리고 왔을 것이다. 잘 알고 있다. 그도 한때 같은 일을 했었으니까.

그들과 마주치고 싶지 않아 겨우내 숨어 있던 산을 내려왔다. 자신이 자리잡은 곳이 마그란 영지와 가까운 곳이었다는 사실도 오늘에야 깨달았다. 어떤 기분이 그를 이리로 이끌었을지 생각해보았지만 결국 큰 의미는 없었다. 콕스처럼, 다른 사람들도 엇비슷할 것이다. 애니스탄이 한때 인형과 마주치고 싶지 않아 숨어 지내던 곳에서, 과장된 쾌활함으로 사람들의 호감을 좀 얻었을 뿐이다.

알고 있는데도 발걸음이 잘 돌려지지 않았다. 그만큼 그는 사람에 굶주렸다. 어느 날인가는 민중의 벗을 찾아갈까 생각했을 정도였다. 물론 반나절도 가기 전에 그런 생각을 버렸다. 비취반지 성에서 탈출할 때 그를 도와주기는 했지만, 그건 그때까지 존재하던 계약의 일부였을 뿐이었다. 테오가 없으니 그 이상의 관계도 없었다.

그날, 이곳으로 테오가 찾아왔을 때 애니스탄이 따라가지 않고 버렸더라면 어떻게 됐을까.

물론 자신은 버티지 못했겠지만……

한때 친구였던 둘의 관계는 그때를 기점으로 바스러지기 시작했다. 닳고, 이가 나가고, 마침내 무너졌다. 애니스탄은 노력했다. 지금처럼 되지 않으려고. 그걸 포기했던 날, 그는 친구 대신 자신을 포기하기로 마음먹었다. 끝까지 테오를 도울 테지만, 그게 끝나는 날에는 자신에게 휴식을 주기로.

녹색 목의 잔에 발라뒀던 휴식은 그의 것이 되지 못했다. 그것조차 천형 같았다.

이제 애니스탄에게 남은 거라고는 이 관, 그리고 손바닥보다 조금 큰 납 상자에 든 작고도 두려운 물건뿐이었다. 아넬리 이모님은 벨베데르에서 이걸 꺼내 오면서 지금 같은 결과를 상상해보았을까? 아니, 그것 때문에 죽게 되리라는 생각도 못했겠지. 그때는 그렇게 눈물을 쏟았지만 이제는 이모님이 부럽다는 생각까지 했다. 이모님, 당신은 그때 잘 떠나셨던 거예요. 더 살아 있어봤자 좋은 꼴은 전혀 없었거든요.

벨베데르로 돌아가는 상상도 해보았지만 실은 불가능한 일이었다. 벨베데르 사람들은 금지된 물건을 꺼내간 애니스탄을 용서하지 않을 것이다. 아넬리는 노을섬에서 인형을 만들 마력만 끌어내고 나면 사람들이 눈치채기 전에 제자리에 되돌려놓을 작정이었지만 그럴 기회는 없었다. 살아남은 애니스탄도 마찬가지였다. 그는 아넬리가 그걸 어떻게 꺼내 왔는지도 정확히 몰랐다. 아넬리가 다분히 의도적으로 비밀을 감췄기 때문이다.

관은 은신처에 두고 왔어도 좋았을 텐데, 그러지 못했다. 관만은 떨어뜨려놓을 수가 없었다. 비취반지 성을 떠난 후로 줄곧 마차에 싣거나, 나귀에 매달거나, 밧줄에 묶어 끌고 다니기까지 하면서도. 그의 아이, 그의 인형은 손이 닿지 않는 곳에 있었다. 애니스탄은 끊어진 연결을 복원시키고자 노력했지만 성공하지 못했다. 이제는 이 관이 아버지로서 마지막 의무인 것처럼 느껴졌다.

가끔 사람들이 그게 무엇이냐고 물으면, 대답을 피할 수 없을 때는 이렇게 말했다.

죄 없이 죽은 어린 영혼입니다.

원혼을 달래려고 이렇듯 함께 세상을 다닙니다.

바이올린 소리가 들렸다.

눈이 덜 마른 나뭇가지에 꽃눈이 잠자고 있었다. 겨우내 묵직한 눈의 무게를 버텨낸 가지 곳곳에 뾰족하게 솟아 있었다. 흰 치맛자락을 감추고, 봄이 보낸 초대장을 품고, 남은 날짜를 세면서.

소녀의 손으로 창이 열렸다. 바이올린 소리를 좀더 잘 듣고 싶어서였다. 밤새 벽난로가 데운 방안의 공기도 한결 상쾌해졌다. 목을 빼고 내려다보니 정원 벤치에 앉은 소년의 뒷모습이 보였다. 바이올린의 활이 경쾌하게 움직였다. 박자가 빠른 가보트가 어쩐지 봄과 어울렸다. 소년이 걸친 낡아빠진 코트는 그렇지 않았지만.

창턱에 턱을 괴고 한참 동안 바이올린 소리를 들었다. 나지막이 따라 흥얼거리면서. 이윽고 연주가 그쳤을 때는 박수라도 칠까 했지만 소년이 달가워하지 않을 것이 뻔해 그만두기로 했다. 어차피 자신이 먼발치에서 나타나기만 해도 달아날 정도로 미움받고 있었으니 말이다. 소녀는 자신이 뭘 잘못했는지 몰랐지만 꾸준히 친절을 베풀면 나아지리라 믿으며 지냈다.

창을 너무 오래 열어둬서 찬 공기가 많이 들어왔으니 병자에게 좋지 않을지도 모른다. 소녀는 창을 닫으려고 손을 뻗다가 무심코 침대 쪽으로 고개를 돌렸다.

그리고 눈이 마주쳤다.

"……."

한 번도 보지 못한 모습이어서였을까, 뭔가 잘못된 기분마저 들었다. 늘 눈을 감고 있는 사람이 아니었던가?

둘은 한동안 서로를 빤히 보았다. 놀란 기색은 곧 가라앉았다. 상대방도 마찬가지였다. 아니, 실은 그저 낮잠을 자다가 깬 사람에 가까워 보였다. 그런 채로 물끄러미 보고 있었다. 처음으로 본 눈동자는 검은색이었다.

다시 밖에서 바이올린 소리가 나기 시작했다.

처음 본 소녀에게 누구냐고 묻지도 않고, 몸을 일으키려고도 하지 않고, 그가 말했다.

"기타를 갖다줄래? 벽장에 있어."

막시민은 머리 위에서 나는 기타 소리를 들었다. 처음에는 무심히 넘겼으나 가락이 그가 연주하는 바이올린과 절묘하게 휘감기기 시작했을 무렵, 이상한 기분이 들었다. 비취반지 성에서 지낸 지 반년째였지만 기타를 연주하는 사람을 본 일이 없었다. 기타 자체를 본 일도 없었다.

더구나, 달리 누가 이런 연주를 한단 말인가?

막시민은 고개를 홱 돌렸다. 현이 아슬아슬하게 걸쳐지며 미끄러졌다가 퉁, 소리를 내며 퉁겨났다. 활대가 흙바닥에 떨어지고 연주가 멈췄다.

2층 창턱 위에 앉아 있었다. 맨몸인 상체에 재킷만 간단히 걸치고, 긴 손가락으로 기타 현을 차례로 퉁기면서 그를 보고 있었다. 펄럭이는 옷깃 사이로 아물어 붙은 흉터가 또렷했다.

기타 소리가 멈췄다.

"돌아왔어."

잠시 후, 막시민이 도로 집어 든 활대가 2층 창문을 향해 날아갔다. 기타를 재빨리 들어올려 막아냈다. 그러자 이번엔 악보 뭉치가 날아왔다. 누군가의 낙서가 가득한 악보들은 창까지 닿지 못하고 정원 사방으로 흩날렸다. 춤을 추며 떨어져 내렸다.

악보와 함께 공작 가문의 정원에서 한 번도 들린 적이 없는 욕지거리도 아침 햇빛 속으로 흩어졌다.

"평생 잘 잠은 다 잤냐? 이 썩어빠진 나비 번데기 같은 자식아! 내가 줄곧 네 녀석을 빗자루로 패서 깨우고 싶었는데 왜 참은 줄 아냐? 그건 바로……."

(8권에 계속)

룬의 아이들 — 데모닉 7

1판 1쇄 2020년 6월 12일
1판 5쇄 2024년 7월 10일

지은이 전민희

책임편집 임지호 ｜ **편집** 지혜림 이송 ｜ **일러스트** UK Nakagawa
표지디자인 이혜경디자인 ｜ **본문디자인** 이원경
저작권 박지영 형소진 최은진 서연주 오서영
마케팅 정민호 서지화 한민아 이민경 안남영 왕지경 정경주 김수인 김혜원 김하연 김예진
브랜딩 함유지 함근아 고보미 박민재 김희숙 박다솔 조다현 정승민 배진성
제작 강신은 김동욱 이순호 ｜ **제작처** 상지사

펴낸곳 (주)문학동네 ｜ **펴낸이** 김소영
출판등록 1993년 10월 22일 제2003-000045호

주소 10881 경기도 파주시 회동길 210
문의 031-955-8892(편집) 031-955-2696(마케팅) 031-955-8855(팩스)
전자우편 elixir@munhak.com ｜ **홈페이지** www.elmys.co.kr
인스타그램 @elixir_mystery ｜ **X(트위터)** @elixir_mystery

ISBN 978-89-546-7195-8 04810
     978-89-546-7187-3 (세트)

엘릭시르는 출판그룹 문학동네의 장르문학 브랜드입니다.
이 책의 판권은 지은이와 엘릭시르에 있습니다.
이 책 내용의 전부 또는 일부를 재사용하시려면 반드시 양측의 서면 동의를 받아야 합니다.

잘못된 책은 구입하신 서점에서 교환해드립니다.
기타 교환 문의 031) 955-2661, 3580